Luise Lindemann
mit Andrea Micus

Deine Liebe war Gift

Manipuliert und ausgelöscht – wie mein Mann mein Leben fast zerstörte

lübbe

FSC
www.fsc.org
MIX
Papier aus verantwortungsvollen Quellen
FSC® C014496

Dieser Titel ist auch als E-Book erschienen

Originalausgabe

Textredaktion: Dr. Matthias Auer, Bodman-Ludwigshafen
Titelillustration: © Reilika Landen/plainpicture
Umschlaggestaltung: Christin Wilhelm, www.grafic4u.de
Satz: hanseatenSatz-bremen, Bremen
Gesetzt aus der Adobe Garamond Pro
Druck und Verarbeitung: GGP Media GmbH, Pößneck

Printed in Germany
ISBN 978-3-404-61024-2

3 5 7 6 4

Sie finden uns im Internet unter
www.luebbe.de
Bitte beachten Sie auch: www.lesejury.de

»Niemand ist den Frauen gegenüber aggressiver oder herablassender als ein Mann, der sich seiner Männlichkeit nicht ganz sicher ist.«

Simone de Beauvoir

Kapitel 1

»Na, haben Sie Lust, mir ein bisschen Frankfurt zu zeigen?« Vor mir steht einer dieser typischen Anlageberater, wie man sie in jeder größeren Bank findet: perfekt sitzender dunkelblauer Anzug, hellblaues Hemd, blassrote Krawatte, seriöses Lächeln. »Ich bin Martin«, schiebt er hinterher und bemüht sich – vergebens –, möglichst klar zu artikulieren. Damit ich trotzdem weiß, mit wem ich den Abend verbringen kann, hält er mir zur Sicherheit seine Visitenkarte hin. »Ich komme aus München und bin fremd in der Stadt.« Während er das sagt, versucht er, mir mit einer verunglückten Mischung aus Selbstmitleid und herausfordernder Kühnheit verführerisch in die Augen zu schauen. Wenn er wüsste, wie mich dieser Blick langweilt.

Es ist bereits bald Mitternacht. In der riesigen Messehalle halten sich nur noch eine Handvoll Gäste auf. Zwei Drittel der Stühle sind schon zusammengestellt, das meiste Geschirr ist abgeräumt. Ich bin dabei, die letzten Gläser einzusammeln und in den Servierwagen zu stellen. Wenn alles glattläuft, kann der Chef in einer knappen Stunde die Türen schließen und uns, die Messehostessen, in den verdienten Feierabend schicken.

Doch jetzt steht Martin neben mir und bringt mit weiteren Fragen meinen Zeitplan durcheinander.

»Was ist denn nun, haben Sie Zeit?«, fragt er, und seine Stimme klingt jetzt schon ziemlich ungeduldig. Ich bin genervt, darf es mir aber nicht anmerken lassen. Er ist der Gast, ich bin die Hostess.

Martin ist nicht mehr ganz nüchtern, oder besser: Er ist deutlich angetrunken. Wie die meisten seiner über 500 Kollegen, die an diesem Dezemberdienstag in der Messehalle getagt haben. Jetzt sitzen nur noch ein paar Hartnäckige an einem Tisch zusammen und versuchen fast schon verzweifelt, noch ein allerletztes Bier auf Firmenkosten runterzubekommen.

Martin allerdings hat keine große Lust mehr auf Bier, dafür aber auf etwas anderes.

»Kommen Sie, wir machen uns noch einen schönen Abend«, drängt er.

Ich bleibe professionell, lächle weiter und meine nur knapp: »Sie sehen ja, ich habe keine Zeit, tut mir leid!«

Es ist immer das Gleiche. Mit der richtigen Menge Alkohol im Blut werden die Herren immer sehr »kontaktfreudig«. Dabei spielt es keine Rolle, ob sie Banker oder Ingenieure sind, Versicherungen oder Autos verkaufen. Sie ticken alle gleich. Kaum sind sie von zu Hause weg, fühlen sie sich in der Gruppe stark, trinken weit über den Durst und wollen dann unbedingt zeigen, was sie doch für tolle Typen sind.

Aber bei mir beißen sie damit auf Granit. Ich habe keine Lust auf Abenteuer, und mit geistlosen Anmachsprüchen wie »Haben Sie schon etwas vor?« oder »Wissen Sie, ob um diese Zeit noch ein nettes Lokal geöffnet hat?« kann ich mittlerweile sehr gut umgehen. Ich ignoriere sie einfach!

Immerhin arbeite ich bereits seit mehr als fünf Jahren als Messehostess und halte mir auch den anhänglichsten Gast geschickt auf Distanz. Bei mir reicht ein Blick, und jeder weiß: Achtung, gleich wird's ungemütlich!

»Du strahlst Selbstbewusstsein aus«, hat mir meine Kollegin Miriam einmal gesagt. Ich höre das häufig. Vermutlich stimmt es auch.

»Darf ich«, sage ich immer noch lächelnd, sehe Martin dabei aber so streng an, dass er mir sofort Platz macht und ich weiterarbeiten kann. Ich bin seit mehr als acht Stunden auf den Beinen. Es reicht!

Für mich ist diese Arbeit ein Traumjob. Die Frankfurter Messe ist berühmt. Hier finden die größten Veranstaltungen der Welt statt, mit Besuchern aus aller Herren Länder. Ich mag das internationale Flair, die Bewegung, das Tempo. Schon als Schülerin habe ich mich für diesen Job beworben und bin prompt genommen worden. Ich mache mir nichts vor: Es lag nicht an meinen guten Englischnoten. Aber ich bin rothaarig, gut proportioniert, mit den Kurven dort, wo sie sein sollen, und eben nicht auf den Mund gefallen. Ich kann mich verbal wehren, was nötig ist, wenn man in diesem Job arbeitet. Also konnte ich damals nach meinem Bewerbungsgespräch sofort anfangen und arbeitete dann fast an jedem Wochenende und in den Ferien. Ich verdiente so gut, dass ich mir schicke Kleidung und manche Reise leisten konnte. Ein gewisser Wohlstand, den ich sehr genieße.

Denn ich bin nun mal nicht mit dem goldenen Löffel im Mund geboren worden. Mein Vater ist Elektriker, meine Mutter hilft stundenweise in einem Spielwarengeschäft aus. Wir leben in einer zwar sehr gemütlichen, aber keineswegs luxuriösen Drei-Zimmer-Wohnung im bürgerlichen Stadtteil Bornheim.

Gut, ich bin Einzelkind, und im Rahmen ihrer Möglichkeiten verwöhnen mich meine Eltern sehr. Aber ich weiß, dass es noch ein anderes Leben gibt. Besonders deutlich ist mir das geworden, als ich mich vor mehr als vier Jahren in Sören verliebt habe.

Sören, ein sportlicher, muskulöser Typ mit langen blonden Locken, ist zwei Jahre älter als ich und ging damals noch auf meine Schule. Sein Vater ist Anwalt. Die Familie lebt im schicken Westend, und damals habe ich gleich gesehen, wie angenehm es ist, wenn das Geld etwas lockerer sitzt. Sören spielte Tennis, trug nur Markenklamotten und besuchte bereits als Jugendlicher die schicksten Frankfurter Bars. Mit mir! Denn dank meines Jobs konnte ich mir das auch leisten. Ich musste mich nicht aushalten lassen, sondern konnte den bestellten Drink selbst bezahlen. Ein schönes Gefühl!

Ich mag es, frei zu sein, deshalb murre ich auch nicht bei einer Zehn-Stunden-Schicht und auch nicht bei so albern aufdringlichen Gästen wie diesem Martin aus München, der keine Ruhe gibt, immer noch neben mir steht und mir leicht schwankend bei der Arbeit zusieht. Aber Vorsicht! Aus den Augenwinkeln sehe ich dann gerade noch rechtzeitig, dass er in der linken Hand nervös sein Bierglas dreht und plötzlich mit der rechten versucht, nach meinem Po zu greifen.

Jetzt reicht es aber!

»Entschuldigen Sie bitte. Das lassen Sie mal besser sein!« Meine Stimme klingt jetzt scharf, und ich entziehe mich mit einem geschickten Hüftschwung der peinlichen Situation. Dabei lächle ich allerdings immer noch zuvorkommend, genauso wie es sich für eine Hostess gehört. Der Gast ist König, lautet die Devise. Aber ein König mit enggesteckten Grenzen: Die dusseligen Sprüche nehme ich hin. Aber Berührungen nicht. Der enthemmte »Lonely Wolf« neben mir scheint das aber nicht zu verstehen. Ja, er legt sogar noch eine Schippe drauf und wird noch dreister. »Schätzchen«, säuselt er. »Verrätst du mir, was du unter deinem Rock trägst?«

Ich bleibe ihm die Antwort schuldig, packe einfach weiter mein Tablett mit den leeren Gläsern voll und entscheide mich, dass es ab jetzt besser ist, ihn zu ignorieren. Er hat offenbar schon so viel Alkohol intus, dass er ein Lächeln nicht mehr als professionelle Geste der Höflichkeit, sondern als Aufforderung versteht, sich weit aus dem Fenster zu lehnen.

»Mir tun diese Typen richtig leid«, sage ich zu Miriam, meiner Kollegin, die mir in diesem Moment scheinbar zufällig zu Hilfe kommt, um die letzten Tische abzuräumen. »Zu Hause sitzen Frau und Kind, und hier spielen sie die Lebemänner, allerdings manchmal auf unterstem Niveau.«

Miriam verdreht die Augen. »Aber deiner ist ja wenigstens noch ganz ansehnlich. Sieh mal, der Dicke da hinten, der hat mich doch glatt gefragt, ob ich ihn ins Hotel begleiten wolle, weil ich so schöne Beine hätte. Unfassbar! Unsere kurzen Röcke machen die Typen ganz wuschig.«

Ich lege eine Hand auf ihren Arm.

»So sind halt die Männer, wenn sie Ausgang haben und weit weg von ihrer Familie sind.«

Miriam nickt. Sie ist fünf Jahre älter als ich und fing mit mir bei der Messe an. Miriam hat mal Kunst studiert, dann aber abgebrochen, und seitdem hangelt sie sich mit Messejobs durchs Leben. Ich habe sie als ausgesprochen faire Kollegin kennengelernt, auf die ich mich immer verlassen kann und die längst auch eine Freundin geworden ist.

Und sie ist ein Hingucker, eine wirklich bildhübsche Frau mit blondem Pagenkopf, langen Endlos-Beinen und blauen Strahle-Augen. Wäre ich ein Mann, ich würde mich sofort in sie verlieben. Aber Miriam ist schon jahrelang Single. Sie wartet auf den Richtigen und kümmert sich bis dahin um ihre beiden Katzen.

Zu denen will sie jetzt auch, denn sie gibt mächtig Gas. In Windeseile füllt sie einen großen blauen Müllsack mit alten Bierdeckeln und dem Inhalt der Aschenbecher.

»Was glaubst du, wie lange brauchen wir noch, bis wir gehen können?«, frage ich. »Können wir um Mitternacht los?«

»Klar! Der Chef sagt, spätestens in einer halben Stunde ist Schluss. Sieh doch, es sind nur noch die paar Herren hier. Dein lästiger ›Verehrer‹ hat sich übrigens auch wieder zu ihnen gesellt. Den bist du los. Gut gemacht.«

Miriam knufft mir im Vorübergehen anerkennend in die Seite. »Apropos: Hast du noch etwas vor?«

Ich nicke. »Ja, Sören ist da!«

Miriam blickt mit skeptisch hochgezogenen Augenbrauen zu mir hin.

»Ich denke, ihr seid getrennt? Habe ich etwas verpasst? Ein Date mit dem Ex?« Sie rollt vielsagend mit den Augen.

»Nein, nein, wir sind kein Paar mehr. Wir sind jetzt bloß gute Freunde.«

»Gibt's das?« Sie sieht mich immer noch ungläubig an.

»Bei uns ja. Immer wenn ich in Deutschland zu Besuch bin, holt er mich vom Flieger ab, und dann gehen wir zusammen essen und quatschen. Ich finde das klasse. Immerhin waren wir zwei Jahre zusammen.«

Seit einem knappen halben Jahr studiere ich für zwei Semester in England und habe deshalb auch mein Engagement bei der Messe auf einzelne Jobs reduziert, wenn ich gerade auf »Heimaturlaub« bin.

»Studiert Sören immer noch?«

»Ja, aber nächstes Jahr ist er fertig und geht dann in die Kanzlei seines Vaters.«

»Und du? Wie lange bleibst du noch in London? Ich habe bisher ganz vergessen, dich das zu fragen. Ich hatte ja keine Ahnung, dass du so kurz vor Weihnachten plötzlich hier auftauchst und einen Job übernimmst.«

»Das war auch nicht geplant, Miriam. Ich bin erst seit zwei Tagen wieder in Frankfurt und ganz kurzfristig eingesprungen.«

Ich tausche schnell den vollen Servierwagen gegen einen leeren.

»Im Sommer ist Schluss. Meine Güte, das Jahr rast wirklich. Als ich im August ins Auslandsjahr gefahren bin, war Weihnachten noch so weit weg. Und jetzt – nächste Woche ist Heiligabend. Unfassbar.«

»Es ist toll, dass du diese Woche noch hier bist. Ohne dich wären die nächsten Tage echt hart geworden!«

Miriam balanciert gekonnt ein vollgepacktes Tablett zum Tresen und sieht mich über die Schulter hinweg an.

»Weißt du, du schaffst hier echt für zwei, bist pünktlich, zuverlässig, schnell. Dazu bleibst du immer souverän und meisterst jede Situation. Kein Wunder, dass du immer gebucht wirst.«

»Mir macht es aber auch Spaß, Miriam. Ich bin gern hier. Hier herrscht eine prima Stimmung. Nur zum Schluss wird es manchmal ein bisschen nervig. Aber damit können wir doch umgehen, nicht wahr?«, lächle ich und sehe beim Blick auf die Uhr, dass mich nur noch wenige Minuten vom Feierabend trennen.

Da machen sich auch die letzten sechs Banker auf den Heimweg, winken uns noch fröhlich zu, einer wirft sogar Kusshände. Nur Martin trottet mit gesenktem Kopf Richtung Ausgang.

»Feierabend!«, verkündet Miriam und bindet sich die Schürze los. »Komm, lass uns gehen. Wir machen uns auf den Weg. Weißt du, was ich heute noch mache?«

Sie wartet meine Antwort gar nicht erst ab, sondern plappert gleich fröhlich weiter. »Ich spurte nach Hause, und dann heißt es gleich ab ins Bett zu meinen Miezen und Licht aus. Ich bin hundemüde. Sehen wir uns morgen?«

»Ja, klar, ich arbeite noch die ganze Woche durch. Aber gleich mache ich mich erst mal hübsch für Sören. Er wartet bestimmt schon draußen auf mich. Wir sind mit Tina und ein paar anderen aus der Clique im ›Gibson‹ verabredet. Mal sehen, wie lange ich durchhalte.«

Miriam zwinkert mir zu. »Ich möchte wetten, dass du heute nicht allein im Bett schläfst.«

»Die Wette gilt, meine Liebe.« Ich schmunzle sie vielsagend an. »Aber das ist nicht unbedingt meine Entscheidung.«

***

Wir sind leider nur zu dritt in Frankfurts Clubszene unterwegs. Unsere Freunde haben abgesagt. Aber Sören, Tina und ich wollen uns den Abend davon nicht verderben lassen. Sören hat gerade einen Jugendfreund wiedergetroffen, mit dem er sich angeregt über Oldtimer unterhält, und ich stehe mit Tina, meiner allerbesten Freundin, etwas abseits an der Bar. Seit der Grundschulzeit sind wir beiden unzertrennlich, haben uns jeden Liebeskummer und jeden Zoff mit den Eltern anvertraut. Tina ist in vielen Dingen mein Abziehbild. Strebsam, ehrgeizig, fleißig. Deshalb verstehen wir uns auch so gut. Wir ticken gleich. Wir wollen beide etwas erreichen im Leben, sind auch bereit, uns für ein gutes Ziel zu quälen.

Äußerlich ist sie aber das genaue Gegenteil von mir. Tina ist groß, etwas stämmig, und mit ihren langen, glatten blonden Haaren und der hellen Haut hält sie eigentlich jeder für eine Skandinavierin. Eine nordische Schönheit! Und dazu mit ganz viel Charme. Wo sie auftaucht, sind immer alle hin und weg. So wie bestimmt auch der Unbekannte, der plötzlich neben uns steht und sein Bier auf die Theke stellt.

Aber er spricht nicht Tina an, sondern mich.

»Hey, ich habe gehört, du bist jetzt in London. Gefällt dir die Stadt?«

Ich blicke Tina zuerst fragend an und wende mich ihm dann zu. Vor mir steht ein großer, schlaksiger Typ mit kurzen dunkelbraunen Haaren, in Jeans und Sakko, und strahlt mich gewinnend an. Wieder ein Anmachversuch? Davon habe ich heute schon genug gehabt. Oder kennen wir uns tatsächlich? Aber ich weiß beim besten Willen nicht, woher das sein könnte.

»Das ist Jürgen«, sagt Tina und scheint meine Gedanken lesen zu können. »Wir waren doch zusammen in der Schule. Erinnerst du dich nicht?« Damit scheint die Situation fürs Erste gerettet. Dann dreht sich auch Sören zu uns herüber und springt sofort auf den Zug auf. »Hey, Jürgen, du bist aber garantiert nicht mehr in Frankfurt. Ich habe dich vor einer gefühlten Ewigkeit das letzte Mal gesehen. Wo lebst du denn jetzt?«

»Nach wie vor am schönen Main!« Jürgen lächelt ihn auf

einnehmende Weise an. »Wir haben vermutlich nur andere Stammlokale.«

Ich glaube allerdings, dass Sören blufft. Er kann sich garantiert genauso wenig wie ich an ihn erinnern.

Aus Tinas anschließendem Gespräch mit unserem Mitschüler entnehme ich, dass Jürgen vier Jahre über uns Mädels und zwei über Sören war. Warum weiß ich das nicht mehr? So unscheinbar sieht er ja nun wahrlich nicht aus. Ganz im Gegenteil …

Aber ich hatte damals eben nur Augen für Sören, der immer aussah wie ein kalifornischer Surfer und das süßeste Lächeln der Schule besaß. Dazu locker, offen, mutig war. Den hätte ich nie übersehen. Aber Jürgen? Während er erzählt, dass er Betriebswirtschaftler sei und in Frankfurt bei einer großen Bank als Trainee arbeite, mustere ich ihn gründlich: Er sieht wirklich gut aus, ist knapp 1 Meter 90 groß und irgendwie in seiner ganzen Art richtig sympathisch. So kann er in der Schule unmöglich gewesen sein, sonst wäre er mir sofort aufgefallen. Ich kann mich jedoch partout nicht an ihn erinnern.

Umgekehrt ist das anders. Jürgen erzählt lebhaft von diversen Begegnungen, die er bis heute nicht vergessen habe. Angeblich sind wir morgens gemeinsam im Bus gefahren, haben zusammen Karneval gefeiert, auf der Schulbühne im Chor gesungen, beim Sportfest der Unterstufe Hand in Hand beim Aufbau der Tribüne mitangepackt und, und, und. Es hört sich an, als hätten wir die halbe Schulzeit miteinander verbracht. Zumindest scheint er mich immer im Auge gehabt zu haben. Irgendwie komisch.

»Möchtet ihr noch etwas trinken?« Die Kellnerin steht vor uns.

»Sport gibt mir das Gefühl, nackt besser auszusehen. Wodka Lemon übrigens auch. Also, mal drei?«

Ich sehe Tina an und muss schmunzeln. Nicht schlecht. Der Kerl hat was.

Der Alkohol lockert mächtig die Stimmung. Wir lachen viel, ziehen über unsere gemeinsamen Lehrer her und lästern über unsere Mitschüler. Jürgen wird mir immer sympathischer. Am besten gefällt mir sein trockener Humor. Ich hätte die ganze Nacht mit ihm weitergealbert, wenn uns nicht einer seiner Freunde, die um einen nahegelegenen Tisch saßen, unterbrochen hätte.

»Komm, lass uns gehen! Es ist schon vier Uhr.«

Er ist stocknüchtern und offenbar als Fahrer eingeteilt.

»Schade«, murmelt Jürgen und zwinkert mir zu. Er nimmt einen letzten Schluck von seinem Drink und lässt sich die Rechnung geben. Als er zum Ausgang geht, sehe ich ihm nach. Stimmt. Echt schade. Jürgen hat eine einnehmende Art und einen ganz eigenen Humor.

»Und was machen wir Hübschen?«, frage ich Tina. »Na was wohl: die Nacht durch. Wer weiß, wann du das nächste Mal auf Besuch bist und Zeit für mich hast.«

»Übertreib nicht«, lache ich. »Im Juni bin ich wieder Frankfurterin.«

***

An Jürgen denke ich nach dem schönen Abend dann lange Monate nicht mehr. Ich bin mit vielem beschäftigt: zuerst mit meinem Studium in London, dann mit der Planung meiner Rückkehr. Erst Ende November, als ich schon wieder mehrere Monate in Frankfurt bin, ist er erneut Gesprächsthema. Denn Tina und ich sind auf dem Weg zu einem Klassentreffen. Es ist ein regnerischer Abend, und wir versuchen, unterwegs zu einer urigen Frankfurter Ebbelwei-Kneipe, in unseren Pumps um tiefe Pfützen herumzustöckeln. Mit durchwachsenem Erfolg.

»Mist, ich bin gerade voll in eine reingetreten und habe jetzt pitschnasse Sohlen. Da hole ich mir gleich wieder eine Erkältung!« Tina stapft mehrmals mit den Füßen auf, als könnte sie damit das Wasser abschütteln. »Ich bin den ewigen Regen so leid. Dieses Wetter bringt mich noch um«, schimpft sie. Solange ich sie kenne, regt sie sich immer über Regen auf. Ich höre gar nicht mehr hin, schiebe sie nur möglichst schnell in einen Hauseingang und damit ins Trockene.

Vor drei Jahren haben Tina und ich mit mehr als 100 Mitschülern unser Abitur gemacht. Mehr als die Hälfte von ihnen haben für den Abend zugesagt. Aber es kommen auch Schüler aus anderen Jahrgängen.

»Ob Jürgen auch da sein wird? Der war ja das letzte Mal ganz begeistert von dir. Erinnerst du dich?«, will Tina wissen.

»Allerdings, offenbar hat er mich seit Langem im Visier«, entgegne ich. »Lassen wir uns überraschen!« Ich bin aber eigentlich eher gespannt darauf, wie viele meiner Schulfreunde kommen und was aus ihnen geworden ist.

Tina hat bereits ihre Ausbildung zur Mediendesignerin abgeschlossen und arbeitet seit Kurzem in einer großen, renommierten Agentur in der Innenstadt, und ich, ja, ich bin in zwei Jahren, sofern alles klappt, Innenarchitektin. Mein Traumberuf! Ich habe mindestens genauso viel zu erzählen wie die anderen, die ich gleich treffen werde. Nicht nur von meinem Auslandsjahr in London. Auch sonst ist viel passiert, seitdem ich wieder in Frankfurt bin.

Ich habe eine eigene Wohnung. Obwohl ich ganz gern bei meinen Eltern geblieben wäre, haben die beiden gemeint, es sei nun Zeit für mich, auf eigenen Beinen zu stehen. Sie könnten mein Kinderzimmer auch ganz gut für sich nutzen.

Ehrlich gesagt, war ich ein bisschen beleidigt. Nach dem Jahr in England habe ich mich gefreut, nicht mehr allein zu sein und wieder das elterliche Verwöhnprogramm genießen zu können. Ich bin gern mit meinen Eltern zusammen. Meine Mutter ist eine quirlige, gertenschlanke Endfünfzigerin mit dem Herzen auf dem rechten Fleck. Sie erzählt gern von ihren vielen Freundinnen, mit denen sie regelmäßig zum Sport geht und auch ansonsten ständig auf Achse ist. Mein Vater ist der ruhigere von den beiden. Etwas kräftiger gebaut und auch gemütlicher. Er werkelt gern in seiner Garage und hält sich am liebsten aus allem heraus. Das Kommentieren überlässt er seiner Rosi, bei den beiden ist alles ein eingespieltes Miteinander.

In meinen Augen galt das aber auch für uns drei. Ich fand immer, wir waren ein perfektes Trio. Aber die beiden sahen das anders. Irgendwie hatten sie sich in meinem Auslandsjahr offensichtlich daran gewöhnt, ihr Reich ganz für sich allein zu haben. Und als Papa mir dann auch ein wirklich schönes Apartment im Zentrum von Bockenheim präsentierte, habe ich den Schritt in mein neues Leben recht entspannt gewagt.

Mein Vater hat mir sogar ein neues Bett spendiert, und ich richtete mir von meinen Ersparnissen ein ganz schickes Wohnzimmer ein. Doch mit dem Umzug ist auch die schon in England empfundene Einsamkeit zurückgekehrt: niemand, der mit einem fernsieht, niemand, der abends noch mal bei einem gemütlichen Glas Wein mit einem den Tag Revue passieren lässt.

Und die Hoffnung auf ein Wiederaufflammen der Gefühle zwischen Sören und mir habe ich zwischenzeitlich auch aufgegeben. Anfangs dachte ich ja, wir kämen vielleicht doch noch mal zusammen. Die »Wir sind nur Freunde«-Nummer war für mich eine Notlösung. Ich habe immer noch gehofft, dass wir irgendwann wieder ein Paar sein würden. Aber mittlerweile sehe ich der Wirklichkeit ins Auge: Sören hat seit einiger Zeit eine andere und wirkt richtig glücklich.

Also bin ich seit meiner Rückkehr auf Single-Partys aktiv und habe schon herrliche Begegnungen gehabt. Davon erzähle ich Tina, als wir jetzt immer schneller durch die nasskalte Stadt tippeln, weil wir pitschnasse Füße haben.

»Wie war das denn mit diesem Medizinstudenten? Davon

hast du mir noch gar nichts erzählt.« Tina hakt mich unter, als wir die letzte Querstraße erreicht haben und das milchig gelbe Eingangsschild schon erkennen können.

»Lars, ja, auch ein Flop. Anfangs gefiel er mir so gut, dass ich mich sofort mit ihm für den nächsten Tag in einem Bistro verabredet habe. Aber nach einer halben Stunde schon musste ich ihn von meiner Kandidatenliste streichen und gab vor, einen Termin beim Zahnarzt vergessen zu haben und dringend loszumüssen ...«

Tina kichert. »Was war denn an ihm wieder falsch?«

»Irgendwie alles. Jedenfalls hatte ich einfach keine Lust mehr, mir seine endlosen Fußballgeschichten anzuhören. Es war reine Zeitverschwendung, denn ich wusste sofort, dass wir niemals ein Paar werden würden.«

»Und der Ingenieur mit der Vorliebe für schöne Autos?«

»Der hat sich nie mehr gemeldet!«, beichte ich ehrlich und schniefe theatralisch.

»Wie bitte? Du hast doch gesagt, er sei ganz wild auf dich gewesen!«, meint Tina jetzt und sieht mich ungläubig an.

»Dachte ich ja auch«, murmle ich ein bisschen kleinlaut. »Aber vermutlich habe ich mir das eingeredet. Oder wollen wir uns darauf einigen, dass sein Telefonanschluss außer Betrieb ist und das Auto in der Werkstatt? Dabei komme ich besser weg.«

»Keine Ausreden!«, ermahnt mich Tina auf spielerische Art und Weise. »Wir stellen uns der Wahrheit, auch wenn sie schmerzhaft ist. Aber Ingenieure gehen sowieso nicht.« Wir prusten beide gleichzeitig los.

Blöd nur, dass mir die Partnersuche ganz ernst ist, denn ich wünsche mir wirklich einen Mann. Ich lebe nicht gern allein.

»Glaubst du, das wird noch was mit mir?«, hake ich bei ihr mit großen Augen nach.

Tina legt mir tröstend den Arm um die Schulter. »Nun krieg mal keine Panik. Wenn ich sehe, wie die Typen dich immer anstarren, steht dir die Zukunft offen.«

»Und warum ist keiner dabei, mit dem ich gut zusammenpasse?«

»Die Frage stellt sich meistens gar nicht. Ich denke, die Jungs kriegen schnell Angst. Du bist den meisten Kerlen wahrscheinlich zu eigenständig. Du weißt doch: Männer mögen die anschmiegsamen Kätzchen, die keine Widerworte geben.«

»Und warum hast du dann deinen Toby gefunden? Du passt ja nun gar nicht in das Schema lieb und unkompliziert!«, kontere ich ernst.

»Es gibt Ausnahmen. Aber da muss man ganz schön lange nach suchen. Vergiss nicht, ich war auch schon Single.«

»Meine Liebe, darf ich dich erinnern: Sören ist vor zwei Jahren plötzlich eingefallen, dass er noch Erfahrungen sammeln und keine feste Bindung mehr wolle. Also so langsam kann ja jetzt mal ein anderer kommen.«

Tina bleibt abrupt stehen, sieht mich liebevoll an, und dann nimmt sie mich fest in den Arm. »Ach, meine Liebe, das wird schon noch. Jetzt machen wir uns erst einmal einen schönen Abend, und, wer weiß, vielleicht steht Mr. Right schon in den Startlöchern.«

Mit einem Klaps auf den Rücken schiebt sie mich regelrecht nach vorn.

»Komm, noch die paar Meter. Dann haben wir es geschafft. Aber ich habe eiskalte Füße. Und du?«

»Keine mehr, aufgeweicht!«, lache ich.

***

»Kannst du dich an mich erinnern?« Ich bin baff. Wir sind locker 150 Ehemalige, die sich zünftig bei Ebbelwei und Handkäs mit Musik amüsieren. Es wird natürlich kräftig geprahlt, aber auch viel gescherzt. Ich weiß jetzt, dass Einser-Torben immer noch nicht weiß, was er mal werden will, und die schüchterne

Carla mit einem Musiker zusammen in Miami lebt. Das Leben schreibt wirklich die tollsten Geschichten. An Überraschungen herrscht heute kein Mangel – und ich erlebe dann gerade die nächste, denn vor mir steht wirklich und leibhaftig Jürgen und sieht mich verschmitzt an.

»Ich weiß ja nicht, wie gut dein Gedächtnis dieses Mal funktioniert. Immerhin liegt unser letztes Treffen schon ein paar Monate zurück, und du bist ja ziemlich vergesslich. Zumindest was deine Mitschüler anbelangt.«

»Nicht alle«, entgegne ich eine Spur zu frech und versuche meine forsche Art mit einem strahlenden Lächeln auszugleichen.

Jürgen scheint mir die flapsige Antwort nicht übelzunehmen. Im Gegenteil. Er zwinkert mir lässig zu und fragt mich zuvorkommend, was ich trinken möchte.

Er sieht richtig gut aus. Beigefarbene Chino, weißes Hemd, nougatbraune Lederschuhe. Der Typ hat Stil, denke ich. Er gefällt mir. Und als er mir eine Weinschorle reicht, schnuppere ich ein feines Eau de Toilette.

Tina hat ihre zweitbeste Freundin wiedergetroffen und stellt hartnäckige Fragen nach deren Studium.

Jürgen und ich stehen allein an der Bar, und er erzählt von seinem neuen Job als Anlageberater und schwärmt von den Reisen. Jürgen war letzte Woche in Hamburg und fliegt demnächst mit seinem Chef nach München.

Das Ausland reizt ihn nicht, er gibt sogar zu, dass seine Englischkenntnisse dafür nicht ausreichten. Dafür bewundert er meinen Mut, ein Jahr in London gelebt zu haben. Ich fühle mich geschmeichelt.

Jürgen wirkt heute noch viel lässiger und selbstbewusster als bei unserem letzten Treffen. Er scheint auch einen wirklich tollen Job zu machen. Die kompliziertesten Begriffe aus der Businesswelt fliegen mir um die Ohren, und alles klingt viel spannender und wichtiger als meine Semesterarbeit, bei der sich gerade alles um Stoffe und Farben dreht. Jürgen, den ich in der Schule gar nicht gesehen habe, ist anscheinend auf dem Weg, eine fulminante Karriere zu machen. Ich bin ganz beeindruckt von seiner Zielstrebigkeit und seinem Ehrgeiz.

»Na, du kriegst ja nur von einem Ehemaligen etwas mit!«, zieht mich Tina auf, als sie mich auf dem Weg zur Toilette abpasst. »Ich dachte mir, dass der kommt – wegen dir! Was hat er dir denn in den Drink getan, dass du heute so an seinen Lippen hängst.«

»Du, das macht mir echt Spaß mit ihm. Er hat mir ganz viel von seinem Job erzählt. Und er kommt in Deutschland herum und hat schon richtig tolle Leute kennengelernt.«

Tina schmunzelt.

»Ich weiß, er gefällt dir auch, man sieht förmlich das Funkeln in deinen Augen.«

»Ach Quatsch«, wiegle ich ab, spüre aber, dass ich rote Wangen bekomme.

»Leugnen zwecklos!« Tina knufft mir spielerisch in die Seite. »Zumal Schwindeln noch nie deine Stärke war.«

Sie beugt sich jetzt zu mir herüber.

»Ich glaube, er findet dich mehr als sympathisch, so wie der um dich herumscharwenzelt. Ich habe euch eine Zeitlang beobachtet. Der nimmt nichts und niemanden mehr wahr außer dir, lässt dich keine Sekunde aus den Augen. Wenn du ihn willst, hast du ein leichtes Spiel.«

»Ach, meinst du wirklich?«

»Ach, Luise, das sieht doch jeder. Sören hat schon gefragt, ob er etwas verpasst habe und seit wann ihr beide denn ein Paar seid.«

»Na, bislang haben wir gerade mal ein bisschen die Rahmenbedingungen abgeklopft«, dämpfe ich die Erwartungen. Und dann bin ich mutig. »Aber mal sehen …«

Tina wirft mir eine Kusshand zu, bevor sie mit unserem Mathe-Ass aus dem Abi-Jahrgang auf der Tanzfläche verschwindet, und ich will gerade zurück an die Bar, als mich Jürgen schon an der Hand nimmt und an einen gerade freigewordenen Tisch zieht. »Komm, hier ist es gemütlicher«, meint er und schiebt mir einen knorrigen Holzstuhl hin. »Warte einen Moment, ich hole uns was Leckeres zu trinken.«

»Gern, ich möchte ein richtig schönes, kaltes Bier!«

Jürgen lächelt mir im Gehen zu.

»Hier gibt es etwas Besseres. Lass dich überraschen!«

Wenig später halten wir beide einen Caipi in der Hand, und ich lasse mit dem Strohhalm die Eiswürfel im Glas klackern, während wir uns weiter angeregt über unsere Jobvorstellungen unterhalten. Ich erzähle von meinem Traum, später mal ein Hotel einzurichten, und es ist das erste Mal, dass mir jemand bei dem Thema aufmerksam zuhört. Es geht um neue Materialien und ungewöhnliche Formgebung, und normalerweise interessiert das niemanden. Aber Jürgen nimmt Anteil. Er fragt genau nach, wie man Skizzen erstellt und was für Innenarchitekten wichtig ist. Es tut mir gut, dass jemand wissen will, mit was ich im Moment meinen Tag verbringe und womit ich irgendwann meinen Lebensunterhalt verdienen möchte.

Ich weiß nicht, wie lange wir reden. Jedenfalls sparen wir nichts aus. Erst als uns Tina fragt, ob wir Lust auf eine Partie Billard hätten, sehen wir beide auf die Uhr. Es ist bereits nach Mitternacht, und ich weiß jetzt alles über ihn. Er ist Single, hat sich vor drei Monaten von seiner Freundin, einer Kollegin, getrennt und wohnt nun in einem kleinen Apartment im Westend. Seine Eltern haben eine Wohnung in Eschborn, da ist er regelmäßig. Sein Vater ist Kaufmann, seine Mutter Verkäuferin, hat aber nie gearbeitet.

Jürgen ist wie ich ein Einzelkind, aber offenbar noch viel verwöhnter, als ich es jemals war, zumindest in materieller Hinsicht.

In emotionaler Hinsicht muss seine Jugend nicht so toll gewesen sein. Zumindest nehme ich das so wahr, denn er scheint im Gegensatz zu mir keine innige, herzliche Verbindung zu seinen Eltern zu haben. Besonders mit seinem Vater scheint es Probleme zu geben.

Ich weiß jetzt auch, dass er supersportlich ist, gern joggt und sich Familie und Kinder wünscht, ein Haus im Grünen, ein schnelles Auto und dass er einen festen Zeitplan hat. In fünf Jahren sollen seine Lebenswünsche Realität geworden sein. Ich mag, wenn jemand weiß, was er will, und nicht ziellos durchs Leben torkelt. Jürgen ist mir sehr ähnlich. Ich bin auch ehrgeizig und zielstrebig und lebe genau wie er mit einem Plan. Einer meiner Lehrer hat einmal gesagt, dass eine Frau mit 25 Jahren unter der Haube sein müsse, denn Schönheit sei vergänglich. Bis heute ist mir dieser Satz nie wieder aus dem Kopf gegangen. Ich möchte mit 25 Jahren auch vergeben sein und am liebsten schon ein Kind haben. Klar ist das recht früh, aber ich träume nun mal davon, es ist eben meine Perspektive fürs Leben. Und idealerweise decken sich unsere Pläne. Vielleicht verstehen wir uns deshalb so gut.

***

Ich liege das zweite Mal in Führung. Aber Jürgen jagt mir auch dieses Mal den Vorsprung ab. Er sieht das Spiel analytisch, lässt sich Zeit, plant genau, bevor er den Queue gegen die Kugel schnellen lässt. Zack, bumm, zack.

Die Kugel schießt ins Loch. »Na bitte«, sagt er genüsslich und nippt siegessicher an seinem alkoholfreien Bier.

»Er gibt dir aber mächtig Paroli«, flüstert mir Tina leise zu. Sie spielt die Partie mit Sören. »Wie läuft es denn?«, will sie neugierig wissen.

»Jürgen führt!«

»Das meine ich nicht!«

»Ach so, na gut.« Ich zwinkere Tina vielsagend zu. »Ich habe echt Schmetterlinge im Bauch, na ja, zumindest mal einen. Du, Tina, der gefällt mir von Mal zu Mal besser. Das könnte etwas werden mit uns beiden.«

»Also eine Partie Billard ist zumindest erfolgreicher als irgendwelche Single-Partys«, ulkt Tina. »Wer hätte das gedacht, als wir beide hier durch die frühherbstliche Nacht gelaufen sind. So schnell wendet sich das Blatt.«

»Na, mal abwarten«, dämpfe ich ihre Euphorie. »Seine Art verunsichert mich schon etwas. Er wirkt manchmal richtig undurchsichtig auf mich. Außerdem hat er etwas Arrogantes an sich. Ich kann ihn noch nicht wirklich einschätzen, werde noch nicht wirklich schlau aus ihm.«

»Für mich hat er auch etwas Machohaftes. Das stört mich«, sagt Tina ganz direkt.

»Ich weiß, mich auch. Aber das Unnahbare, Ungewöhnliche, das macht ihn auch interessant. Ich bin neugierig und möchte herausfinden, wie er wirklich ist.«

»Zum Glück hast du Zeit. Prüf ihn ganz in Ruhe. Verabrede dich mit ihm, und lass ihn auf dich wirken.«

»Na, du glaubst doch nicht, dass ich den ersten Schritt mache. Nee, dazu bin ich zu altmodisch. Ich frage ihn auf keinen Fall nach einem Date, niemals, den Gefallen tue ich ihm nicht«, entgegne ich sofort. Tina nimmt mir das nicht ab. »Warte mal ab, wozu du heute noch fähig bist, du verliebtes Huhn. Vermutlich steckst du ihm gleich deine Telefonnummer zu und schnalzt mit der Zunge.«

»Tina!!!! Du kennst mich genau. Ich mag Männer mit Manieren, ›alte Schule‹ eben. Er muss sich schon um mich bemühen. Ich mache jedenfalls nichts, da kannst du sicher sein! Magst du wetten? Um ein Bier, schlag ein.«

»Ich bin dabei!«

Als wir gegen zwei Uhr nachts die letzte Partie gespielt haben, signalisiert uns der Wirt vorsichtig, dass er schließen wolle und wir an der Theke zahlen sollten.

»Und?«, flüstert mir Tina zu, während sie Geld aus dem Portemonnaie kramt und ganz dicht an mich heranrutscht.

Ich zucke kaum sichtbar mit den Schultern, murmle: »Keine Ahnung!«

Tina macht jetzt eine Geste, als schriebe sie etwas auf, und ich schüttle energisch den Kopf, formuliere mit den Lippen ein klares »Nein!«.

Ich bin unsicher. Verdammt, was mache ich denn bloß? Wenn ich jetzt nichts sage, sehe ich ihn vielleicht erst in einem Jahr wieder. Oder sogar nie mehr.

»Kommt ihr?«, ruft Sören und stößt schon die Kneipentür auf. Die kalte Herbstluft zieht mir ins Gesicht. Ich bin nervös.

»Und?«, frage ich jetzt mutig und sehe Jürgen an. Und dann ist er da, dieser undurchdringliche Blick, und während ich schon hinaus auf die Straße trete, höre ich ihn noch hinter mir sagen: »Ich stehe im Telefonbuch!«

Autsch, das hat gesessen. Kein liebevolles »Sehen wir uns wieder?« oder »Wie erreiche ich dich?«.

Nein, ein stumpfes »Ich stehe im Telefonbuch!«.

»Komm, Süße«, drängt Tina. »Ich habe keine Lust, mir schon wieder nasse Füße zu holen. Lass uns ein Taxi nehmen.«

»Was bildet sich dieser Kerl eigentlich ein?«, schimpfe ich später im Auto, als wir durch die menschenleere Stadt kutschiert werden. »Niemals rufe ich den an. Als ob ich das nötig hätte!«

»Das musst du auch nicht. Der bleibt am Ball, garantiert. Der wirkt richtig besessen von dir. Entsprechend komisch finde ich auch seine Antwort. Pass auf, so ganz normal wirkt der jedenfalls nicht.«

Ich atme tief ein. Mit dieser Abfuhr muss ich erst einmal klarkommen.

»Dieser Blick, du hättest diesen Blick sehen müssen. Er ist echt arrogant.« Und dann muss ich über mich selbst schmunzeln, weil ich gleich anschließend wieder von ihm schwärme. »Aber auch intelligent, schlagfertig und unterhaltsam. Jedenfalls gefällt er mir schon einmal besser als all meine bisherigen Dating-Partner.«

»Dann weiß ich ja schon, was du morgen machst: Du rufst ihn an!«

Und während ich wieder ein »Auf keinen Fall« herauspruste, steht das Taxi schon vor meiner Haustür, und Tina schiebt mich aus dem Auto.

»Komm, los, husch, husch nach Hause ins Bett. Ich bin todmüde. Und träum was Schönes.« Sie zwinkert mir zu. »Den Hauptdarsteller kenne ich schon.«

***

Tina hat unrecht. Ich rufe Jürgen nicht am nächsten Tag an, auch nicht am übernächsten – aber am überübernächsten halte ich es nicht mehr aus. Schlimm genug, dass ich damit meinem Grundsatz widerspreche, es bringt mich noch nicht einmal weiter. Denn Jürgen ist gar nicht da, und es geht nur sein Anrufbeantworter an. Auflegen kann ich jetzt nicht mehr. Meine Nummer ist vermutlich längst gespeichert. Es bleibt mir also nichts anderes übrig, als eine Nachricht zu hinterlassen. Aber ich bitte nicht um einen Rückruf, nein, ich sage nur meinen Namen, aus, das war's.

Allerdings kommt es für mich noch schlimmer, denn er ruft nicht zurück. Das ist richtig peinlich und für mich eine ganz neue Erfahrung. Denn normalerweise laufen mir die Typen nach. Jetzt ist es mal andersherum, was mich zwar kräftig wurmt, aber auch wieder neugierig macht.

Doch Jürgen lässt mich zappeln, drei Tage lang. Dann ist er

in der Leitung, zuckersüß und lieb wie noch nie. Nach ein bisschen Geplänkel über Job und Uni kommt endlich der entscheidende Satz: »Hast du Lust, mit mir was trinken zu gehen?« Und wie! Aber ich juble nur innerlich, äußerlich gebe ich mich gelassen. Er soll bloß nicht denken, dass ich auf ihn gewartet habe.

Jürgen holt mich schon am nächsten Tag an der Bushaltestelle in der Nähe der Uni ab. Er ist pünktlich. Als ich zu ihm ins Auto steige, begrüßen wir uns mit einem flüchtigen Kuss auf die Wange. Da ist es wieder. Das Eau de Toilette. Ich mag das. Ich mag ihn überhaupt riechen, und ich mag seine schöne Haut.

Im Auto erzählt Jürgen von seinem Job. Es sei jetzt in der Vorweihnachtszeit besonders hektisch im Büro, und er komme immer erst spät nach Hause. Ich deute das als Entschuldigung, weil er erst so spät zurückgerufen hat, und verzeihe ihm nur zu gern. Er ist toll.

Und unser erstes Date wird richtig schön. Wir fahren in eine kleine Bar im Westend. Es gibt zig Sorten frisches Bier, kleine Snacks, Live-Musik, herrlich. Jürgen ist schnell ganz vertraut. Er streichelt mir mehrmals über den Arm, schließlich nimmt er wie selbstverständlich meine Hand und lässt sie auch nicht mehr los.

Ich genieße es, seine Wärme zu spüren. Es fühlt sich schön an, nicht mehr allein zu sein, zumindest für heute. Aber wir sind dabei nicht übertrieben romantisch. Wir lachen auch viel, albern herum. Jürgen kann herrlich unkompliziert sein. Ich mag seinen Witz. Ach was, ich mag eigentlich alles an ihm. Er vermittelt mir Sicherheit und Halt, allein schon durch seine beachtliche Größe. Nicht dass ich das brauche. Ich komme bestimmt auch sehr gut allein durchs Leben. Aber es ist schön, wenn jemand zu einem gehört, der Stärke vermittelt.

»Du bist eine tolle Frau, Luise! Weißt du das?«, fragt Jürgen. Er scheint meine Gefühle für ihn zu spüren und sieht mir jetzt tief in die Augen.

»Möchtet ihr noch etwas?« Der Kellner reißt uns jäh aus der innigen Stimmung.

»Ja, bitte zahlen!« Jürgen ist knapp. Er hat nur noch Zeit und Augen für mich, und in meinem Bauch dreht mittlerweile ein ganzer Schwarm Schmetterlinge seine Loopings.

Als ich wenig später neben ihm im Auto sitze, bin ich so beseelt und glücklich, dass ich kaum noch einen Satz herausbekomme.

Es ist Anfang Dezember. Die Innenstadt ist in üppiges Weihnachtslicht getaucht. Überall funkelt und glitzert es, und im Radio spielen sie den Dauerbrenner »Last Christmas«.

Ich weiß nicht, wie oft Jürgen heute schon nach meiner Hand gegriffen hat, auch jetzt, als er den Wagen vor meinem Hauseingang parkt, hält er sie wieder ganz fest. Mein Herz rast, und ich habe nur einen Wunsch: Ich möchte, dass sich seine Arme um mich legen und mich festhalten. Und während ich in Gedanken noch meiner Fantasie nachhänge, spüre ich schon seine warmen Lippen auf meinen. Der Kuss ist anfangs sanft. Aber schon bald scheint es, als wären wir völlig ausgehungert nacheinander.

Draußen flirren klitzekleine Schneeflocken wie Federn im Scheinwerferlicht. Aus den Fenstern der Mietshäuser funkelt Weihnachtsdekoration. Eine Kulisse wie im schönsten Film.

Ich kann nicht genug bekommen von ihm, und als wir uns nach einer kleinen Ewigkeit voneinander lösen und ich aussteige, habe ich weiche Knie. Es hat mich erwischt, aber so richtig. Jürgen ist mein Traummann. Ich finde ihn attraktiv und sehr charmant. Ich mag es, dass er sich so um mich bemüht, und wenn wir uns sehen, ist er immer sehr fürsorglich. Er achtet darauf, dass mir nichts fehlt und ich mich rundherum wohlfühle. Jürgen trägt mich wirklich auf Händen.

Aber das allein ist es nicht. Bei ihm passt einfach alles. Er ist gebildet und beruflich erfolgreich. Mit ihm kann ich über alles reden. Dazu begeistert mich sein Humor. Er bringt mich ganz viel zum Lachen. Zudem haben wir ganz ähnliche Interessen: Wir sind beide sehr sportlich, gehen gern aus, können aber auch gut einen Abend vor dem Fernseher verbringen.

Ich denke, wir sind füreinander gemacht. Er ist der Topf, ich bin der Deckel. Es war Schicksal, dass wir uns fanden. Mit ihm kann ich mir alles, wirklich alles vorstellen.

Kapitel 2

»Meine Kunstsammlung!« Jürgen sagt das so überzeugend und mit hörbarem Stolz, als ob wir über eine liebevoll geführte Kunstmappe sprechen würden. Aber ich blättere an diesem Dezemberabend nicht durch Zeichnungen, sondern stehe vor Brust- und Po-Abdrücken aus Gips. Ich zähle sieben dieser merkwürdigen Skulpturen, mit denen Jürgens Wohnung dekoriert ist. Daneben steht ein Schild mit der Aufschrift: »Der erotische Blickfang im Schlafzimmer.«

Anfangs habe ich gar nicht richtig erkannt, was diese grauweißen Gebilde eigentlich sein sollen, aber bei näherem Hinsehen konnte ich dann Brustwarzen und wohlgeformte Pobacken erkennen, und ganz langsam fiel bei mir der Groschen.

Jürgen liest ganz offenbar meine Gedanken, denn er nimmt sofort das Thema auf.

»Andere sammeln Postkarten und ich eben Brüste«, versucht er zu erklären. »Ich mag das, wenn ich meine Verflossenen so verewigt habe.«

Ich bin irritiert, und mir fällt partout keine passende Antwort dazu ein.

Zum Glück hat er seine Gespielinnen nicht namentlich gekennzeichnet. Ich habe so schon genug.

»Rein vorsichtshalber, damit du nicht auf dumme Gedanken kommst: Ich stehe hierfür nicht als Model zur Verfügung«, sage ich kess, und Jürgen kontert: »Du bist ja auch noch nicht in die Reihe aufgenommen.«

Aber im Moment deutet alles darauf hin, dass es dazu kommt. Nach unserem Treffen im Bistro und dem etwas ausgedehnteren Abschied vor meiner Haustür habe ich Jürgen heute erst wiedergesehen. Er war ein paar Tage beruflich in Berlin, hat sich aber jeden Tag bei mir gemeldet. Nun hat er mich zum Italiener eingeladen, und danach sind wir zusammen im Kino gewesen. Der Film war unwichtig, es zählte nur, dass wir zusammen sein konnten. Wir nahmen Plätze in der letzten Reihe und haben geknutscht wie die Weltmeister.

Und jetzt sind wir bei ihm in seinem kleinen Apartment im feinen Westend und diskutieren kontrovers seine ungewöhnliche Sammelwut. Jürgen hat uns eine Flasche Wein aufgemacht, und wir beide wissen, dass das schon Teil des Vorspiels ist. Es knistert nämlich mächtig zwischen uns, und ich habe bis vor Kurzem an nichts anderes mehr denken können als daran, diesem Mann gleich ganz nah zu sein.

Aber die vielen Brüste und Pobacken haben mich verschreckt. Ich bin irritiert und nippe jetzt nur ganz vorsichtig an meinem Wein. Die ausgelassene, vertraute Stimmung ist einer unsicheren gewichen. Wer ist dieser smarte Mann mit dem trockenen Witz, der mich seit einigen Tagen so sehr beschäftigt? Ist diese Sammlung nur Ausdruck seines etwas skurrilen Humors? Oder hat hier einer eine gehörige Macke? Und wie wirkt sich die auf mich aus?

»Nimm das bitte nicht so ernst. Es ist nicht mehr als ein Joke!« Jürgen setzt sich zu mir auf das schwarze Ledersofa und legt mir liebevoll den Arm um die Schulter. Er spürt genau, dass ich das mag. Ich liebe dieses Gefühl von Geborgenheit, das er verströmt, die Wärme, den Schutz, den sein männlicher Arm mir vermittelt.

»Habe ich dir eigentlich schon gesagt, dass du meine Traumfrau bist!?«, lenkt er jetzt vom Streitthema ab, zerwuschelt neckisch mein Haar und dreht eine rotblonde Strähne ganz langsam um seinen Zeigefinger. Dabei sehen mich seine strahlend grünen Augen verführerisch an, und ich weiß genau, dass ich ihm nichts mehr entgegenzusetzen habe. Warum auch? Ich will ihn spüren, jetzt, sofort.

Jürgen deutet meinen schweren Atem richtig. Er schiebt seinen linken Arm unter meine Beine, den rechten unter meinen Oberkörper, und mit einem Ruck hebt er mich vom Sofa auf und trägt mich hinüber ins abgedunkelte Schlafzimmer. Ganz vorsichtig lässt er mich auf seine rote Satinbettdecke gleiten und öffnet geschickt meine Bluse und den Reißverschluss meiner Jeans, während er erst mein Gesicht und später meinen ganzen Körper mit heißen Küssen übersät. Ich fühle mich wie weggeknipst vom Leben, und wir nehmen uns gierig, was wir nicht mehr erwarten können. Ich habe nicht den besten Sex meines Lebens, aber Ungeduld und Spannung machen ihn trotzdem wunderschön. Denn es ist die Zuwendung, die Konzentration auf mich, die mich so gefangen nimmt und warm umhüllt. Hier ist jemand, der will mich, so wie ich bin. Nicht eine andere Person, einen anderen Körper, nur mich. Dieses Gefühl ist Befriedigung pur, macht mich körperlich und seelisch satt. Ich bin glücklich.

»Das war toll«, säusle ich später leise in seinen Armen und ertaste mit meiner Zunge genüsslich Jürgens Hals, seine Ohren, die Augen, den Mund. Wir liegen eng umschlungen in seinem Bett, und mein Herz poltert vor langsam abebbender Erregung und wohligem Glück.

»Das fand ich auch«, flüstert mir Jürgen ins Ohr und zieht mich noch ein bisschen fester an sich.

Ich schließe die Augen, atme genüsslich den Duft seiner Haut ein. Es ist schön, wunderschön, und langsam drehe ich mich zur Seite und bleibe entspannt auf dem Rücken liegen.

Aber was ist das? Mit einem Ruck setze ich mich auf, schaue aufgeregt hin und her.

»Jürgen!«, rufe ich aufgebracht. »Hier ist ja alles verspiegelt!«

»Ja. Warum regst du dich so auf? Ich mag das. Es war

Schwerstarbeit, diese großen Spiegel anzubringen. Das kannst du mir glauben«, entgegnet er ganz gelassen und versucht, mich mit einem Arm wieder an sich zu ziehen.

»Nein, lass das!« zische ich aufgebracht und schüttle seinen Arm weg. »Ich verstehe nicht, warum du dir hier so ein Spiegelkabinett einrichtest. Das ist doch schräg.«

Ich fühle mich nicht mehr wohl. Egal, wohin ich sehe, ich blicke mir selbst ins Gesicht, sehe meine Schenkel, die Brüste. Ich will das hier nicht.

»Ach Luise, sieh das doch nicht so verbissen. Es ist erregend, wenn man sich beim Sex zusehen kann. Glaube mir, du siehst toll aus, wenn du in Fahrt kommst. Hast du dich nicht gesehen?«

»Nein«, antworte ich schroff. Ich bin ganz offenbar zu aufgeregt gewesen, um das alles hier wahrzunehmen. Jetzt ärgere ich mich über mich selbst. Und wahrscheinlich hat Jürgen auch recht. Ich bin vermutlich einfach nicht locker genug, vielleicht sogar etwas zu prüde. Ich habe eben erst wenige Erfahrungen gesammelt und hatte gerade mal zwei längere Beziehungen. An Experimente habe ich noch nie gedacht.

Ich lege mich zurück ins Bett, starre auf die verspiegelte Decke und beobachte mein Gesicht. Meine Gedanken kreisen um Jürgens Worte: »Du musst dich mal locker machen!« Bin ich zu brav? Aber egal, ich will das so nicht und sage ihm das auch.

»Du magst Gipsabdrücke deiner Verflossenen, du magst Spiegelkabinette. Was kommt noch? Ich aber will einfach keine Spiegel im Schlafzimmer.«

»Musst du doch auch nicht. Und keine Sorge. Ich mache nichts, was du nicht magst!«, flüstert er mir jetzt ganz entspannt ins Ohr und nimmt meine Hand, küsst liebevoll den Handrücken. Irgendwie hat er ja recht. Was ist schon dabei, wenn es ihm Freude macht, sich selbst beim Sex zuzusehen? Warum eigentlich nicht? Mich stört es nicht – und unsere Liebe auch nicht. Vielleicht bin ich auch wirklich etwas spießig. Sören war ein ganz normaler Junge. Und Mike, ein Engländer, mit dem ich eine kurze Beziehung in London hatte, war auch ein Durchschnitts-Lover. Vielleicht ist der Sex mit anderen Männern aber eben viel abwechslungsreicher. Eventuell gibt es ja noch viel mehr zu entdecken, und Jürgen ist tatsächlich der richtige Partner, mit dem ich ungeahnte Gipfel der Lust erstürmen kann …

Ich schäme mich ein bisschen wegen meiner heftigen Reaktion. Ob Jürgen mich jetzt noch will? Schade, dass ich seine Gedanken nicht lesen kann.

»Keine Sorge, du wirst auch noch lockerer!«, meint er da, und ich bin erleichtert. Jürgen scheint die gekippte Stimmung retten zu wollen.

»Sag mal, Luise. Sieh mal an die Decke. Wie findest du die rothaarige Traumfrau, die sich hier auf meiner Decke räkelt? Ist sie nicht supersüß?«

Ich sehe lächelnd nach oben. Es ist komisch für mich, mich selbst so nackt und bloß zu sehen. Und geradezu »traumhaft« finde ich mich auch nicht. Man muss ja nicht gleich übertreiben. Ich habe in England zu viel Fastfood gegessen und seitdem ein paar Kilos zu viel auf den Hüften. Die sind ohnehin mein Schwachpunkt. Ansonsten bin ich mit mir zufrieden: 1 Meter 70 groß, gerade Beine, wohlgeformte Brüste, aber eben das etwas zu ausladende Becken. Darunter habe ich immer gelitten. Obwohl ich glaube, dass man das unter der richtigen Kleidung gar nicht sieht. Mir stehen enge Röcke sehr gut, dazu Pumps, ein Blazer, und ich habe die Traumfigur, von der Jürgen gerade spricht. Aber hier, unter dem gnadenlosen Deckenspiegel, gibt es weder Pumps noch Rock.

»Findest du mich eigentlich zu dick?«, frage ich unsicher.

»Dick? Kannst du nicht gucken? Brauchst du eine Brille?«, albert Jürgen und lässt jetzt seine Hand von meiner Taille abwärtsgleiten.

»Hier«, sagt er und kneift mir liebevoll in den Schenkel.

»Hier hast du alles genau an der richtigen Stelle. Ich möchte doch eine richtige Frau, und die muss genauso aussehen wie du.«

Seine Komplimente gehen mir runter wie Öl. Gerade jetzt.

Jürgen zieht mich an sich, und im Spiegel an der Decke kann ich sehen, wie er langsam über mich rutscht und ich sanft meine Schenkel spreize. Ich will ihn, aber ich muss ihm nicht dabei zusehen, doch eigentlich ist es egal. Wir sind zusammen, und nur das zählt.

***

Die kommenden Wochen sehen wir uns kaum. Weihnachten verbringen wir mit unseren Familien, und Silvester ist Jürgen bei Freunden verplant, anschließend auf einem Lehrgang in Hamburg. Ich bin unermüdlich zwischen Uni und Messe im Einsatz. Anfang des Jahres gibt es immer reichlich Tagungen und Seminare, und ich schufte fast jeden Abend bis weit nach Mitternacht. Allerdings ruft Jürgen regelmäßig an und möchte von mir hören, was in meinem Alltag passiert. Einerseits freue ich mich über sein Interesse, andererseits fühle ich mich durch sein häufiges Nachfragen aber auch kontrolliert. Er will ganz genau wissen, wie mein Tag abläuft: Wann gehst du los? Wann beginnst du zu arbeiten? Wann kommst du nach Hause? Ich fühle mich beaufsichtigt, wie ein aufmüpfiger Teenager von seinen Eltern. Gleichzeitig fällt mir auf, dass er nicht sehr eifersüchtig zu sein scheint. Ich habe ihm ein paar Mal eine Fährte gelegt, aber das hat ihn überhaupt nicht interessiert. Eifersucht scheint ein Fremdwort für ihn zu sein. Vielleicht lässt er sich aber auch nur von mir nicht in die Karten schauen.

Allerdings gefällt ihm die Vorstellung, dass mich andere Männer begehrenswert finden.

»Lass dich nicht anmachen, hörst du? Ich will das nicht!«, sagt er immer, wenn ich von meinen Messeeinsätzen spreche.

Ich weiß nicht, wie oft ich diesen Satz in der letzten Zeit schon gehört habe. Er glaubt, dass ich auf Männer ganz besonders anziehend wirke, und das macht ihn ganz offenbar an.

»Du machst in deinem blauen Fummel alle Männer nervös. Allein schon die Vorstellung, dass sie dich mit gierigen Blicken taxieren, macht mich wahnsinnig.«

»Für Gedanken kann ich nichts«, beruhige ich ihn. Aber damit ist er nicht zufrieden. Es geht dann auch schon mal ans Eingemachte. »Ich kann mir vorstellen, dass sie Fotos machen und sich später damit im Hotelbett aufgeilen« ist nur eine seiner vielen Fantasien, die er mir schildert. Und dann stellt er wieder bohrende Fragen. Aber das stört mich nicht wirklich. Denn ich habe nichts zu verbergen. Im Gegensatz zu ihm.

Jürgen hat mich nämlich angeschummelt. Er hat sich verhaspelt und Tina erzählt, seit wann er schon Single ist. Fehler! Denn das Trennungsdatum lag eindeutig nach unserer ersten Nacht. Als ich ihn darauf ansprach, hat er natürlich versucht, sich herauszuwinden. Aber ich habe ein Elefantengedächtnis, vergesse nichts, was man mir einmal gesagt hat, und weil ich mir so sicher war, habe ich auch nicht lockergelassen. Schließlich kam ans Tageslicht, dass er damals seine Freundin noch hatte. Er trennte sich erst danach von ihr. Klar ist diese Schummelei letztlich nicht superschlimm. Aber ich mag eben keine Unehrlichkeiten. Ich bin immer geradeheraus, direkt, aber ehrlich. Ich sage, was ich denke, und was ich sage, stimmt. Herumeiern und lügen sind mir zuwider.

Unsere frische Beziehung hat einen Knacks. Aber Jürgen versteht es auch, Risse schnell zu kitten.

»Es tut mir leid. Ich hatte einfach Angst, dass du mir einen Korb gibst, wenn ich nicht Single bin, und dich garantiert nicht gemeldet hättest. Es war eine klitzekleine Notlüge, und die ist doch erlaubt, nicht wahr?«, säuselt er mit seinem üblichen unwiderstehlichen Charme.

Und er hat ja recht. So kleine Schummeleien unterlaufen doch jedem von uns mal. Außerdem hat er gemogelt, weil er mich nicht verlieren wollte. Das spricht doch für unsere Liebe.

So schmiege ich mich denn noch enger und inniger an diesen Mann als bisher und bin unendlich glücklich in seiner Nähe.

Es macht nichts, dass er nicht viel Zeit hat. Dafür sind die wenigen Abende mit ihm umso schöner, und ich genieße sie von Woche zu Woche mehr.

***

Ab Ende Januar wird es dann ruhiger, und wir finden wieder mehr Zeit für uns. Wenn wir etwas zusammen unternehmen, verstehen wir uns richtig gut. Wir sind dann ganz auf uns fixiert und nehmen die Außenwelt gar nicht mehr richtig wahr. Die Stunden und Tage mit Jürgen füllen mich ganz aus. Wir gehen häufig zusammen in die Therme, verbringen den ganzen Tag mit Entspannung, leckerem Essen, Gesprächen. Am liebsten planen wir Reisen. Jürgen möchte, dass wir Kreuzfahrten machen. Mal überlegen wir, in die Karibik zu fahren, mal nach Südostasien. Es ist schön, mit ihm zu träumen. Zweimal haben wir auch schon Wochenendausflüge in den Rheingau gemacht. Jürgen kennt dort ein romantisches Hotel mitten in den Weinbergen. Wir haben wunderschöne Tage miteinander verlebt, sind händchenhaltend über die Weinberge spaziert, haben abends feine Spezialitäten und köstlichen Wein genossen. Jürgen verwöhnt mich, und ich blühe auf.

Doch Jürgens Freundeskreis wird in dieser Situation mehr und mehr zum Stolperstein für unsere junge Beziehung. Denn er ist nicht nur beruflich viel unterwegs, sondern auch mit seiner Clique: sechs Männer, alle um die dreißig, die es sich gern zusammen gutgehen lassen. Meistens sind es Wochenendtrips, es wird Sport gemacht, aber auch viel gegessen und getrunken. Was sonst noch passiert? »Nichts, natürlich nichts«, meint Jürgen immer, wenn ich mit Eifersüchteleien beginne. Und ich glaube ihm das auch. Denn er schickt mir immer Nachrichten aufs Handy, in denen er schreibt, wie sehr er mich vermisse und dass er es kaum abwarten könne, mich wiederzusehen.

Trotzdem bohrt die Eifersucht in mir, und ich kann es nicht lassen, immer wieder nachzufragen, wenn Jürgen unterwegs war. »Waren auch Frauen dabei? Hast du mit einer getanzt? Bist du allein nach Hause gegangen?«

Jürgen mag das gar nicht. Auf meine Nachfragen reagiert er mit Gegenfragen. Wenn ich also nachbohre und hartnäckig bleibe, erreiche ich nichts. Wenn ich nur einmal zu viel nachfrage, zieht er sich sofort beleidigt zurück und spricht manchmal tagelang nur das Nötigste mit mir.

Wenn wir Knatsch haben, geht er nicht ans Telefon und lässt mich zappeln. Ein Unrechtsbewusstsein hat er nicht. Er meint, es gebe keinen Grund zur Eifersucht, basta. Ich meine dann, so könne er mit mir nicht umgehen, basta.

Was soll ich gegen meine Gefühle tun? Ich würde mir zumindest wünschen, dass er darauf eingeht. Aber das tut er nicht. Stattdessen unterstellt er mir, ich fantasierte, und bezeichnet mich als hysterisch.

Ob er treu ist? Ich kann ihm nur glauben und vertrauen. Aber ich bin tief in mir drin doch etwas unsicher, und er verstärkt dieses Gefühl noch, ja eigentlich schürt er sogar meine Eifersucht, indem er ständig erzählt, was für tolle Frauen er treffe, wenn er unterwegs sei.

Einer seiner Freunde hat mir dazu gesagt, er denke sich nichts dabei, würde das einfach nur so hinplappern. Vielleicht nehme ich das auch wirklich zu ernst, aber es stört mich. Oder besser, es verunsichert mich, und ich habe dann große Angst, Jürgen zu verlieren.

Zuletzt waren er und seine Jungs für einen Kurztrip auf Ibiza. Da lege ich für sie natürlich nicht die Hand ins Feuer. Auch nicht für Jürgen. Jeden Tag haben sie Fotos gepostet von Partys mit attraktiven Mädchen in knappen Bikinis. Da kann ich mir denken, was alles passieren kann, obwohl mir Jürgen ständig geschrieben hat, dass er nur mich liebe. Großes Herz! Trotzdem kracht es zwischen uns, und jeder Streit belastet mich, weil es so lange dauert, bis wir uns wieder versöhnen. Denn Jürgen ist nachtragend.

Manchmal denke ich auch, dass er nur so reagiert, weil ich übertreibe. Ich nerve ihn mit meinen ständigen Zweifeln. Vielleicht verletzt es ihn auch, dass ich ihm nicht vertraue. Mittlerweile wäge ich deshalb genau ab, was ich sage. Es ist leichter, meine Eifersucht herunterzuschlucken, als wieder tagelange Spannungen auszuhalten und vielleicht unsere Beziehung aufs Spiel zu setzen.

Zumindest dieses Mal hat es sich gelohnt. Denn auf dem Küchentisch liegt ein Brief von Jürgen. Handgeschrieben. »Die Verlockungen auf der Insel waren schon groß. Aber wenn man so eine Frau wie dich zu Hause hat, ist es leicht, ihnen zu widerstehen. Statt mir über andere Frauen Gedanken zu machen, habe ich mich lieber auf dich gefreut, auf die nächsten Tage … Wochen … Jahre mit dir! Du bist meine Traumfrau!«

***

Heute ist Frieden, wir verstehen uns prächtig und sind zusammen in den Mainauen unterwegs. Es ist Mai 2000, und wir genießen einen der ersten richtig warmen Frühlingstage. Die Vögel zwitschern miteinander um die Wette. Kinder spielen im Sandkasten, und ihre Mütter schnattern auf Bänken um die Wette. Auf einer eingezäunten Wiese jagen sich fröhlich bellend die Hunde. Ich sauge die milde Luft ein, genieße den Geruch von duftendem Jasmin und die Sonnenstrahlen in meinem Gesicht. Es ist ein Traumtag.

»Was hältst du eigentlich davon, wenn wir zusammenziehen würden?«, fragt Jürgen mich völlig unvermittelt. Ich kann gar nicht glauben, was ich gerade gehört habe, und bin so gerührt, dass ich wortlos weiter neben ihm hergehe. Einen Moment lang lausche ich ganz intensiv dem Gesang der Vögel und schließe glückstrunken die Augen.

Es ist ihm also doch ernst mit mir! Sehe ich vielleicht wirklich nur Gespenster? Vernebelt mir die Eifersucht den klaren Blick? Sind meine Ängste völlig unbegründet? Es gab ja viele Nächte in den vergangenen Monaten, in denen es mir nicht gutging und ich mir ausgemalt habe, was Jürgen wohl gerade macht. Das waren die Abende, an denen er unterwegs war und ich ihn partout nicht erreichen konnte. Sein Handy war ausgestellt, und ich hatte genug Zeit, mir detailliert einen Seitensprung auszumalen.

Ich glaube manchmal, er hat das bewusst gemacht, damit ich aufhöre, ihm ständig mit meiner Eifersucht in den Ohren zu liegen. Er wollte mir das austreiben, aber die Methode war nicht gut. Ich habe mich dann nur noch mehr hineingesteigert. Meistens kam dann erst morgens die erlösende Nachricht. Wenige Worte nur: »Alles gut und dicker Kuss.« Mir aber haben sie gereicht. Ich wusste dann, dass er an mich denkt.

Anfangs habe ich ihn darauf angesprochen und als Antwort erhalten, dass er seinen »Freiraum« brauche und sich nicht einengen lasse. Von niemandem, schon gar nicht von mir. Das saß. Danach war ich still. Es bringt ja nichts, noch mehr Porzellan zu zerschlagen. Ich kann im Endeffekt sowieso nicht abschätzen, ob er mir die Wahrheit sagt, und wir hätten uns nur unnötig in die Haare bekommen.

Aber Jürgen ist danach dann doch wieder mehr auf mich eingegangen. Er hat mich nicht mehr so lange warten lassen, sondern zwischendurch immer kleine Signale geschickt. Ein Herzchen, einen Smiley, ein knappes »Ich liebe dich«, etwas, das mir zeigen sollte, dass ich mir keine Sorgen machen muss, dass er *mich* liebt und keine andere.

Rückblickend betrachtet, habe ich mich mit meiner Strategie also richtig verhalten, denn Jürgen will mit mir leben. Er will mit mir zusammenziehen. Ich bin auf Wolke sieben.

»Weißt du, ich möchte nicht länger allein sein«, höre ich ihn jetzt weitersprechen. »Und es ist auch viel wirtschaftlicher, wenn wir nur eine Miete bezahlen müssen. Ich übernehme natürlich den Löwenanteil der Kosten, schließlich verdiene ich auch sehr viel mehr als du. Was sagst du?«

Jürgen scheint gut über diesen Vorschlag nachgedacht zu haben. Es ist keine Spontanidee, sondern ernst gemeint. Ich sehe ihn von der Seite an. Er erwidert meinen Blick, lächelt.

»Du bist eine tolle Frau, Luise, die ich von ganzem Herzen liebe. Mit dir kann ich mir eine Familie vorstellen. Ich verdiene genug Geld, und du bleibst zu Hause oder arbeitest ein paar Stunden nebenbei, wie es dir gefällt.«

Ich versuche, vor lauter Glück nicht einfach loszuheulen, sondern gefasst zu bleiben, auch als er meine Hand nimmt, langsam weitergeht.

»Klar macht es Spaß, mit anderen Männern durch Kneipen zu ziehen und über die Stränge zu schlagen. Aber alles hat seine Zeit, und für mich ist sie nun vorbei.«

Ich gehe weiter wortlos neben ihm her, höre dem Redeschwall zu und spüre, dass mein Herz immer schneller pocht. Jürgen redet jetzt auch mit den Händen, unterstreicht seine Wünsche vom neuen Familienleben, indem er überschwänglich die Umrisse eines Hauses in die Luft zeichnet.

Ich sage nichts, höre nur zu, sauge jedes Wort in mich auf. Auch weil ich es kaum glauben kann, mit welcher Überzeugung Jürgen von unserem gemeinsamen Leben schwärmt.

»Lass uns zusammenziehen, bitte!«, drängt er jetzt sogar. Und nicht nur das. Er bleibt stehen, nimmt meine Hände in seine und sieht mich mit festem Blick an.

»Schatz, ich stelle mir für den Anfang etwas in schöner Stadtlage vor, drei Zimmer, vielleicht mit Balkon. Später ziehen wir aufs Land. Ich will nicht mehr ohne dich sein, nie mehr!«

Peng! Ich japse kurz nach Luft, meine Augen schimmern feucht, und Jürgen nimmt mich fest in den Arm und küsst mich leidenschaftlich. Die anderen Spaziergänger sind uns egal. Die Zeit steht still. Es gibt nur noch uns zwei. Ich lebe gerade einen Kinofilm mit grandiosem Happy End.

Wir bleiben lange Minuten eng umschlungen stehen, halten uns ganz fest, spüren gegenseitig unseren Herzschlag. Vor uns glitzert das Wasser des Mains silberfarben, und dahinter blitzen die Türme der Skyline in der warmen Sonne. Eine traumhafte Kulisse, und ich bin mir in diesem Moment ganz sicher, dass sich ab jetzt alle meine Träume verwirklichen. Ich bin unendlich glücklich!

***

»Ist das nicht ein bisschen schnell?« Tina klingt wenig begeistert, als ich ihr von meinen Plänen mit Jürgen erzähle. Ich habe sie natürlich gleich angerufen, um von der riesengroßen Neuigkeit zu berichten.

Aber anstatt bei »Wir ziehen zusammen!« ihren Jubelschrei zu hören, war am anderen Ende erst einmal Funkstille. Tina ist offenbar sprachlos, und das kommt bei ihr selten vor. Und dann kommt diese Frage, ob das nicht ein wenig überhastet sei.

Tina ist die zweite Gesprächspartnerin, die auf die Neuigkeit eher verhalten reagiert. Meine Mutter war auch nicht gerade begeistert. Obwohl ich es bei ihr auf meine verunglückte Geburtstagsparty schiebe: Am 28. März hatte ich meinen 26. Geburtstag gefeiert und wollte bei der Gelegenheit Jürgen meinen Eltern vorstellen. Aber er hatte irgendwie richtig miese Laune. Jedenfalls saß er nur teilnahmslos auf dem Sofa und hat sich weder mit meiner Mutter noch meinem Vater unterhalten. Beide haben sich Mühe gegeben, ihn kennenzulernen, und versucht, ein Gespräch hinzubekommen. Aber Jürgen blockte alles ab, hat sich nur, wenn es gar nicht anders ging, ein »Ja« oder »Nein« entlocken lassen. Meine Mutter findet ihn seitdem »seltsam und unnahbar«, und mein Vater äußert sich zwar nicht, denkt aber mit Sicherheit das, was seine Rosi ausspricht. Das ist immer so. Mir war der ganze Abend furchtbar peinlich, und ich verstehe bis heute nicht, warum sich Jürgen so komisch aufgeführt hat.

»Ich denke, es war eine Mischung aus Unsicherheit und Überforderung«, habe ich meiner Mutter gegenüber versucht, die Wogen zu glätten. Jürgen war erst am Nachmittag von einer Geschäftsreise zurückgekommen und vermutlich gestresst und todmüde gewesen. Aber wirklich überzeugt hat diese Entschuldigung weder mich noch meine Eltern.

Deshalb verstehe ich in gewisser Weise die Reaktion meiner Mutter auf seine Pläne, wenn sie sagt: »Ist das nicht etwas früh? Zusammenleben kann man doch immer noch. Das eilt doch nicht!« Und sie hat ja auch recht, wenn sie sagt, dass ich noch sehr jung sei und noch nicht an Heirat denken müsse.

Wie kann ich ihr da vermitteln, dass ich Jürgen nicht verlieren will? Dass ich davon überzeugt bin, dass es viele Frauen gibt, die sich so einen Mann wünschen, und dass die Konkurrenz auf dem Heiratsmarkt nicht schläft? Sie würde mich für verrückt halten, denn immerhin findet sie ihre rothaarige Tochter »konkurrenzlos«.

Und nun spricht auch noch Tina davon, nichts zu überstürzen. Für sie ist sein Liebesgeständnis nichts weiter als ein »zu erwartendes Verhalten dieses egozentrischen Typs Mann«.

Sie mag ihn nicht. Das ist klar.

Ihre anfangs verhalten positive Einschätzung ist in den letzten Monaten gekippt. Sie fand ihn zunehmend arrogant und machohaft, angeblich hätte er mich immer nur herumkommandiert und sei mir gegenüber übergriffig. Das habe sie mit eigenen Augen beobachtet. Trotzdem hält sie sich mit Kommentaren über ihn zurück. Außer ich fange von selbst mit dem Thema »Jürgen« an. In letzter Zeit ist das leider häufig vorgekommen, weil ich sie immer angerufen habe, wenn ich mich abends in den Schlaf geheult habe, weil mal wieder kein Lebenszeichen von Jürgen gekommen war.

»Finger weg«, hat sie mir dann mehrmals geraten. Aber weil ich das am nächsten Morgen nicht mehr hören wollte, gab sie schließlich auf. Wir versuchen nun meistens, nicht direkt auf ihn zu sprechen zu kommen, und uns stattdessen über andere, weniger verfängliche Themen zu unterhalten. Es sei denn, es gibt so sensationelle Neuigkeiten wie heute, nämlich den konkreten Plan eines gemeinsamen Lebens mit Jürgen.

»Ich weiß ja, was du alles gegen Jürgen hast, aber eine Chance kannst du ihm schon geben«, teile ich jetzt etwas übertrieben bissig aus. Ich bin mir der Empörung, die in meiner Stimme mitschwingt, genau bewusst. So ist das, wenn man seine Freundin nur um Rat fragt, weil man eine Bestätigung seiner eigenen Ansichten hören möchte. Kritik ist jetzt nicht erwünscht. Vielleicht hätte ich das vorher sagen sollen.

»Ich finde, dass du dich an seiner Seite veränderst, meine Liebe. Und nicht unbedingt positiv. Jürgen hier, Jürgen da, du tänzelst um ihn herum und plapperst nur noch nach, was er dir vorbetet«, platzt es da aus Tina heraus. »Weißt du, ich wollte dir das schon lange sagen, aber ich habe mich nicht getraut. Du bist ja sofort beleidigt, wenn jemand deinen Traummann nicht gelobhudelt.«

»Ach, das ist doch Quatsch, Tina!« Ich atme tief durch, bevor ich weiterspreche. Mit so viel Widerstand habe ich nicht gerechnet. »Du siehst Jürgen falsch. Er ist in Wirklichkeit kein arroganter Pinsel, er ist ein Familienmensch. Wir passen gut zusammen. Wir wollen beide dasselbe. Er will ein gemeinsames Zuhause, eine Familie, ein Leben im Grünen. Und genau das möchte ich doch auch!«

»Er ist ein Egoist, meine Liebe, und hat dich vom ersten Tag an manipuliert und dominiert. Allein wie rücksichtslos er mit dir umgeht: Ständig provoziert er deine Eifersucht, und wenn du dann ausrastest, stellt er sich als unschuldiges Opfer dar und schiebt den Schwarzen Peter dir zu. Er treibt ein mieses Spiel mit dir, auch wenn er sich nach außen hin oft nett, aufmerksam und zuvorkommend gibt!«

Tina ist nicht mehr zu bremsen und schimpft atemlos weiter.

»Ich habe selbst gehört, dass er gesagt hat, die Frau an seiner Seite solle nicht arbeiten, sondern für die Familie da sein. Glaub mir, er möchte dich am liebsten irgendwo in eurem Traumhaus auf dem Land wegsperren. Und das Schlimme: Du merkst es nicht mal. Du bist blind vor Liebe! Wie stellst du dir euer Zusammenleben denn konkret vor?« Tina schnaubt jetzt fast vor Wut. »Hängst du für ihn auch dein Studium an den Nagel und machst ihm den Haushalt?«

»Ich bitte dich!« Ich klinge nicht nur entrüstet, ich bin es auch. »Das ist doch Quatsch. Ich will natürlich mein Studium beenden, arbeiten und unabhängig bleiben. Aber ich will auch heiraten, wünsche mir eine Familie mit zwei Kindern. Dieses ganze Emanzipationstheater brauche ich jedenfalls nicht. Ich kann selbstständig und erfolgreich sein und trotzdem meinem Mann ein leckeres Abendessen bereiten. Mensch, Tina, das eine schließt doch das andere nicht aus. Das weißt du doch auch. Und Jürgen ist eben ein ganz besonderer Mann, der es verdient hat, dass ich mich auf ihn einlasse und ihn so nehme, wie er ist.«

Und dann erzähle ich, warum ich so an ihm hänge und ihm

vieles verzeihe: weil er charakterstark ist, ein klares Auftreten hat, einfach ein Mann ist, der eine Frau begeistern kann. Er vermittelt Sicherheit, strahlt Stärke aus, ist jemand, der weiß, was er will.

Ich muss husten, weil auch ich mich richtig in Rage geredet habe. »Wie ist es denn übrigens mit deinem Toby?«, fauche ich jetzt. »Für den rennst du sogar abends um acht noch in den Supermarkt, wenn er sich leckeren Bergkäse wünscht. Das hast du mir erst kürzlich brühwarm erzählt. Rede ich dann davon, dass du unterdrückt wirst und deine Unabhängigkeit aufgibst?«

Ich bin sauer und lasse mir das auch anmerken. Warum glauben denn alle, mich warnen zu müssen? Jürgen und ich haben die gleichen Ziele im Leben, und das ist doch etwas sehr Schönes. Was soll daran falsch ein? Ich bin 26 Jahre alt. Was ist schon dabei, wenn ich mit jemandem zusammenziehen möchte? Ich will doch nicht immer Single sein. Aber es ist ganz typisch. Diejenigen, die nicht allein sind, erzählen den anderen, dass man sich nicht zu schnell binden solle. Das habe ich schon oft bei Freundinnen erlebt. Sie sind fest liiert, machen nichts ohne ihren Freund, und wenn man ihnen dann verrät, dass man sich für einen tollen Typen interessiere, halten sie einem Vorträge über die Vorteile des Single-Daseins. Das ist doch plemplem.

Aber es lohnt sich nicht, darüber zu streiten. Ich schalte einen Gang zurück.

»Sorry, Tina, ich wollte dich nicht anfahren. Verzeih! Aber meine Mutter hat mir das schon fast genauso erzählt. Es war jetzt einfach ein bisschen viel für mich, verstehst du? Ich liebe Jürgen. Er ist vielleicht noch nicht so gefestigt und reif wie andere Männer in seinem Alter, aber er ist intelligent, charmant und erfolgreich, und ich kann es mir gut vorstellen, ihn zu heiraten und für immer mit ihm zusammen zu sein.«

Doch Tina ist hartnäckig.

»Aber du studierst erst einmal«, wirft sie jetzt ein, und versöhnlich klingt nur ihre Stimme.

»Ja, mache ich doch auch. Das ist selbstverständlich. Ich will arbeiten, mein eigenes Geld verdienen. Aber langfristig möchte ich eben auch eine Familie, ein Haus, Kinder, die im Garten spielen, am Wochenende gemeinsam Radtouren unternehmen und im Sommer zu viert ans Meer fahren.«

»Das ist aber schon sehr konkret.« Tina bleibt kritisch. »Ich wusste gar nicht, dass du dir jetzt schon dieses Leben so intensiv wünschst. Das hat dir doch Jürgen eingeredet!«

»Nein, auf keinen Fall. Ich möchte das auch, so schnell wie möglich.«

Ich male uns jetzt meine Zukunft in leuchtenden Farben aus. »Ich möchte die schönsten Kindergeburtstage feiern und sehe schon vor mir, wie ich das ganze Haus dafür dekoriere, für ein Mädchen in Rosa und für einen Jungen in Hellblau. Ich will Weihnachten vor einem riesengroßen Tannenbaum im Wohnzimmer Lieder singen, und meine Kinder spielen dazu auf der Blockflöte, und mein Mann hängt Lichterketten auf. Ich will das ganze Programm. Ich mag dieses Leben, sortiert und perfekt. Vielleicht ein bisschen kitschig, aber wunderschön. Und glaub mir, Tina, Jürgen ist genau der Richtige dafür!«

»Und warum bist du dir da so sicher?«, fragt Tina jetzt. Sie gibt nicht auf. Eigentlich liebe ich es an ihr, dass sie immer alles genau wissen will und nachbohrt. Aber jetzt könnte ich auf ihre Gründlichkeit dankend verzichten.

»Er ist mir sehr ähnlich, Tina. Zielstrebig und ehrgeizig, leistungsorientiert und engagiert. Es passt einfach zwischen uns. Und ideal ist es, dass er eben auch so leben möchte wie ich. Nicht jetzt sofort, aber mittel- und langfristig. Das alles verbindet uns. Und seine kleinen Absonderlichkeiten und Macken werden sich mit der Zeit geben. Da bin ich mir ganz sicher.«

Ich atme tief durch und bin innerlich schon gespannt, was

sie jetzt noch wissen will. Am besten nehme ich ihr gleich den Wind aus den Segeln.

»Ich liebe ihn, das ist das Wichtigste!«

»Stimmt, aber ich habe immer den Eindruck, dass du ihm gefallen willst und dabei nicht mehr du selbst bist. Aber vielleicht täusche ich mich auch. Ich will nicht mehr meckern. Es ist dein Leben«, meint Tina, schon etwas versöhnlicher gestimmt.

Ich habe jetzt ein schlechtes Gewissen. Bestimmt war ich zu schroff, aber ich fühle mich schnell in die Ecke gedrängt, wenn es um Jürgen geht und um uns beide.

»Du bist meine Freundin, Tina, und es ist wichtig, dass du mir sagst, was du denkst. Es tut mir leid, wenn ich vorhin etwas ungeduldig war. Ich verspreche dir, dass ich mir Gedanken mache, okay?«

»Ja, klar, und du versprichst mir, dass wir uns nie wieder wegen eines Mannes in die Haare kriegen. Das ist kein Typ wert.«

***

Warum kann ich die Zeit nicht zurückdrehen? Ich möchte die Reset-Taste drücken und alles anders machen.

Es ist halb vier in der Nacht, und ich weiß nicht, wie lange ich schon auf dem glitzerweißen Toilettendeckel im Bad sitze und bittere Tränen weine. Mein Sleep-Shirt ist schon ganz nassgeheult, und ich fühle mich hundeelend. Die Tränen schießen mir aus den Augen wie Wasser aus der Leitung, und ich zittere am ganzen Körper.

Ich möchte so gern mit jemandem sprechen, aber um diese Zeit kann ich niemanden mehr anklingeln. Mutti, Tina, Miriam und alle meine Zweit- oder Drittfreundinnen, warum spürt denn niemand, dass es mir schlechtgeht? Ich stemme mich mit beiden Händen vom Klodeckel hoch und schlurfe zum Waschbecken, um mir kaltes Wasser über die Arme laufen zu lassen.

Irgendwie muss ich doch meinen Kreislauf wieder in Schwung bringen. Aber mir wird schon wieder so schummerig, dass ich fürchte, gleich umzufallen und auf den eierschalenfarbenen Fußboden zu knallen.

Also rutsche ich lieber ganz langsam auf die Badematte und kauere mich damit in eine Ecke. Teilnahmslos mustere ich das Badezimmer. Es ist so schön, mit einer eleganten Eckbadewanne, einer Glasdusche und zwei modisch rechteckigen anthrazitfarbenen Waschbecken. Die Fliesen sind in einem ansprechenden Grau gehalten, und die obere Kante ziert eine silberfarbene Leiste. Ich war von Anfang an von dem Bad begeistert, genauso wie von der ganzen Wohnung, die jetzt mein Zuhause sein soll: drei Zimmer in einem schicken Frankfurter Altbau im trendigen Westend. Das Haus hat vier Etagen, und auf jeder Etage gibt es einen kleinen Balkon mit kunstvoll verziertem Metallgeländer, aus dem leuchtend blühende Sommerblüten wachsen. Paradiesisch! Und das Ganze zu einem bezahlbaren Preis. Volltreffer! Als Jürgen mit mir an einem Freitagabend zum Besichtigungstermin gefahren ist, war ich sofort ganz aus dem Häuschen, und als wir unser künftiges Reich dann auch von innen sahen, erfüllten sich all unsere Erwartungen.

»Oh, Liebling, ich habe noch nie so schön gewohnt«, juchzte ich und umarmte Jürgen freudestrahlend. Gut, ich hätte mir eine eigene kleine Arbeitsecke nur für mich gewünscht, aber bei diesem Prachtbau mit aufgearbeitetem Eichenparkett und einer herrlichen Stuckdecke war ich bereit, darauf zu verzichten.

»Du kannst dich doch im Wohnzimmer ausbreiten«, hat Jürgen mir großzügig angeboten. »Tagsüber bin ich sowieso beim Arbeiten und kann dich nicht stören.«

Er hatte recht, und ich lief mit einem Dauerlächeln im Gesicht zum Fenster und habe den Blick auf die ockerfarben in der Sonne schimmernde Frankfurter Oper genossen. Die Wohnung, die Lage, alles war perfekt. Welche Rolle spielte da ein fehlender Arbeitsplatz für mich? Natürlich keine.

Wir haben sofort den Mietvertrag unterschrieben. Allein hätte ich mir so eine Wohnung nicht leisten können, nicht mal die Hälfte der Miete wäre drin gewesen.

Und dann ging alles ganz schnell. Gestern, am 1. Juni 2000, sind wir bereits eingezogen. Eigentlich sollte ich jetzt selig im Bett liegen und mich auf den ersten Tag in der Wohnung und in meinem neuen Leben freuen. Doch stattdessen hocke ich auf dem Badezimmerboden auf einer zusammengeschobenen Badematte und schluchze mein Leid hinaus.

Ich habe Angst, und ich glaube, dass ich den größten Fehler meines Lebens machte. Vermutlich haben Tina und meine Mutter recht gehabt, als sie mich warnen wollten. Und vermutlich haben alle anderen, die Jürgen kennen und nichts sagten, mich nur aus purer Gleichgültigkeit ins offene Messer laufen lassen. Ich glaube nämlich, dass viele wissen, wie er tickt. Jürgen hat offenbar zwei Gesichter. Das liebevolle, mir zugewandte ist leider nicht sein einziges, was ich bislang jedoch nicht wusste. Aber gestern Nachmittag, an unserem Einzugstag, habe ich das andere kennengelernt.

»Du bist ja zum Kacken zu doof!« Dieser Satz dreht sich seit Stunden in meinem Kopf, und mir kommen immer wieder die Tränen, wenn ich mir vorstelle, dass mir mein Lebenspartner so etwas entgegenschleudert, vor seinem Vater, vor Freunden, vor wildfremden Mitarbeitern der Spedition. Ich kann mich nicht erinnern, dass mich schon einmal jemand öffentlich so gedemütigt hat.

Für mich kam alles aus heiterem Himmel. Ich hatte gerade zwei Kartons in die Wohnung getragen, als mir ein Malheur passierte. Ich habe mich ungeschickt verhalten, und dabei ist mir im Wohnzimmer ein Regal umgefallen. Es ist nichts Schlimmes passiert. Eine Ecke ist abgesplittert, aber man sieht es kaum.

Doch Jürgen, der hinter mir stand, ist komplett ausgerastet. Er hatte gerade meinen Lieblingssessel in der Hand und donnerte ihn daraufhin bewusst so fest gegen den Türrahmen, dass der Stoff an der Lehne einriss. Dazu beschimpfte er mich als »Trampel«.

Er wusste genau, wie sehr ich an meinem Sessel hänge. Ich hatte ihn mir von meinem ersten selbstverdienten Geld gekauft, und er bedeutet mir ganz viel. Aber das war ihm egal, er war sauer auf mich, die Wut packte ihn, und er wollte mich mit seiner Aktion gezielt bestrafen. Er wollte etwas von mir zerstören. Er wollte seine Rache.

Aber damit nicht genug. Da war auch noch dieser Blick, der mich erschaudern ließ. Durchdringend und berechnend, dass ich mich geradezu vor ihm fürchtete, und dann schrie er diesen Satz, dabei jedes einzelne Wort betonend und so laut, dass man ihn noch im Treppenhaus hören konnte: »Du bist ja zum Kacken zu doof!«

Mir schossen sofort die Tränen in die Augen, und ich bin aus lauter Verlegenheit wieder hinunter zum Umzugswagen gelaufen. Ich wollte nicht, dass mich jemand verheult sieht. Draußen habe ich mich kurz hinter einer Hecke versteckt. Ich musste mir die Tränen wegwischen und ein paar Mal tief durchatmen. Dann habe ich mir eine Umzugskiste geschnappt und einfach weitergemacht. Ich wollte den Vorfall irgendwie ungeschehen machen, nicht mehr daran denken, mir die Enttäuschung und Verletzung »wegschleppen«.

Aber das ging nicht. Jürgen hat mich den ganzen restlichen Tag weiter schlecht behandelt. Entweder hat er mich ignoriert und keines Blickes gewürdigt oder gemein angefahren. Dabei waren Sätze wie »Pass doch endlich auf« noch die harmlose Variante. Es fielen auch mehrfach Beleidigungen wie »dumme Kuh«, und zweimal hat er mich mit Kartons in der Hand zur Seite geschubst und dabei »Verschwinde« gezischt.

Ich wollte kein Aufsehen, habe nicht darauf reagiert, mich allerdings gewundert, dass auch von seinem Vater nichts dazu kam.

Ich habe bis jetzt nicht viel Kontakt zu Jürgens Eltern gehabt und werde auch nicht richtig warm mit ihnen. Der Vater, ein hochgewachsener Mann mit grauen Haaren und dunkler Brille, ist immer sehr kühl, sehr reserviert. Seine Mutter wiederum ist eine übertrieben zurechtgemachte Frau, die immer im Mittelpunkt stehen will. An ihr ist alles immer zu laut, zu bunt, zu auffallend und leider auch zu eng. Denn sie quetscht ihre aus dem Leim gegangenen Rundungen in viel zu kurze und zu enge Kleider. Sie möchte partout jung aussehen und fordert ständig Komplimente ein. Auch mit ihr baut sich nichts Ehrliches auf.

Wenn ich bei den beiden zu Gast war, blieb es beim Smalltalk über das Wetter, die Entwicklung des Flughafens, die neuesten Boutiquen. Auffallend war, dass mich beide nie etwas gefragt haben. Mein Studium, meine Eltern, meine Interessen, zu nichts hat jemals einer etwas von mir wissen wollen. In ihrem Leben dreht sich zumindest äußerlich alles nur um ihren Sohn, das verwöhnte Einzelkind. Wobei ich glaube, dass sie ihn in erster Linie als »Trophäe« sehen, aber sich nie wirklich dafür interessiert haben, wie er wirklich war und ist. Er sollte ein guter Schüler sein, studieren, erfolgreich im Job werden. Das hat er geliefert. Darauf sind sie stolz. Ob auch er das alles so wollte, war für sie bestimmt nie wichtig. Der schöne Schein reichte ihnen.

Die gutbürgerliche Fassade hat Jürgen jetzt allerdings mit seinem proletenhaften Verhalten zum Einsturz gebracht. Sein Vater hätte sich einmischen und seinen Sohn zurückpfeifen müssen. Aber vielleicht tickt er ja genauso wie sein Goldstück und fand es gut, dass er mir eine Abreibung verpasst hat. Ich verstehe die ganze Familie nicht.

Als die Umzugsmitarbeiter gingen und sich bei mir für den Kartoffelsalat und die Frikadellen bedanken wollten, hat Jürgen nur »Nicht nötig« gemeint. Er hat mich behandelt wie ein Nichts, dem man keinerlei Beachtung schenken muss.

Und das ist dann auch so geblieben, als wir allein waren. Ich habe noch einen Schrank im Wohnzimmer ausgewaschen, als er an mir vorbeigegangen ist und mich mit dem Knie achtlos zur Seite geschubst hat. Das war zu viel. Ich bin danach ins Bett geschlichen wie ein geprügelter Hund.

Jürgen hat noch sehr lange im Wohnzimmer am Computer gesessen. Meine Verzweiflung interessierte ihn nicht. Er hat sich nicht die Mühe gemacht, nach mir zu sehen. Später legte er sich schlafen. Davon bin ich aufgewacht. Aber ich schaffte es nicht, neben ihm zu liegen und seine Gleichgültigkeit zu ertragen. Also bin ich ins Bad geschlichen und habe mich eingeschlossen.

Jetzt hocke ich da und weiß nicht, wie es für mich weitergehen soll. Am liebsten möchte ich weglaufen, aber wohin? Ich habe keine Wohnung mehr. Zu meinen Eltern zurück kann ich auch nicht. Die haben mir ja gesagt, dass ihre Wohnung zu klein für drei Personen sei. Mein Kinderzimmer ist jetzt Mamas Sportraum.

Eine eigene Wohnung kann ich mir nicht leisten. Ich habe mein ganzes Geld in den neuen Hausrat und die Kaution gesteckt. Und mein erster Mietanteil ist auch schon abgebucht. Ich habe nichts mehr auf dem Konto. Was das heißt, ist klar: Ich bin abhängig von diesem Mann, der mich so sehr beleidigt hat, wie ich es mir nicht mal in meinen schlimmsten Albträumen vorstellen konnte. Warum bloß? Was passiert hier?

Ich heule bestimmt noch eine Stunde weiter. Dann kann ich nicht mehr. Ich bin durchgefroren, körperlich und seelisch erschöpft. Todmüde lege ich mich jetzt auch ins Bett, rutsche so weit weg von Jürgen wie möglich und wickle mich in meine Decke ein. Ich fühle mich elend und will nur noch schlafen.

»Wo warst du denn so lange?«, höre ich plötzlich Jürgens schlaftrunkene Stimme.

Das kann doch nicht wahr sein. Er tut so, als hätte er keine Ahnung, was passiert ist. Dann spüre ich seine warmen Arme, die meinen Körper umschlingen. Er zieht mich ganz eng an sich heran, küsst mich liebevoll auf den Hals. »Komm her zu mir, schlaf schön. Wir hatten einen anstrengenden Tag.«

Anstrengend? Ja, das stimmt. Aber nicht nur das. Der Tag war furchtbar für mich.

Im ersten Augenblick kann ich seine Nähe nicht ertragen. Es ist zu viel passiert. Mein Körper verspannt sich, und ich stemme mich wie ein hartes Brett gegen ihn. Aber dann spüre ich seine weichen Lippen auf meiner Schläfe. Er küsst mich zärtlich, flüstert mir »Ich liebe dich« ins Ohr. Zuwendung, die mir so guttut. Mein Körper gibt nach, mein Herz auch. Die Übelkeit verschwindet, der flaue Magen beruhigt sich. Es ist ganz leicht: Ich muss mich nur in diese Wärme fallen lassen, und der Alptraum ist vorbei.

Ich schmiege mich jetzt ganz fest an ihn, und seine Nähe gibt mir Ruhe und Kraft.

Vielleicht habe ich auch alles zu ernst genommen, denke ich und liege noch eine Zeitlang wach. Wir haben beide seit Tagen viel Stress: die ganze Schlepperei, das Durcheinander. Das geht ans Nervenkostüm. Da verlieren manche eben früher die Nerven als andere. Bei Jürgen kommt noch sein belastender Job dazu. Offenbar war alles zu viel. Ich muss mehr Verständnis für ihn haben.

»In einer Beziehung kann man nicht immer jeden Satz auf die Goldwaage legen«, hat mir Mama einmal gesagt. Vermutlich hat sie recht. Ich will diesen doofen Tag einfach vergessen. Aus meinem Gedächtnis löschen.

Jetzt wird alles gut.

Kapitel 3

»Ich habe uns ein Glas Champagner als Aperitif bestellt! Komm, Schatz, jetzt lass uns erst einmal anstoßen. Auf die Zukunft!«

Jürgen strahlt mich an und sieht mir dabei tief in die Augen. Das zarte »Klick« unserer Gläser ist wie das Startzeichen in unser neues, glückliches Leben.

»Du, das Lokal ist einfach fantastisch. Hier hast du also regelmäßig deine Geschäftsessen. Du Glückspilz!«

Beeindruckt sehe ich mich um. »Der Blick auf die Frankfurter Skyline ist phänomenal. Sieh mal, man kann bis in den Taunus schauen. Jürgen, ich bin total begeistert.«

Wir sitzen an einem elegant eingedeckten Tisch im 23. Stockwerk eines Bürohochhauses unter freiem Himmel. Ich habe mich richtig schick gemacht, trage ein feuerrotes enges Kleid, hohe rote Pumps und passenden auffälligen Ohrschmuck. Jürgen mag es, wenn ich ein »Hingucker« bin, obwohl er nichts zu meinem Auftritt gesagt hat, aber ich meine, in seinem Blick ein »Wow« gesehen zu haben.

Die Terrasse ist komplett verglast, so dass man zwar den weiten Blick über die Stadt und das Rhein-Main-Gebiet genießen kann, aber vor Wind geschützt ist. Es ist noch recht früh am Abend, und langsam gehen nach und nach die Lichter unter uns an und tauchen Frankfurt in ein leuchtendes Glitzermeer. Ich kann mich nicht sattsehen an den endlos langen Strängen der Autoscheinwerfer, die sich langsam wie riesige Leuchtwürmer zwischen den Häuserschluchten entlangschlängeln. Auf dem Main kann ich die Positionslichter zweier Schiffe erkennen, und am Horizont hebt ein Flugzeug vom Boden ab. Es sind faszinierende Bilder.

»Danke, Jürgen, dass du mich hierhergebracht hast. Es ist wirklich ein Erlebnis, das alles zu sehen. Ist das Essen auch so gut wie die Kulisse?«

Neugierig schlage ich die Karte auf. Aber Jürgen nimmt sie mir lächelnd gleich wieder aus der Hand und legt sie zugeklappt auf die Seite.

»Lass dich überraschen, Schatz. Es ist schon alles erledigt. Ich habe uns ein Menü bestellt, versehen mit allem, was du magst, vertrau mir!« Jürgen nimmt meine Hand und streicht mir mit dem Daumen liebevoll über den Handrücken.

»Weißt du, Liebes, der Hummersalat ist hier einmalig gut, und danach schmeckt das Rinderfilet ganz prima. Die Weine suche ich dazu passend aus. Warte ab, das gefällt dir.«

Eigentlich habe ich gar keinen Appetit auf Hummer, und nach Rinderfilet steht mir auch nicht der Sinn, aber ich will die Stimmung nicht verderben und nach etwas anderem fragen. Zumal Jürgen mir noch irgendetwas sagen will, denn er setzt sich nun besonders aufrecht hin. Irgendein Ass zieht er noch aus dem Ärmel.

»Ich habe tolle Nachrichten!«, meint er. Ich wusste es.

»Weißt du, was mir mein Chef heute gesagt hat? Du ahnst es nicht: Ich bekomme die Stelle als stellvertretender Abteilungsleiter. Na, was sagst du dazu?«

»Bitte? Das ist ja klasse!« Ich bin so überrascht, dass ich erst einmal etwas stottere. Jürgen ist bestimmt gut in seinem Job, sogar richtig gut. Aber dass er gleich so einen Karriereschritt macht, finde ich wirklich bemerkenswert.

»Ich bin stolz auf dich, Schatz. Wirklich. Das ist ganz großartig. Du galoppierst förmlich in die Chefetage.«

Übermütig werfe ich ihm einen Handkuss zu. Ich weiß, dass Jürgen es mag, wenn ich ihn lobe, so richtig überschwänglich. »Männer muss man schon loben, wenn sie eine Milchtüte aufschneiden«, war immer der Beziehungstipp meiner Mutter. Bei

Jürgen halte ich mich daran. Dann fühlt er sich anerkannt und geschätzt, was auch immer, aber jedenfalls kommt mir das zugute.

»Du bist großartig, Liebling. Wirklich super! Da, wo du jetzt bist, komme ich mit meinem Studium nie hin«, säusle ich weiter.

Denn das mag Jürgen auch. Er liebt es, wenn ich uns miteinander vergleiche und er immer der Bessere von uns beiden ist. In dem Punkt ist er wie ein Kind, das »Erster« sein will. Immer! Ich tue ihm den Gefallen, denn es dient unserem Beziehungsglück.

»Was sagst du denn da!« Jürgen verdreht spielerisch die Augen. »Du kannst dich doch locker zurücklegen und brauchst sowieso nicht zu arbeiten. Wir wollen doch Kinder haben, und du wirst dich um sie kümmern. Später kannst du dir stundenweise eine Beschäftigung suchen. Das reicht doch völlig aus. Das war bei meinen Eltern auch so.«

Jetzt fühle ich mich kalt erwischt. Stundenweise arbeiten? Locker zurücklegen?

»Ich investiere viel Zeit, Nerven und Geld in mein Studium und möchte später etwas daraus machen, Jürgen. Ich will eigenes Geld verdienen, mir etwas leisten können, Karriere machen und nicht nach meiner Ausbildung direkt aufs Abstellgleis!«

Jürgen sieht mich plötzlich herausfordernd an. Ich kenne ihn mittlerweile gut. Es ist die Situation, in der wir schnell aneinanderrasseln.

»Es reicht doch, wenn ich ordentlich Gas gebe und genug Kohle verdiene. Genieße doch, dass du einen erfolgreichen Mann hast!«

Ich weiß, dass ich jetzt aufpassen muss. Also reite ich nicht mehr auf meinen Zukunftsplänen herum, sondern bleibe auf sicherem Terrain.

»Tue ich doch auch. Aber egal, welchen Titel du hast, noch wichtiger als der Karriereschritt ist es mir, dass du in Frankfurt bleiben kannst. Ich hatte schon Angst, dass sie dich in irgendeine andere Stadt schicken und wir nur noch eine Wochenendbeziehung führen können.«

Jürgen streicht mir liebevoll über die Wange. Ich habe ihn wieder eingefangen, die Stimmung gerettet.

Das Zusammenleben mit Jürgen ist ein Drahtseilakt. Einige Zeit geht alles gut, er ist aufmerksam und liebevoll, gibt sich wirklich Mühe; in diesen Phasen fühle ich mich an seiner Seite restlos wohl. Und dann auf einmal reicht ein falscher Satz, und die Laune kippt. Ich habe zwischenzeitlich gelernt, damit umzugehen, und puffere vieles schon recht geschickt ab – und bekomme die Sätze zu hören, die ich mir wünsche.

»Ach, Schatz, das hätte ich doch nie mitgemacht. Ich will nicht ohne dich sein, das weißt du doch.«

Doch dabei bleibt es nicht. Er sagt auch: »Du machst dir mal wieder zu viele Gedanken. Frage mich doch einfach, wenn du etwas brauchst. Wir werden schon eine Lösung finden. Ich brauche eine Frau, die mir den Rücken freihält, sich um den Alltag kümmert. Eine so tolle Frau wie dich!«

Leider sagt er das, denn das kann ich jetzt nicht unkommentiert stehen lassen. Aber ich will auch kein Risiko eingehen.

»Na, erst mal kümmere ich mich weiter um meinen Abschluss. Der Rest kommt dann«, sage ich zur Güte und sehe Jürgen an wie ein Kaninchen in der Falle. Jetzt eine Diskussion anzufangen hieße, Öl ins Feuer zu kippen. Und das will ich nicht. Ich genieße lieber den schönen Abend.

Jürgen streichelt mir ganz sanft über das Haar. Ich mag es, wenn er mich so liebkost. Ich fühle mich dann beschützt. Diese Geste gibt mir so viel Wärme. Ich schmiege mein Gesicht in seine Handfläche und schließe für einen Moment die Augen. Die Luft ist immer noch mild. Am Himmel funkeln die Sterne, und unter uns ergießt sich ein Lichtermeer.

Wir sitzen noch lange zusammen in dieser herrlichen Spätsommernacht. Der Wind streichelt meine nackten Schultern. Aus dem Lautsprecher singt Dean Martin seine größten Hits. Hollywood kann es nicht schöner inszenieren.

Es ist eine so wunderschöne Stimmung heute Abend, dass ich mich fast kneifen muss, um glauben zu können, dass all das hier wahr ist. Erst auf dem Weg zur Toilette merke ich, dass mir der Wein zu Kopf gestiegen ist. Jürgen hat zu jedem Gang den passenden Wein bestellt. Für mich zu viel, eindeutig, denn – ups –, ich stoße auf dem Weg zurück zum Tisch mit der Hüfte gleich zweimal das Geländer an.

Jürgen muss das sofort kommentieren. Ich habe mich noch nicht wieder gesetzt, als er mir schon Vorhaltungen macht.

»Mensch, ist das peinlich mit dir. Wenn du dich nicht benehmen kannst, nehme ich dich nicht mehr mit.«

Wumm! Das hat gesessen. Jürgen spielt seine Macht aus, will den Ton angeben, und ich weiß, wenn ich jetzt Widerworte gebe, ist die Stimmung dahin. Ich will das aber auf keinen Fall, schlucke deshalb meinen Ärger hinunter und schweige lieber.

***

Es ist schon kurz vor Mitternacht, als wir zu Fuß nach Hause bummeln. Jürgen hat mir seinen Arm um die Schultern gelegt, und wir flanieren entspannt durch die um diese Zeit immer noch lebendige Stadt. Autos fahren im Schritttempo an uns vorbei, und ich habe Lust, noch etwas in der »Fressgass«, Frankfurts berühmter Gastronomiemeile, zu trinken. Jürgen ist einverstanden. Wir setzen uns in ein kleines Bistro und bestellen uns zwei Cuba Libre. Ich nippe an dem Getränk und genieße es, dass die Kälte mich von innen erfrischt. Nach kurzer Zeit bemerke ich, wie mir der Alkohol angenehm langsam zu Kopf steigt.

In dieser wattesanften Stimmung klingt das schnelle Klack-Klack von Pumps-Absätzen ganz fremd. Das Geräusch gehört zu einer jungen Frau, die in einem atemberaubend kurzen Minirock an uns vorbeistöckelt. Ich sehe sofort, wie Jürgens Augen an ihren aufregend langen Beinen entlanggleiten.

»Na, die gefällt dir aber!«, rutscht es mir heraus, aber ich bemühe mich schnell, keine Eifersucht anklingen zu lassen.

»Klar, die sieht ja auch toll aus. Die würde ich nicht von der Bettkante stoßen, wenn ich Single wäre«, schwärmt Jürgen unverhohlen von dem rassigen Geschöpf.

Ich drehe unruhig an meinem Strohhalm, wirble damit immer schneller die am Glas klackenden Eiswürfel umher. Die Bemerkung geht mir zu weit. Mein Herz pocht. Was soll das? Aber ich will jetzt keinen Streit, schlucke herunter, was ich ihm in diesem Augenblick eigentlich sagen möchte: Ich finde seine deutliche Schwärmerei mehr als unpassend!

»Woran denkst du denn, wenn du diesem Mädchen so nachstarrst?«, bohre ich trotzdem leichtsinnig weiter.

»Ich denke an das, woran jeder Mann denkt.«

Der Strohhalm rotiert nun immer schneller in meinem Glas, und die Eiswürfel drohen bei dem Tempo aus dem Glas zu schwappen und auf den Tisch zu fliegen. Ich spüre, wie Wut in mir aufsteigt. Wut und Unsicherheit. Eine in unserer Beziehung ganz brisante Mischung.

Warum sagt er das jetzt? Will er mich ärgern? Ist das ein schlechter Witz? Unzählige Gedanken gehen mir durch den Kopf.

Fragend sehe ich Jürgen an und erwarte eigentlich, dass er jeden Augenblick losprustet und sich seine Machosprüche damit als – wenn auch höchst zweifelhafter – Spaß entpuppen. Notfalls könnte ich das Ganze dann auf den Alkohol schieben, denn schon im Restaurant sprachen wir, vor allem aber Jürgen, dem leckeren Wein ordentlich zu.

Aber das Gegenteil ist der Fall. Er legt noch nach, und das mehr als direkt.

»Ich fände es sehr reizvoll, mal mit dir und einer anderen Frau Sex zu haben. So eine wie die hier wäre die richtige: schmale Hüften, schlanke Beine, feste Brüste. Kannst du dir das auch vorstellen?« Jürgen beugt sich jetzt zu mir herüber, flüstert dabei leise. »Sag doch! Erregt dich die Vorstellung? Oder hast du Lust auf zwei Männer, die dich verwöhnen? Macht dich das heiß?«

Ich zucke zusammen und drehe den Kopf von ihm weg. Ich weiß nicht, was ich mit diesen Fantasien anfangen soll.

»Nein, mir reicht Sex mit dir!«, brumme ich von der Seite, nur um meine Ruhe zu bekommen.

Meine Stimmung kippt. Ich höre selbst, dass meine Stimme eingeschnappt klingt. Aber Jürgen lässt sich auch davon nicht stoppen, flüstert einfach weiter und tippt dabei mit seiner Fingerspitze neckisch an meine Schläfe. Was soll das heißen? Dass ich eine Macke habe?

»Da ist sie wieder, die prüde Luise. Als ob du dir nicht auch vorstellen könntest, mit zwei Männern Spaß zu haben. Sei doch mal ehrlich.«

»Jürgen, nun lass doch gut sein.«

Mir ist das Gespräch peinlich. Er soll aufhören damit, und ich versuche, die Situation zu entspannen. »Du merkst doch genau, dass mich das ganze Thema stört. Hör bitte einfach auf damit.« Ich spreche jetzt betont freundlich. Anders endet das hier sonst in einem Fiasko.

»Wieso?«, fragt er jetzt gespielt unschuldig, stichelt aber gleich weiter. »Ich würde zu gern zusehen, wie du mit zwei Typen gleichzeitig im Bett bist. Komm, Luise, jetzt raste nicht sofort aus. Du musst genießen lernen. Sei doch mal offen und nicht so verklemmt.«

Er schiebt jetzt seinen Stuhl ganz nah zu mir rüber. »Sag mal, es ist mir ernst«, säuselt er leise. »Kannst du dir das vorstellen? Ich würde zu gern zusehen. Ich mag das.«

Es hat lange gedauert, verdammt lange, aber langsam fällt bei mir der Groschen, und ich kapiere, dass es Jürgen richtig ernst meint. Er veräppelt mich nicht. Er will mich auch nicht nur provozieren und mit irgendetwas auf die Palme bringen, nein, es geht hier und jetzt tatsächlich um dieses Thema. Unfassbar! Er fragt mich an diesem bislang einmalig schönen Abend ernsthaft, ob ich nicht Lust hätte, mit zwei Männern zu »vögeln«, wie er sich ausdrückt. Ich bin sprachlos, zutiefst getroffen, verwirrt. Und Jürgen hört nicht auf.

Er nickt mit dem Kopf in Richtung Fußgängerzone. »Komm, such dir zwei Typen aus, auf die du stehst. Ich muss doch wissen, was meine Frau will, damit es ihr richtig gutgeht.«

Jürgen lacht jetzt süffisant. »Sieh mal, der durchtrainierte Surfertyp in der knallengen Jeans mit dem beigefarbigen Jackett. Stehst du auf so einen?«

Ich atme tief durch, kann nicht glauben, was sich hier abspielt.

Doch Jürgen dreht noch mehr auf und spult seine merkwürdige Vorstellung weiter ab.

»Oder der schlaksige Typ an der Ecke. Und der da hinten im hellgrauen Anzug ginge auch.« Er ist nicht zu stoppen.

»Lass uns zahlen bitte. Ich bin müde und möchte nach Hause«, dränge ich. Ich habe genug von der merkwürdigen Show.

»Spielverderberin«, frotzelt Jürgen und winkt kopfschüttelnd nach dem Kellner. Ich sehe ihm an, dass er sauer ist. Wenn ich jetzt noch einen falschen Satz sage, ist die Katastrophe unvermeidlich, und er wird dann garantiert ein paar Tage lang nicht mehr mit mir sprechen. Ich kenne das. Es läuft immer nach demselben Schema ab.

»Mittlerweile wirst du aber echt piefig. Das hast du von deiner kleinbürgerlichen Mutter«, stichelt er jetzt.

Das kenne ich auch. Wenn er *mich* nicht mehr treffen kann, greift er meine Eltern oder meine Freundinnen an.

»Lass bitte meine Mutter aus dem Spiel. Sie hat damit nichts zu tun!«

»Ja, ja, die ehrenwerte Mutter. Garantiert so heilig wie das Töchterlein. Wir gehen, aber ich habe noch eine Idee. Davon erzähle ich dir zu Hause, unter vier Augen …«

Er zwinkert mir zu, scheint also doch nicht eingeschnappt zu sein. Ich verstehe gar nichts mehr. Um was geht es hier eigentlich?

***

»Da du mir den Spaß mit zwei Frauen nicht gönnst, habe ich eine andere Idee: Wir gehen in einen Club!«

Ich bin baff. Wir sind gerade nach Hause gekommen, als er schon wieder mit dem Sex-Thema anfängt. Und dieses Mal wird es ganz skurril.

»Ich weiß, du denkst jetzt, das ist nicht normal. Aber hallo. Was ist schon normal? Viele meiner Arbeitskollegen gehen auch dorthin und finden es klasse. Die haben flotte, moderne Frauen und nicht solche verklemmten Tussis, wie du eine bist.«

Jürgen teilt wieder aus, während er sich in der Küche noch ein Glas Wein einschenkt.

»Na, was hältst du davon? Auf so einen Ausflug mit dir freue ich mich schon lange. Alles in gepflegter Atmosphäre natürlich.«

Auf diese Offenbarung bin ich nicht vorbereitet, murmle sofort »Nicht mit mir« und fordere damit seine Überredungskünste heraus.

Jürgen lässt nicht locker. »Mich macht das wahnsinnig an!«, meint er und malt sich aus, wie »heiß« er mich finden würde in halterloser Lacklederkorsage und Netzstrümpfen, dazu könne ich Stilettos mit megahohen Absätzen tragen.

»Ich soll aussehen wie eine Prostituierte? Das ist aber eine echt schräge Idee!«

Ich denke erst wieder, dass er sich über mich lustig machen will. Er weiß ja, wie zurückhaltend ich bei diesem Thema bin. Aber für Jürgen ist auch das kein Scherz, weder der Clubbesuch noch die Kleidung.

»Ja, mein Schatz! Das sollst du, wie eine Nutte, und mich dann nach allen Regeln der Kunst verführen. Das ist meine Lieblingsfantasie. Im Club, vor allen Leuten. Dort ist alles erlaubt, was Spaß macht.«

»Aber Spaß haben müssen wir beide, und ich bin mir jetzt schon sicher, dass ich keinen Spaß haben werde!«

Da ändert sich Jürgens Gesichtsausdruck und wird auf einmal hart. »Gut, wenn du keine Lust hast, mitzukommen, werde ich eben schon eine andere Begleitung finden«, meint er kurz angebunden.

Was soll das denn jetzt? Er will mich also zwingen. Wenn nicht ich, dann eine andere.

Ich bin sauer, gehe aber zum Schein auf sein Theater ein.

»Wo ist denn der Club?«, hake ich nach, weiß aber, dass ich nicht vorhabe, so etwas mitzumachen. Ich bin nur neugierig und will bei Gelegenheit mal im Netz stöbern, um zu wissen, wovon er träumt.

Jürgen druckst herum, nennt aber mehrere Namen, mit denen ich überhaupt nichts anfangen kann. »Lola Club« und »Chez Rosa« – alles Bezeichnungen, wie man sie vor einschlägigen Etablissements am Straßenrand liest.

»Willst du, dass wir gemeinsam in diese Art Bordell gehen?«, frage ich ihn jetzt direkt, und statt ein entrüstetes »Nein« kommt als Antwort ein »Warum denn nicht?«.

Für mich ist das wie ein Schlag ins Gesicht, und ich habe plötzlich Tränen in den Augen. Und als Jürgen dann ganz unschuldig fragt: »Was hast du denn nur?«, raste ich richtig aus.

»Was los ist, willst du wissen? Du willst, dass ich mit dir in so einen Club gehe und zusehe, wie du mit anderen Frauen herummachst! Das ist doch krank«, zische ich und hoffe, dass niemand im Haus meine laute Stimme hört.

»Das habe ich nicht gesagt«, leugnet Jürgen.

»Doch, das hast du!«, bekräftige ich. Ich muss mich beruhigen, allein sein.

Als ich aufgelöst ins Bad gehen will, greift Jürgen überraschend nach meiner Hand. »Nun warte mal, Liebes, ich möchte in kein Bordell, aber ich möchte, dass wir uns mal einen Club ansehen, wir beide, am liebsten mit mehreren Freunden. Nun bleib doch mal locker. Du musst doch nicht leben wie deine Eltern.«

»Meinst du, so altmodisch, ohne Nutten im Bett zu haben? Das ist doch völlig verrückt.«

Doch Jürgen lässt sich nicht beirren. Er redet einfach weiter auf mich ein, ruhig und gelassen. Erst in der Küche, später im Flur und schließlich im gemeinsamen Doppelbett.

Ganz entspannt liegt er neben mir und beschreibt, was er sich an sexuellem Erleben wünscht.

»Ich würde gern meiner Frau zusehen, wenn sie mit einem anderen Mann Spaß hat oder mit zwei Männern, wie sie es mag. Findest du das schlimm?«

»Ja, ja, finde ich«, sage ich mittlerweile genauso ruhig. »Ich will das nicht! Mir reichst du. Du bist mein Mann«, versuche ich diplomatisch rüberzukommen und ihn zu besänftigen.

Doch Jürgen beharrt auf seinem Recht, Spaß zu haben, fertig. Und ich soll mich fügen.

»Du kannst doch nicht über etwas urteilen, das du gar nicht kennst. Das ist ziemlich spießig und kleinkariert«, meint er jetzt. »Du bist doch sonst so aufgeschlossen. Immerhin hast du im Ausland gelebt. Es kann doch nicht sein, dass es ausgerechnet in der Sexualität für dich keinen Raum für Experimente gibt.«

»Was stellst du dir denn vor?«

»Dass du es dir wenigstens einmal ansiehst. Wenn du dann nicht magst, sprechen wir nie wieder darüber, okay?«, schlägt er jetzt großmütig vor.

»Lass mich darüber nachdenken«, sage ich leise und will eigentlich nur Zeit gewinnen. Denn nachdenken muss ich nicht mehr. Ich weiß, dass ich genau das nicht will.

Aber Jürgen spricht mich auch am nächsten Abend wieder auf das unangenehme Thema an, schließlich täglich, jeden Abend, jeden Morgen. Ich habe schon keine Lust mehr, darauf zu antworten, erreiche mit meinem Schweigen und Aussitzen aber nur, dass er sich noch mehr auf diese Sache fixiert und mich zunehmend unter Druck setzt.

»Ich kenne genug Frauen, die nicht so prüde sind wie du«, kommt eines Abends als Vorwurf. Und dann die offene Drohung: »Du weißt ja, was Männer machen, wenn sie bei ihren Frauen nicht bekommen, was sie sich wünschen.«

Er meint es also ernst. So ernst, dass er mich erpresst. Für mich ist das wie eine schallende Ohrfeige. Doch Jürgen bleibt cool.

»Nun sag doch mal was«, meint er nur und boxt mir spielerisch in die Seite. Als ich darauf auch nicht reagiere, droht er nicht nur mit einem Seitensprung, sondern auch damit, nicht mehr mit mir zu schlafen.

»Weißt du, ich stehe nicht auf Frauen, die sich Sex nur in der Missionarsstellung vorstellen können«, lautet seine Erklärung für den angekündigten Liebesentzug.

Aber ich reagiere dieses Mal ganz anders, als es sich Jürgen wünscht.

»Okay, dann such dir eine, die mit dir dorthin geht. Ich bin jedenfalls nicht dabei!«

Gesagt war das schnell, aber gemeint habe ich das nicht so. Denn danach heule ich wie ein Kind. Ich habe Angst, dass mir jetzt mein ganzes Leben um die Ohren fliegt. Ich liebe Jürgen und will ihn nicht verlieren. Insgesamt verstehen wir uns doch gut. Es kann doch nicht sein, dass unsere Liebe an seinen sexuellen Fantasien scheitert!

Ich habe seine extremen sexuellen Wünsche zuerst auch gar nicht wirklich ernst genommen. In meinen Augen war er einfach nur – hormonell bedingt – »übergeschnappt«: jung, erst seit Kurzem wieder in einer engen Beziehung und einfach nicht an Zweisamkeit gewöhnt.

Bei Jürgen dreht sich im Moment eben noch alles um Sex, entschuldige ich das Gesagte, er hat Angst, etwas zu versäumen. Aber ich bin mir ganz sicher, dass sich das geben wird. Er sagt mir doch immer, dass er mich »ganz« wolle, dass er sich Kinder wünsche, eine Familie. Als Familienvater aber wird er seine Hormone dann unter Kontrolle haben, sich die Bestätigung anders holen als mit ausufernden Fantasien. Bald erfinden wir uns neu, rede ich mir ein – als Familie. Da denkt er sicher nicht mehr daran, sich in Clubs auszutoben.

Wenn ich jetzt also nein sage, zerstöre ich vielleicht die Beziehung und damit alle meine Zukunftspläne, schießt es mir immer wieder durch den Kopf. Ist es das wert? Ist es nicht besser, das große Ganze zu sehen? Wenn ich mich hingegen auf einen Kompromiss einlasse, gewinne ich bestimmt mehr, nämlich ein gemeinsames Leben mit dem Mann, der bis auf diese Sex-Macken perfekt zu mir passt!

Nach einer gewissen Zeit gestehe ich mir ein, dass er gewonnen, mit seiner Beharrlichkeit meinen Widerstand gebrochen hat.

»Gut, ich sehe mir das an, einmal und nicht mehr«, schlage ich eines Tages vor. Ich will damit erreichen, dass ich danach meine Ruhe habe. Denn dauerhaft kommt das alles für mich natürlich nicht in Frage. Ich stehe nämlich weder auf Gruppensex noch auf Partnertausch noch auf irgendetwas anderes. Und ehrlich gesagt ekelt es mich an, dass sich Jürgen davon antörnen lassen will. Aber ich muss ihm entgegenkommen, damit nicht alles kaputtgeht.

***

Also fahren wir das Wochenende darauf zu viert in einen dieser merkwürdigen Clubs, von dem Jürgens Freunde angeblich immer so schwärmten. Mit dabei sind sein Kumpel Ben und seine ach so lockere Freundin Nicky.

Die dumpfen Techno-Bässe dröhnen ohrenbetäubend laut und bringen jede Zelle in mir zum Vibrieren. Die Luft ist stickig, und es riecht nach Alkohol und Schweiß. Ich bin zum ersten Mal in meinem Leben in einem Fetisch-Club und ziemlich angewidert.

Das »Chez Nous« ist in einer umgebauten Pension untergebracht, gut versteckt im Taunus. Auf den laut Werbung 1000 Quadratmetern gibt es neben einem großen Entrée mit goldfarbener Bar noch diverse alle in dunklem Rot tapezierte Räume mit ebenso rotem Kunstledermobiliar. Ich fühle mich hier wie ein Fremdkörper und strahle das garantiert auch aus.

Die Gäste sind zwischen 30 und 50 Jahre alt und ungewöhnlich aufreizend gekleidet. Nicky trägt einen Lackleder-Body, Netzstrümpfe mit Strumpfhaltern sowie Goldstilettos und sieht damit genauso aus wie Jürgens Fantasiegestalt – und genauso starrt er sie auch an, als sie mit offenen Schenkeln vor ihm herumtänzelt und ihre langen blonden Haare aufreizend hin und her wirft. Ben und Jürgen sind fast nackt, tragen beide nur knallenge Ledershorts, die so knapp sitzen, dass sich das Geschlecht darunter deutlich abzeichnet. Die drei bewegen sich an der Garderobe so selbstsicher wie in Smoking und Abendkleid. Ich muss dagegen wirken wie eine verklemmte Klosterschülerin: Ich trage einen ziemlich kurzen schwarzen Minirock, halterlose fleischfarbene Strümpfe, hohe Schuhe und ein rotes Sommertop. Aber das Entscheidende ist: Ich fühle mich darin ganz schlimm. Es geht mir wie einem Kind, das im falschen Kostüm auf einer Karnevalsveranstaltung ist und sich nur noch grenzenlos lächerlich und beschämt fühlt.

»Komm, Luise«, ruft mir Nicky zu und zieht mich am Arm. »Wir gehen an die Bar und trinken ein paar Cocktails. Das entspannt und macht frei.«

Frei? Entspannt? Wofür? Ich will mich nicht abschießen, nur um diesen Unsinn hier zu überstehen.

Und während sich meine drei Mitstreiter am Tresen ganz offensichtlich amüsieren, sehe ich mir den Club an, aber nicht wie ein Gast, sondern wie eine Außenstehende. So als hätte man mich gerade vom Mond eingeflogen und würde mir eine gänzlich fremde Welt zeigen.

Direkt hinter der langen Bar, an der sich jetzt locker dreißig Gäste in Stimmung trinken, gibt es einen langen Gang, von dem verschiedene kleinere, nur durch einen Vorhang abgetrennte Räume abgehen. In einem wird zu lauter Techno-Musik getanzt. Es ist ein befremdliches Bild, die nahezu nackten Körper im flackernden Diskolicht zu sehen. Die Bewegungen sind ekstatisch, die Blicke entrückt. Ob hier Drogen im Spiel sind? In einem nur durch einen halboffenen Vorhang getrennten Nebenraum haben zwei Paare Sex. Es ist mir peinlich, dem Treiben zuzusehen, und ich bin so irritiert, dass ich tatsächlich noch ein »Verzeihung« murmle, bevor ich wieder hinter dem roten Samtvorhang verschwinde. Von diesen Vorhängen gibt es noch neun weitere, und meine Fantasie reicht aus, um mir vorzustellen, was dahinter noch alles so passiert. Zum Glück höre ich es nicht, denn die unerbittlich harten Techno-Beats übertönen alles.

Es scheint so, als sei ich auf einem Rundweg, denn schließlich stehe ich wieder in dem Raum mit der großen Theke. Aber kurz vorher geht es noch direkt in die »Lustgrotte«, wie in golden flackernden Buchstaben über der Tür steht. Ich nehme mir fest vor, dem Geschehen nicht weiter zuzusehen.

Das hätte ich auch garantiert geschafft, wenn ich kurz vor dem Abdrehen nicht Nicky erkannt hätte, die sich an einem guten Blowjob abrackert. Auf den Knien geht sie an die Arbeit, mit ihren orangerot lackierten Fingernägeln bohrt sie sich in die Backen ihres Gespielen. Leider ist es aber nicht ihr Ben, den sie dort so engagiert verwöhnt – und auch nicht irgendein anderer Gast, den sie mit ihrer virtuos schnellen Zunge so erfreut, dass er nur noch genüsslich die Augen verdreht und laut »Weiter, weiter« stöhnt –, nein, es ist Jürgen, der sich unter ihrer Behandlung windet. Als ich realisiere, was sich vor meinen Augen abspielt, packt mich die nackte Wut. Ich bin mit einem Satz bei den beiden und packe Nicky fest an der Schulter.

»Hört auf, sofort«, zische ich und schubse sie energisch zur Seite. Sie ist von meiner heftigen Attacke so überrascht, dass sie zur Seite rutscht. Jürgen reißt das aus seinen schönsten Träumen, und er sieht mich in absoluter Schockstarre an. »Was ist los?«, stammelt er, wie von grenzenloser Lust benommen.

»Sorry, dass ich euer Vergnügen unterbrechen muss«, kreische ich jetzt gegen die Musik an und hoffe nur, dass nicht allzu viele unsere Szene mitbekommen. Bei Jürgen ist deutlich zu sehen, dass Ernüchterung eintritt.

»Mensch, mach doch nicht so ein Drama daraus«, grummelt er leise und zieht sich schnell seine Latex-Hose hoch. »Nicky und ich hatten nur etwas Spaß. Deswegen sind wir schließlich hier.«

»Das ist mir egal«, schreie ich weiter. »Ich habe genug von diesem Ausflug. War es das, was ich mir mal ansehen sollte? Dass du dir von einer Freundin einen blasen lässt? Sorry, aber das muss ich nicht haben. Pass auf, ich bin mit dir in diesen perversen Schuppen gegangen, aber jetzt reicht es. Ich bin raus. Für immer. Und jetzt gehe ich.«

Wutschnaubend stapfe ich in meinem albernen Outfit an der Theke vorbei zur Garderobe, und damit es schneller geht, ziehe ich meine viel zu hohen Stilettos aus. Ich will hier nur noch weg.

»Hey, Luise, warte doch«, höre ich Bens Stimme. Doch ich drehe mich nicht einmal mehr um. Ich habe genug von diesen komischen Leuten. Vermutlich hatte Ben auch seinen Spaß daran, seine Freundin an meinem Mann nuckeln zu sehen. Ich hatte jedenfalls keinen.

»Nun warte doch mal, lass uns wenigstens noch etwas trinken. Wir haben so viel Eintritt bezahlt.« Jürgen hat mich eingeholt und hält mich jetzt an der Schulter fest.

Aus den Augenwinkeln sehe ich, wie er sich sein dunkelblaues Hemd zuknöpft und in die Jacke schlüpft.

»Komm, sei kein Spielverderber, ein Bier, und dann gehen wir. Versprochen!«

Er hält mich jetzt fest, will mich sogar in den Arm nehmen. Aber ich kann seine Berührung nicht ertragen. Stattdessen spüre ich, dass mir die Tränen über das Gesicht laufen. Ich habe immer noch das Bild von den beiden vor Augen und fühle mich so angeekelt. Wieso habe ich das nur mitgemacht? Ich verstehe mich nicht mehr.

»Luise, ich wollte dich damit nicht ärgern. Das hat doch mit uns nichts zu tun. Warum verstehst du das nicht?«

Später fahren wir zu zweit schweigend nach Hause. Ben und Nicky haben sich ein Taxi genommen. Ich stehe immer noch wie unter Schock und weiß genau: Das passiert mir nie wieder!

In dieser Nacht bin ich so sehr verletzt. Noch nie zuvor hat mich ein Mann derart gedemütigt. Ich brauche Wochen, um das Geschehene halbwegs zu verarbeiten.

Jürgen seinerseits ist in der Folge plötzlich wie ausgetauscht. Er bemüht sich um mich und scheint seinen Fehler wiedergutmachen zu wollen.

Ich habe eine wirklich widerliche Erfahrung gemacht, aber rückblickend war es das wert. Es ist genauso gekommen, wie ich es erwartet habe: Jürgen hat eingesehen, dass ihm solche Ausflüge nichts bringen.

***

»Schau mal, die roten Pumps hier, die sind ja edel. Was meinst du?« Jürgen sieht mich fragend an.

»Das ist ein tolles Rot und passt perfekt zu meinem Rock. Weißt du, welchen ich meine? Den mit den weißen Nähten. Das ist dieselbe Farbe.«

»Ich erinnere mich nicht genau, aber das ist egal. Hauptsache, du magst sie.«

Es ist einer dieser herrlichen Frühlingstage, und Jürgen und ich bummeln durch die Frankfurter Innenstadt. Es ist früher Nachmittag, wir hatten uns erst mit Freunden auf einen Kaffee getroffen, und jetzt flanieren wir beide ganz gemütlich durch die Geschäfte. Jürgen möchte einen neuen Anzug, und wir finden schnell etwas Passendes. Dunkelblau, italienischer Hersteller, guter Schnitt. Jürgen gibt gern Geld aus für Kleidung, und an seiner schlanken Figur sieht alles gut aus. Aber hier, in der feinen Goethestraße, denkt er auch an mich und schaut dabei nicht auf den Preis. Das ist so süß. Klar mag ich die Pumps. Pura Lopez, richtig schick, mit schwindelnd hohem Absatz.

»Komm, probiere sie mal an«, schlägt Jürgen jetzt vor und schiebt mich im selben Moment ins Geschäft. Keine zehn Minuten später baumeln die Schuhe in einer Tüte an meinem Arm. Jürgen hat sie mir geschenkt, und ich freue mich richtig darüber. So teure Schuhe kann ich mir als Studentin nicht leisten.

Ich habe zusammen knapp 1000 Euro, zahle davon anteilig die Miete, mein Auto, Versicherungen. Dazu brauche ich etwas Klimpergeld für Bücher, mal fürs Ausgehen. Da ist für Kleidung nicht mehr viel vom Budget übrig. Und schon gar nicht für teure Pumps. Aber jetzt sind sie meine.

Noch mehr aber genieße ich die Aufmerksamkeit, die Jürgen mir schenkt. Er hat nur Augen für mich.

»Dank dir, Schatz«, sage ich leise und gebe Jürgen einen Kuss auf die Wange.

»Immer gern« frotzelt er. »Ich freue mich doch, wenn ich dir eine Freude machen kann.«

Und er sorgt an diesem Tag noch für viele schöne Momente. Denn wir laufen entspannt am Main entlang, essen in einem Gartenlokal leckeren Spargel und blinzeln später, im Gras liegend, in die Sonne. Wir vergessen die Zeit und fühlen uns rundum glücklich. Als wir nach Hause kommen, sind wir müde von der vielen frischen Luft und gehen schnell zu Bett.

»Es war ein wunderschöner Tag heute!«, flüstere ich und kuschle mich ganz eng an Jürgen, genieße die Nähe. Ich denke nicht mehr an Gruppensex und den peinlichen Ausrutscher in diesem merkwürdigen Club. Wir haben auch nie wieder darüber gesprochen. Und ich will auch nicht mehr darüber nachdenken. Ich glaube, dass Jürgen begriffen hat, dass ich das nicht will. Ich denke nur an uns beide und unsere Liebe. Dafür mache ich ansonsten, was ihm gefällt.

»Komm, Schatz! Zieh deine neuen High Heels an und einen scharfen Rock, und dann machst du mich ganz heiß.«

Jürgen will Sex und fordert das offen ein. Er sagt auch genau, was er von mir erwartet. Ich kenne sein Wunschprogramm. Eigentlich habe ich keine Lust heute. Ich bin zu müde. Aber ich spiele mit, weil er es will und ich keinen Streit riskieren möchte. Zudem habe ich auch Angst, mich ihm zu verweigern. Ich will nicht, dass er dann vielleicht allein loszieht.

Also kleide ich mich nach seinen Wünschen und spule das Sex-Programm ab, das er sich wünscht. Er setzt sich entspannt in einen Sessel, lehnt sich zurück, und ich tanze vor ihm. Wenn er mit dem Finger auf seinen Schoß zeigt, setze ich mich auf ihn. Unruhig zieht er dann seine eng ansitzende Boxershorts herunter und dreht meinen Kopf zu seinem Glied. »Los. Saug daran!«, fordert er dann und unterstreicht seinen Wunsch, indem er meinen Kopf kräftig nach unten drückt. Ich mache, was er von mir verlangt, aber meistens wird mir einfach nur schlecht dabei. Auch weil ich immer noch die Situation im Club vor Augen habe.

Zum Glück bekommt Jürgen meine Ablehnung nicht mit. Er konzentriert sich ganz auf seine Lust, und ich bringe meinen »Job« zu Ende. Darauf reduziert es sich. Das tut so weh. Was ist bloß los mit ihm? Und was ist aus mir geworden? Soll das jetzt so bleiben? Ich leide darunter, dass es in solchen Situationen kein Streicheln, keine Küsse, keine Zärtlichkeiten mehr gibt. Jürgen interessiert nicht, was ich brauche, um auf meine Kosten zu kommen. Es geht einzig und allein nur um ihn.

Ich bin enttäuscht und traurig. Aber Jürgen nimmt meine Gefühle auch jetzt überhaupt nicht wahr. Ich fühle mich einsam und allein und weine mich später mit meinem Kissen im Arm in den Schlaf.

***

»Habe ich nicht einen Anspruch auf Sex, der uns beide befriedigt? Will ich zu viel?«, frage ich Tina und sehe sie aufmerksam an.

»Nein, ganz bestimmt nicht. Aber deine Wünsche interessieren diesen Typen nicht. Merkst du nicht, dass du nur noch machst, was sich Jürgen wünscht?«

Ich schüttle den Kopf, murmle ein fast schon trotzig klingendes »Nein!«.

»Das ist aber so, meine Liebe. Er nimmt sich, was er braucht. Im Alltag und im Bett. Es geht nie um dich, und du merkst es nicht einmal. Euer neuerdings liebloses Liebesleben wird vermutlich so bleiben. Warum soll er jetzt wieder daran denken, auf dich Rücksicht zu nehmen? Es geht doch auch anders.«

Ich bin mit Tina in einem kleinen Bistro in der Frankfurter Innenstadt verabredet und sehr froh, dass sie heute Zeit für mich hat. Ich muss einfach mal mit jemandem sprechen. Es geht mir nicht gut, und Tina kennt mich am besten. Bei ihr kann ich offen sein. Sie hat vielleicht einen Rat für mich.

Allerdings ist unsere Freundschaft seit einiger Zeit etwas abgekühlt. Seitdem ich mit Jürgen zusammenlebe, habe ich Tina nicht mehr oft gesehen. Das ist komisch, denn wir wohnen nur wenige hundert Meter Luftlinie voneinander entfernt. Früher, als ich noch allein lebte, haben wir fast jeden Abend miteinander telefoniert und uns auch mindestens einmal am Wochenende gesehen. Mittlerweile sind unsere Telefonate im Monat an einer Hand abzuzählen.

Der Grund ist Jürgen. Er will in meinem Leben im Mittelpunkt stehen und duldet niemanden neben sich. Um das zu erreichen, ist er erfindungsreich. Angeblich braucht er abends seine Ruhe und mag deshalb nicht, wenn ich noch mit anderen herumquatsche. Also telefoniere ich nicht mehr. Ich habe ja kein eigenes Zimmer, in das ich mich zurückziehen kann. Darunter leidet nicht nur der Kontakt zu Tina, sondern auch der zu anderen Freundinnen wie Miriam und sogar zu meinen Eltern.

Klar beklagen sich alle. Aber was soll ich tun? Ich will keinen Ärger mit Jürgen. Er legt großen Wert darauf, dass ich Zeit für ihn habe, wenn er nach Hause kommt. Obwohl er meistens gar nicht viel mit mir spricht. Oft stellt er gleich den Laptop an und arbeitet noch oder surft im Internet. Aber er mag nicht, wenn ich das umgekehrt auch mache, am PC sitze oder einfach nur telefoniere. Dann sieht er mich sofort vorwurfsvoll an und lässt mich den Rest des Abends links liegen. Er schaltet richtig auf stur, ignoriert mich komplett, und wenn ich ihn frage, was los ist, gibt er mir keine Antwort oder zischt höchstens vorwurfsvoll: »Das kannst du dir doch wohl denken!«

Natürlich finde ich das ungerecht. Aber so ist er nun mal. Ich finde es auch ungerecht, dass er über jeden meiner Schritte informiert werden will und mir umgekehrt niemals sagt, wohin er geht.

»Ich habe zu tun« ist der Satz, mit dem er sich abmeldet. Wo er ist, mit wem er sich trifft, das weiß ich alles nicht. Jürgen mag nicht, wenn ich nachfrage, empfindet es als Kontrolle und hat mich schon mehrmals richtig angefahren, wenn ich nicht aufhöre, nachzubohren. Also frage ich nicht mehr und bin mit Antworten wie »Bei einem Geschäftstermin« oder »Ich habe beruflich zu tun« zufrieden.

Gut finde ich das nach wie vor nicht, zumal ich auch immer eifersüchtig bin, weil ich weiß, dass Jürgen gern anderen Frauen hinterherschaut. Aber ich kann nichts beweisen, bin nicht dabei, also schweige ich. Ich vertrage keine Auseinandersetzungen mehr, zumal unterschwellig oft Spannungen zwischen uns bestehen. Irgendetwas scheint in Jürgens Augen mit mir nicht zu stimmen, so scheint es. Was genau es ist, weiß ich selten. Aber er lässt es mich spüren, durch tagelangen Liebesentzug, durch Ausgrenzen und Ignorieren. Ich bin nur noch selten frei und richtig unbekümmert, stehe meistens unter Dauerstrom. Ich sitze mit Jürgen auf einer emotional hochexplosiven Bombe, die jederzeit in die Luft gehen kann.

Ich habe wirklich keine Erklärung, warum das so ist. Hat er Stress im Büro? Hat er irgendwelche anderen Sorgen? Ich frage ihn oft, ob etwas auf ihm laste, bekomme jedoch keine schlüssige Antwort. Er kann so lieb und zugewandt sein, so unkompliziert und lustig, aber von einem Moment zum anderen kippt seine Stimmung. Irgendetwas muss ihn dann belasten. Ich wüsste nur zu gern, was es ist, damit ich gegensteuern und ihm helfen kann. Irgendwann werde ich das herausfinden, ganz bestimmt. Und so lange muss ich eben hinnehmen, dass die Stimmung jederzeit explodieren kann.

Es vergeht aber kaum ein Tag, an dem er mir nicht schon morgens zum Frühstück eine Standpauke hält und mir wegen irgendetwas Vorwürfe macht. Eine Zeitlang waren meine Telefonate der Auslöser. »Das war mal wieder typisch für dich. Du kannst dir nicht vorstellen, wie kaputt ich bin, wenn ich einen Zehn-Stunden-Arbeitstag hinter mir habe und danach noch mit Geschäftspartnern zum Essen musste. Da möchte ich nur noch meine Ruhe haben und verspüre keine Lust, deine dummen Gespräche mit deinen noch dümmeren Freundinnen mitzuhören.« Und dann hagelt es Vorhaltungen. »Du interessierst dich nur für dich« und »Dir ist egal, wie es mir geht« oder »Diese Gedankenlosigkeit ist typisch für dich«.

Mittlerweile sind die Vorwürfe austauschbar, nur was kommt, ist immer gleich. Den Rest des Tages spiele ich keine Rolle mehr für ihn. Er ruft nicht an, kommt nur kurz nach Hause, um gleich wieder schweigend abzuhauen. Ich existiere gar nicht, es sei denn, er hat nachts noch Lust auf mich und holt sich im Schnellverfahren, was er braucht, um sich abzureagieren.

Das ist mein Alltag, und ich bin sehr unglücklich darüber.

Als ich Tina das alles schildere, nippt sie erst einmal stumm an ihrem Kaffee. Es wird deutlich: Sie ist mächtig geschockt. Nur langsam findet sie Worte.

»Meine Güte, dass etwas nicht stimmt, sieht man dir an. Du bist lange nicht mehr so fröhlich wie früher. Du lachst kaum noch, und wenn du sprichst, entschuldigst du dich ständig. Aber dass es so schlimm ist, nein, das habe ich nicht erwartet.«

»Jürgen mag eben bestimmte Dinge an mir nicht. Ich versuche schon, sie mir abzugewöhnen, schaffe es aber nicht. Ärger ist da natürlich vorprogrammiert. Dabei möchte ich so gern noch mehr auf ihn eingehen«, argumentiere ich. »Weißt du, er sagt mir eben immer offen, was ihn stört. Ich bin dankbar, denn so weiß ich, wie ich an mir arbeiten muss. Ich möchte unsere Beziehung nicht gefährden und will, dass ich ihm gefalle.«

Tina stellt jetzt mit einem lauten Scheppern den Kaffeebecher auf den Tisch.

»Sag mal, tickst du noch richtig? Was erzählst du denn da? Das hört sich an wie nach einer Gehirnwäsche. Was macht der Kerl mit dir? Der macht dich ja ganz irre.«

Sie schluckt jetzt, schließt die Augen, so als brauche sie eine kurze Besinnungspause. Dann nimmt sie meine Hand, sieht mich ernst an.

»Luise, meine Liebe, bitte schalte deinen Kopf wieder ein. Du lieferst dich ihm aus. Das geht nicht. Irgendwann sagt er, dass du auf der Straße Pirouetten drehen sollst, und du wirst es machen. Das ist doch alles Unsinn. Wach auf. Sofort!«

Ich bin nun plötzlich ganz verunsichert. Irgendwie kam mir gerade selbst unglaublich vor, was ich erzählt habe. Ob ich wirklich schon so durcheinander bin?

»Aber Jürgen hat doch auch ein bisschen recht, wenn er mich kritisiert«, versuche ich jetzt, ihn zu verteidigen. Ich glaube, ihm das schuldig zu sein. Er ist schließlich mein Partner. Eigentlich ein wunderbarer Partner, der mir Liebe, Zugehörigkeit und Sicherheit gibt. Der mit mir eine gemeinsame Zukunft möchte, mit Kindern, einem Haus, einem Leben, wie ich es mir erträume. Das will ich nicht riskieren, nicht wegen meiner albernen Eifersüchteleien und auch nicht wegen meiner Unzulänglichkeiten. Ich bin nicht perfekt. Niemand ist das. Und das darf mein Mann auch sagen. Wenn nicht er, wer dann?

»Natürlich möchte er eine tolle Frau, die sich perfekt verhält. Das ist doch normal. Und wenn etwas nicht passt, muss er es auch sagen dürfen«, bringe ich vor.

»Und was darfst du sagen?«, kontert Tina.

Ich atme tief durch, muss nachdenken. »Weißt du, mich stört eben sein Sextheater, und das habe ich ihm auch gesagt. Du erinnerst dich an meinen absurden Besuch im Fetisch-Club? Da gehe ich nie wieder hin, und das akzeptiert er auch.«

Tina lehnt sich in den Stuhl zurück und schüttelt den Kopf.

»Das kann nicht wahr sein«, sagt sie jetzt laut, und ihre Stimme wirkt genervt.

»Du willst es mir jetzt als Sieg verkaufen, dass du nur einmal in diesen Club musstest, wo er sich von einer anderen befriedigen ließ? Musst du wirklich dankbar sein, dass er das nicht regelmäßig macht? Oder besser, dass er dich das glauben lässt?«

»Was willst du denn jetzt damit sagen?«, fahre ich Tina an.

»Luise, du bist wirklich komplett verstrahlt!«, sagt sie, und ihre Stimme klingt jetzt richtig forsch. »Ich will damit sagen, dass er mit Sicherheit nichts anbrennen lässt. Ich kenne Jürgen nicht wirklich gut. Aber nach dem, was du mir erzählt hast, bist du wahrscheinlich nicht die einzige Frau in seinem Leben.«

Und dann überschlägt sich ihre Stimme. »Er steht doch auf Experimente. Meinst du, das hat er sich abgewöhnt? Quatsch! Weil du das nicht mitmachst, geht er allein. Da bin ich mir ziemlich sicher.«

»Tina, behaupte doch nicht solche Sachen, die du gar nicht weißt!«, fauche ich jetzt. Ich bin sauer. So verhält sich keine Freundin. Jürgen hat ja schon oft gesagt, dass sie keine richtige Freundin sei. Vielleicht hat er recht, wenn er sagt, dass sie kein guter Umgang für mich sei und unserer Beziehung nicht guttue, weil sie mich auf dumme Gedanken bringe. Sie ist wirklich immer gegen ihn. Das ist doch unfair ihm gegenüber.

»Was sagt denn eigentlich deine Mutter dazu?«, will Tina jetzt wissen. Ich denke, sie hat selbst auch gemerkt, dass sie zu weit gegangen ist, und will die Situation retten. Aber ich antworte nur noch einsilbig.

»Mama hält sich raus«, lüge ich sie an. Aber meine Mutter hält sich nicht heraus, sie hat mir schon mehrfach gesagt, dass ich mich verändert hätte, viel ernster und angespannter sei. Sie behauptet sogar, dass mich Jürgen isolieren wolle, von den Eltern und den Freunden. Ich habe ihr natürlich gesagt, dass das Quatsch sei und ich nur wegen meiner Prüfungen wenig Zeit hätte. Ich müsse ja ständig Arbeiten vorbereiten und Klausuren schreiben. Das strenge an und mache müde. Deshalb sei ich neuerdings viel zu Hause, auch allein. Ich weiß jedoch nicht, ob sie mir die Ausreden glaubt.

Aber das ist jetzt auch nicht wichtig. Mir ist die gute Laune vergangen. Ich habe keine Lust mehr, noch weiterzureden. Tina scheint sich nämlich auch verändert zu haben, bitter und negativ geworden zu sein. Vielleicht ist es nach diesem Treffen tatsächlich besser, wenn wir uns eine Zeitlang nicht mehr sehen …

»Wir haben bisher nur über mich gesprochen. Wie läuft es denn mit deinem Toby?«, versuche ich die Wogen zu glätten. Aber die Stimmung ist irgendwie kaputt. Wir trinken unseren Kaffee aus, und dann setzt Tina der ganzen Sache ein Ende.

»Ich bin heute noch eingeladen«, behauptet sie, und wir wissen beide, dass das nicht stimmt. Aber es ist gut, wenn wir das hier beenden.

Auf dem Nachhauseweg bin ich sehr nachdenklich: Tina, Mama, auch zwei weitere Freundinnen, unter anderem Miriam, mit der ich mal wieder auf der Messe jobbte, haben versucht, mir ins Gewissen zu reden.

Sie sagen alle, dass Jürgens Liebe Gift für mich sei und er versuche, mich ganz für sich zu haben. Aber ich darf da gar nicht mehr hinhören. Denn die Ratschläge von allen Seiten verunsichern mich nur noch mehr. Und diese Verunsicherung, die ich eh schon verspüre, tut mir gar nicht gut und verfestigt sich zusehends. Ich fühle mich zunehmend schwach, irgendwie fast wie gelähmt. Gefangen in meinem Leben wie die Fliege im Glas. Letztlich aber muss ich doch selbst wissen, was mich glücklich macht, kein anderer kann das für mich entscheiden.

Aber ob ich jemals mit Jürgen glücklich werde? Ich habe

schon meine Zweifel. Gut, wir haben auch oft schöne Momente, aber ich kann sie nie halten. Ich weiß gar nicht, was genau passiert, aber plötzlich kippt die Stimmung, und Jürgen ist nicht mehr wiederzuerkennen. Dann stänkert er an allem herum, macht mich schlecht, findet mich zu langweilig, egal was, und manchmal wird er sogar richtig aggressiv.

Gut, er hat Stress. Aber trotzdem? Jeder Tag mit ihm ist eine Achterbahnfahrt, es geht immer hoch und runter, hoch und runter. Unser Miteinander ist anstrengend.

Vielleicht passiert das ja aber nur, weil ich ständig etwas falsch mache? Würde ich mich endlich anders verhalten, anders sein, hätte Jürgen vielleicht auch keine schlechte Laune mehr. Ja, eigentlich ist es wohl so einfach. Ich muss mich einfach im Alltag mehr zusammenreißen und mich auf mein Leben mit ihm konzentrieren. Ich kriege das schon hin. Aber zuerst muss ich aufhören, mir von allen hereinreden zu lassen.

***

Die Tropenluft streichelt mich. Ich genieße jede Sekunde im sanften Wind des Indischen Ozeans. Die Kreuzfahrt ist mein Geburtstagsgeschenk, und ich habe mich lange wirklich riesig auf die Reise gefreut.

Unser elegantes Schiff steuert durch den Golf von Thailand und nimmt Kurs auf die Metropole Bangkok. Ich kann kaum abwarten, schon morgen durch die quirligen Straßen zu schlendern, und freue mich riesig darauf, Köstlichkeiten an Garküchen zu naschen, riesige Tempelanlagen zu besichtigen und einfach das fernöstliche Flair einzuatmen. Ich habe mich schon tagelang eingelesen, und der Besuch des »Smaragd-Buddhas« steht ganz oben auf meiner To-do-Liste. Aber wir haben auch eine Bootsfahrt auf dem Chao Phraya, der Lebensader der Stadt, gebucht und einen geführten Bummel durch die

Altstadt. Ich möchte über einen der zahlreichen Märkte gehen und mir einen farbenfrohen Schal kaufen, für die kommenden Nächte an Bord.

Aber im Moment genieße ich noch etwas anderes, Jürgens Nähe.

Wir sind nämlich auf einer »Oldies-Night« an Deck und tanzen zur Musik einer fünfköpfigen Band, die wunderbare Schmusehits mit einem Elvis-Imitator spielt. Im Augenblick geben sie »Love me tender, love me sweet, never let me go, you have made my life complete, and I love you so …« zum Besten.

Ich schmiege mich ganz eng an Jürgens Brust, genieße seine weichen, geschmeidigen Bewegungen. Seine Hand streicht mir zärtlich über die Hüfte, den Rücken, gleitet hoch bis zu meinem Hals. Ich weiß, dass ich ihm heute ganz besonders gut gefalle. Er mag mich in meinem engen orangefarbenen Kleid und den silbernen Riemchensandaletten mit den Endlos-Stilettos.

»Du siehst darin umwerfend sexy aus und machst bestimmt alle Männer an Bord ganz verrückt«, flüstert er mir anerkennend ins Ohr und unterstreicht sein Kompliment, indem er mir einen langen Kuss auf den Mund gibt.

Aber auch Jürgen sieht mit seinem blütenweißen Hemd zur beigefarbigen Hose richtig smart aus. Er stellt eben etwas dar, füllt mit seinem Auftreten jeden Raum. Ich bin gern an seiner Seite.

»Ihr beide, ihr seid das Traumpaar an Bord!«, meint denn auch unsere Tischnachbarin Stefanie, die jetzt mit ihrem Mann neben uns tanzt und uns anerkennende Blicke zuwirft. »Es ist zu schön, euch beide zu sehen. Ihr seid beneidenswert verliebt.«

Ich freue mich riesig über das Kompliment und Jürgen ganz offenbar auch. Denn er zwinkert mir stolz zu und erwidert lächelnd: »Nun zeigen wir mal, wie das Traumpaar den Slowfox meistert«, und dabei zieht er mich ganz eng an sich, greift meine Hand und führt sie sanft zu seinen Lippen.

Und während die Elvis-Kopie mit viel Glut in der Stimme

singt, sieht mir Jürgen fest in die Augen und flüstert mir »Ich liebe dich« ins Ohr.

»… tell me you are mine, I'll be yours through all the years …«

Ich spüre jetzt seinen heißen Atem in meinem Nacken, seinen drahtigen Körper an meinem, und mit geschmeidigen Bewegungen wiegen wir uns zu der wunderbaren Melodie.

»… all my dreams fulfill, for my darlin' I love you, and I always will.«

Mein Herz klopft. Ich bin unendlich verliebt, wie am Anfang, wie damals, als wir uns vor der Haustür küssten.

»Ich liebe dich wie am ersten Tag«, hauche ich jetzt, und es stimmt, was Stefanie meinte. Wir sind wirklich ein Traumpaar. Was zählen schon Krisen. Sie gehören zum Leben. Damit man sie nicht zu wichtig nimmt, gibt es Nächte wie diese.

Später, es ist schon weit nach Mitternacht, stehen wir gemeinsam an der Reling. Jürgen hält in der rechten Hand sein Cocktailglas, mit dem linken Arm zieht er mich mit dem Rücken fest vor seine Brust. Wir sehen schweigend auf das Meer, beobachten den silbrigen Mondschein, der auf den Wellen tanzt. Ich fühle mich so unglaublich gut und möchte die Welt anhalten, damit dieser Moment für immer dauert und nie vergeht.

»Ich bin so froh, dass du bei mir bist«, sage ich leise. Jürgen drückt mich mit dem Arm noch fester an sich, ich spüre seine Lippen auf meinem Haar, höre sein: »Ich auch, Engelchen, und es ist schön, dass wir zusammen sind.«

Hinter uns spielt die kleine Kapelle jetzt Elvis' »Always on my mind«.

Jürgen summt leise die Melodie mit und lässt mich liebevoll an seinem Glas nippen. »Hier, probier mal. Die Margarita ist köstlich. Und dann lass uns in unsere Kabine gehen. Ich meine, dieser Abend braucht noch einen ganz besonderen Abschluss.«

Ich schließe die Augen, lächle entrückt und hauche mein

wärmstes »Ja!«. Nichts möchte ich lieber, als diesem wunderbaren Mann jetzt ganz nah zu sein …

Mit Jürgen das Schiff zu erkunden, tagsüber am Pool zu liegen, abends die tollen Restaurants auszuprobieren und nachts mit ihm zu tanzen, die Luft auf meinen nackten Schultern zu spüren und dabei noch die Lichter einer Weltstadt am Horizont zu sehen, das ist ein Traum, den ich nie vergessen werde. Nie.

Leider dauert der Traum dann keine Woche. Nach unseren Landgängen in Bangkok, die wir noch händchenhaltend verbracht haben, ändert sich die Stimmung bald schlagartig. Von himmelhochjauchzend zu miserabel.

Denn dank Jürgens ständigem Geflirte wird der Rest der Tour ziemlich schnell zum Flop.

Von »Ich liebe dich wie am ersten Tag« ist dann nichts mehr zu spüren. Warum ich plötzlich nicht mehr »sein großer Schatz« bin, sondern andere Frauen wichtig werden, weiß ich nicht. Ich kann es mir überhaupt nicht erklären. Aber sein gemeines und abwertendes Verhalten vermiest mir zunehmend die Reise.

Wobei die Stunden am Pool schließlich zur größten Herausforderung für unsere Beziehung werden. Jürgen genießt nicht die klare Meeresluft oder das wohltemperierte Wasser des Pools, nein, er betrachtet das Ganze als seine private »Peepshow«. Er macht es sich auf seiner Liege bequem, schiebt sich ein aufgerolltes Handtuch unter den Nacken und stiert die Frauen an. Je jünger, desto länger.

Nun, damit könnte ich vielleicht noch leben, aber nicht mit den ständigen Kommentaren. Zum einen über die angeblich so heißen Frauen, die er »rattenscharf« und »total geil« findet, zum anderen über mich, denn ich bin in seinen Augen auf einen Schlag »unförmig« und »viel zu dick«.

Ich leide darunter, gehe aus Frust jeden Tag ins Fitnessstudio und verkneife mir die meisten Leckereien vom Buffet. Aber natürlich bringt das nichts. Ich habe nun mal keinen knackigen Apfelhintern, und deshalb lechzt Jürgen weiter den gertenschlanken Bikinischönheiten hinterher.

Heute hat er eine Blondine im Visier, mit der er bereits gestern angebändelt hat. Eine Stunde kehrt er mir schon den Rücken zu, um sich mit der jungen Frau, einer Berliner Anwältin, zu unterhalten und ihr dabei ganz genau auf die Brüste zu schauen. Er führt sich auf wie ein alberner Pfau. Wenn ich mich einmal so benehmen würde, wäre unsere Beziehung garantiert am Ende. Jürgen kann es nicht mal leiden, wenn ich mit anderen Männern auf dem Schiff spreche, und natürlich halte ich mich auch daran. Gut, der übliche höfliche Smalltalk ist gestattet, aber mehr duldet er nicht. Etwas Aufmerksamkeit oder gar ein Flirt, undenkbar. Umgekehrt allerdings gelten andere Spielregeln. Er darf auch in meinem Beisein den Womanizer geben, für andere Frauen aufmerksam Getränke bestellen, sie in Gespräche verwickeln und sie sogar durch die »ach so gefährlichen« Gänge zu ihren Kabinen begleiten.

»Ein Gentleman macht das so!«, hat er mir gestern gesagt, als er die Blondine mehr als eine Stunde lang durch das Schiff geführt hat. Meine schnippische Antwort: »Ach ja, aber ein Gentleman lässt seine Frau nicht allein an der Bar sitzen«, hat er überhört.

Und nun sitzt dieselbe Tussi mit uns am Pool, und Jürgen hat doch tatsächlich vor, sich zu ihr zu gesellen. »Es tut gut, sich mal mit einer intelligenten Frau unterhalten zu können«, meint er lächelnd und greift nach seinem Handtuch.

Geringschätzig blickt er zu mir auf die Liege. »Man sieht sich!«

Jetzt reicht's. Ich greife nach seinem Bein, halte ihn fest.

»Sag mal, du spinnst jetzt wohl komplett? Was soll das Ganze?«, zische ich und bin jetzt so sauer, dass mir wirklich egal ist, wie das hier endet. Wenn das Theater nicht sofort aufhört, kann er die Kreuzfahrt mit der Dame verbringen, und ich fliege zurück nach Deutschland!

»Langsam macht es keinen Spaß mehr mit dir. Immer fängst du Streit an.« Jürgen ist jetzt richtig wütend und knallt sein Handtuch zurück auf die Liege. Er gibt nach, aber nur weil er kapiert hat, dass er eine Grenze überschritten hat.

»Nee, nee, nicht ich fange Streit an, sondern du!« Ich habe keine Lust mehr zu kuschen, lasse mir auch die Schuldzuweisung nicht gefallen. »Hör doch einfach auf, die Weiber anzubaggern.«

Dieser eine Satz reicht Jürgen, mal wieder den Spieß umzudrehen. Natürlich ist es nun plötzlich meine Schuld, dass er sich so verhält, was sonst.

»Woran liegt es denn, dass ich mich für andere Frauen interessiere? Du bist so unlocker. Ich lerne in meinem Job jeden Tag neue Menschen kennen und bin aufgeschlossen und offen. Und du?! Weißt du was, du törnst mich total ab, Luise.«

Mir reicht's jetzt. Dann gibt es eben richtig Krach, und der Tag ist gelaufen. Egal. Alles lasse ich mir jedenfalls nicht gefallen.

»Ich habe also Schuld, wenn du flirtest? Jetzt ist es wirklich genug«, fauche ich.

»Was regst du dich denn so auf? Es stimmt doch. Wenn du anders wärst, müsste ich nicht flirten. Aber Madame denkt gar nicht daran, sich zu ändern oder zumindest mal an sich zu arbeiten.«

»Was müsste ich denn deiner Meinung nach tun, damit du nicht ständig andere Frauen anmachst?«

»Da fällt mir viel ein!« Jürgen taxiert mich jetzt spöttisch. »Aber ich verrate dir mal die Kurzversion: dünner werden, mindestens fünf Kilo, keine langweiligen Hosen tragen, mich verwöhnen und mal intelligentere Gespräche führen, nicht so oberflächlich sein. Ich gebe dir dazu einen Tipp: Lies doch zur Abwechslung mal ein Buch.«

Ich glaube nicht, was ich da höre, und bin fast atemlos vor

Wut. Was fällt ihm ein, mich wie ein Dummerchen hinzustellen?

»Ich lese viel, und das weißt du genau!«, versuche ich mich zu verteidigen.

»Ich merke davon nichts, und wenn du liest, ist es ganz offenbar das Falsche, sonst würdest du nicht immer dummes Zeug reden.«

Ich schließe die Augen und zähle innerlich bis drei. Ich muss mich irgendwie beruhigen.

»Kein anderer sagt, dass ich nur dummes Zeug rede. Was soll das, Jürgen?«

»Kein anderer? Da täuschst du dich. Unsere Tischnachbarn haben gestern erst so eine Bemerkung fallen lassen. Dein dummes Gerede hat sie komplett genervt, und genau aus diesem Grund haben sie sich gestern umgesetzt.«

»Jürgen, hör auf! Du hast zu viel getrunken. Drei Cocktails bei der Hitze, das passt nicht.«

»Ja, richtig, das passt nicht. Aber da siehst du mal, wie weit du mich noch treibst, ich bin mittlerweile betrunken, weil ich es mit dir nicht mehr aushalte. Vielleicht passt es eben auch nicht mit dir. Als du eben beim Sport warst, habe ich mich wohlgefühlt, und alles war schön. Jetzt bist du da, und alles ist nervig. Lass mich am besten einfach in Ruhe.«

Es läuft immer gleich ab. Unser Gespräch dreht sich mal wieder im Kreis. Jürgen sieht nichts ein. Immer wenn es zwischen uns kracht, liegt es an mir. Ich mache alles falsch und habe sogar schuld, wenn er mich beleidigt. Wenn ich jetzt nicht gehe, dreht sich der Strudel noch tiefer ins Nichts. Wir reden und streiten – und irgendwann laufen mir die Tränen.

Heute breche ich das jedoch vorher ab. Klar habe ich schon feuchte Augen. Aber ich will nicht wie vorgestern wieder heulend in der Kabine liegen. Da gehe ich lieber an einen anderen Pool und versuche, den Tag irgendwie zu überstehen. Dann hat

Jürgen Zeit für seine Blondine, und ich habe wenigstens meine Ruhe. Sei's drum.

Aber ich habe es begriffen: Die Reise, die so schön begonnen hat, ist ein Desaster. Warum bekommen wir es nicht hin, eine harmonische Beziehung zu führen, selbst jetzt nicht, in dieser Traumkulisse? Es kann doch nicht sein, dass das alles immer nur an mir liegt.

Oder etwa doch? Vielleicht hat Jürgen ja auch recht? Meine Figur hat sich tatsächlich verändert. Ich habe durch mein Studium kaum noch Zeit, Sport zu machen. Jürgen dagegen ist in Topform. Er geht regelmäßig zum Training und hat nach wie vor eine sehr sportliche Figur. Ich werde mich wieder mehr auf meinen Körper konzentrieren müssen.

Kapitel 4

Fünf Zimmer, Wintergarten, eine offene Küche und zwei wunderbar großzügige Bäder. Das Haus ist ein Traum!

Ich blättere begeistert durch den Katalog und kann mich nicht sattsehen an diesen schönen Hochglanzfotos. So wohnen, das wäre es! Ich hätte endlich ein eigenes Büro, mit einem eigenen Schreibtisch, und müsste nicht mehr jeden Abend meine Arbeitssachen im Schrank verstauen. Ich kann gar nicht beschreiben, wie sehr ich mich danach sehne.

Jürgen scheint mal wieder meine Gedanken zu lesen.

»Du bekommst ein eigenes Büro. Das wünschst du dir doch so!«, sagt er lächelnd, während er beherzt in sein Brötchen beißt.

Wir frühstücken an unserem gemütlichen Holztisch im Westend. Es ist Samstagfrüh, wir haben ganz viel Zeit, und Jürgen hat mir diese Hausprospekte zur Begrüßung auf den Teller gelegt.

»Oh, was ist das denn? Mein Frühstück?«, witzle ich herum.

»Angefordert bei einer Baufirma! Die Wohnung ist auf Dauer zu klein für uns – und für ein Kind sowieso. Ich habe gespart und wollte schon immer Hausbesitzer sein.«

»Kaufen wir ein Haus?«, frage ich ungläubig und bin voller Vorfreude auf schöne Zeiten. Zumindest wäre dann nicht mehr der Platzmangel schuld an unseren Streitigkeiten.

»Ich meine, das sollten wir tun. Wir haben doch Pläne, und so langsam können wir sie umsetzen.«

Ich bin baff. Jürgen will mit mir ein Haus kaufen und scheint es tatsächlich ernst zu meinen.

Meine innere Stimme sagt mir, dass wir eine glückliche Zukunft haben werden. Wir setzen jetzt unsere Pläne mit Haus und Garten in die Tat um. Jürgen liebt mich, möchte eine gemeinsame Zukunft mit mir, und aus diesem Grunde kaufen wir ein Haus – unser Haus. Jeder Mensch hat doch in einem bestimmten Maße Fehler, und ich bin bereit, seine Macken zu akzeptieren, ihm den nötigen Freiraum zu geben, den er braucht. Er ist eben anders als viele andere Männer, die ich kenne. Na und, wir werden es trotzdem schaffen, ganz bestimmt.

Statt herumzujammern sollte ich mich genauso fest zu ihm bekennen wie er sich zu mir. Was er mir heute Morgen mit den Plänen für eine gemeinsame Zukunft zeigt. Fehler hat jeder. Niemand ist perfekt.

»Wo wollen wir denn hinziehen?«, frage ich. »Aber warte mal. Ich bin ja Ende des Jahres mit dem Studium fertig, und sobald ich weiß, wo ich meinen ersten Arbeitsplatz finde, können wir uns eine Region suchen, die wir beide von unseren Jobs aus gut erreichen können. Was meinst du?«

»Ach, Schatz«, sagt Jürgen, und seine Stimme klingt heute so sanft wie schon lange nicht mehr. »Lass doch den Stress. Das hier passt schon. Ich komme auf schnellstem Weg zur Bank. Das sind keine zwanzig Minuten. Ideal. Du arbeitest ja sowieso nicht.«

»Jürgen«, entgegne ich entrüstet. »Du nimmst meine beruflichen Pläne mal wieder überhaupt nicht ernst. Ich will beides: Karriere und Kinder. Ich möchte erst einmal etwas Eigenes haben, finanziell auf eigenen Beinen stehen. Kannst du das nicht verstehen? Ich habe nie Geld in der Tasche. Das macht keinen Spaß.«

Jürgen gießt mir ganz entspannt den Kaffee nach.

»Du hast doch alles, Liebling. Dir fehlt nichts. Ich gebe dir immer Haushaltsgeld. Ein bisschen einteilen musst du natürlich schon lernen.«

»Jürgen, es geht nicht um einteilen. Ich möchte einfach mal

frei entscheiden, was ich wofür ausgebe. Und das kann ich nur mit meinem eigenen Geld. Aber lass uns jetzt nicht darüber reden. Lieber möchte ich wissen, wie es mit dem Haus weitergeht?«

Ich winke mit dem Prospekt.

»Sehen wir uns das mal an? Das Baugebiet ist neu ausgewiesen. Was hältst du davon, wenn ich einen Termin mache? Außerdem könnten wir am nächsten schönen Tag eine Fahrradtour unternehmen, das passende Ziel wüsste ich schon.«

»Das ist eine tolle Idee. Wir sehen uns die Bauplätze an.«

»Genau, und unterwegs gönnen wir uns einen kleinen Snack, auf einer Aussichtsterrasse mit Mainblick.«

***

»Und? Was meinst du? Kannst du dir das hier vorstellen?«

Ich sehe Jürgen fragend an. Es ist ein herrlicher sonniger Herbsttag mit milden Temperaturen. Ich sitze auf einer Bank und nehme erst einmal einen kräftigen Schluck aus der Wasserflasche. Jürgen lehnt neben mir mit verschränkten Armen an einem Baum, sieht beeindruckt Richtung Horizont. »Sieh mal, dort drüben, man kann den Taunus sehen. Einfach herrlich!«

Wir sind heute kräftig geradelt. Jetzt haben wir unser Ziel erreicht: ein Wohngebiet nördlich von Frankfurt, gleichermaßen ideal gelegen zur Autobahn und zur Innenstadt. Es ist ein riesiges Areal, und erst auf der Hälfte der ausgewiesenen Baufläche sind bislang rund fünfundzwanzig Häuser entstanden. Mehr als dreißig weitere werden noch gebaut. Die meisten Bauplätze sind bereits verkauft. Aber für fünf gibt es noch keine Käufer. Oder vermutlich sind es jetzt nur noch vier, denn wir sind mehr als begeistert von dem, was wir sehen.

»Sieh mal, da drüben ist ein kleiner See. Ist der nicht herrlich idyllisch? Da können wir später mit unseren Kindern Boot fahren«, träume ich jetzt schon und plane gleich weiter. Im Garten möchte ich einen kleinen Spielplatz anlegen lassen, und im Vorgarten könnte ein Sandkasten stehen, und natürlich bekommen wir auch eine riesengroße Terrasse, auf der wir die herrlichen Sommer verbringen.

Ich steigere mich richtig in eine regelrechte Begeisterung hinein, träume mich davon in ein Leben als Hausbesitzerin.

Später hake ich mich selig bei Jürgen unter, schmiege mich an ihn. Bestimmt wird jetzt alles gut. Jürgen hat eine schwere Zeit hinter sich. Aber sie ist vorbei. Denn er hat sein Ziel erreicht und ist Abteilungsleiter geworden. Aber das ist es nicht allein. Für mich ist sein Wunsch, ein Haus zu kaufen, auch ein Zeichen, dass er endlich angekommen ist und eine Familie gründen will. In unserem Bekanntenkreis sind wir das letzte Paar ohne Kinder. Das wird ihn angespornt haben. Ich bin so froh darüber. Ich habe also recht gehabt, meine Geduld wird nun belohnt.

»Erinnerst du dich an unseren ersten Abend?«, frage ich sanft.

Jürgen lächelt mich an.

»Was meinst du?«

»Erinnerst du dich nicht daran, was du dir damals gewünscht hast? Ich weiß es noch genau. Du wolltest eine Familie und ein Haus. Ach, Schatz, bald hast du beides. Bald sind deine Wünsche wahr geworden.«

Jürgen muss jetzt schmunzeln. »Haben wir damals schon darüber gesprochen?«, fragt er etwas zweifelnd.

Ich nicke. »Ja, und genauso hast du es gesagt!«

»Na, du wirst es wissen. Du hast ja ein Elefantengedächtnis. Aber du hast recht. Wir sind auf der Zielgeraden, wir beide. Also, machen wir das hier?«

»Ja, Schatz. Sag zu, wir ziehen hierher. Bald werden wir in dieser fantastischen Gegend als glückliche Familie leben.«

***

Der Grundstückskauf und die Planung des Hauses beschäftigen uns sehr. Wir haben reichlich gemeinsamen Gesprächsstoff, können entwerfen, rechnen, Materialien aussuchen. Ich bringe mich bei der Inneneinrichtung ein.

Aber all das macht uns nicht wirklich glücklich. Unsere Beziehung ist nach wie vor oft angespannt. Ich suche nach Gründen und schiebe es diesmal auf den Stress mit dem Haus. Aber es kann auch an etwas ganz anderem liegen.

Neuerdings ist Jürgen an drei Tagen in der Woche beim Sport und kommt erst spät nach Hause. Ob das stimmt? Ich habe meine Zweifel. Er erzählt mir auch zu oft von seiner neuen Arbeitskollegin Sabine, die natürlich wieder nur »supertoll« und »großartig« ist. Diese »Rakete« trainiert nämlich auch mit ihm im Fitnessstudio und hat laut Jürgen innerhalb von zwei Monaten über zehn Kilo verloren und nun ein richtig »scharfes Fahrgestell«. Er schwärmt entschieden zu oft von ihr und wünscht sich, dass ich mir an ihr ein Beispiel nehme. Denn sie bekommt natürlich alles hin: Sie ist klug, schön, erfolgreich und schmeißt ihren Haushalt perfekt. Dabei ist sie Single und hat nur eine Katze zu versorgen. Aber Jürgen ist natürlich beeindruckt.

Klar tut das weh, wenn der eigene Partner ständig von anderen Frauen schwärmt, aber ich habe längst begriffen, dass es am schnellsten vorbeigeht, wenn ich gar nicht auf diese Bemerkungen eingehe. Ich kann ja doch nichts ändern. Jürgen bleibt, wie er ist – und damit auch mir gegenüber oft fies und abwertend.

Und es wird immer schlimmer. Während mich Jürgen am Anfang unserer Beziehung mit Komplimenten überschüttet hat, bekomme ich jetzt wirklich fast nur noch Kritik zu hören. Mal habe ich die Küche nicht richtig aufgeräumt, mal meine Arbeitsmaterialien im Wohnzimmer liegen lassen, mal die Wäsche nicht vernünftig gewaschen. Ich kann machen, was ich will: Irgendetwas ist in seinen Augen immer falsch. Nach unserer schönen Reise habe ich mir anfangs noch richtig viel Mühe gegeben, unsere Beziehung wieder in Schwung zu bringen. Meine ursprünglich erfolgreiche Strategie, ihn mit Lob ruhigzustellen, funktioniert schon lange nicht mehr. Er ist trotzdem unzufrieden mit mir und sagt es mir auch immer öfter.

Ich setze mich nach jedem Streit hin und versuche die Situation zu reflektieren, stelle mir sogar einen Fragenkatalog zusammen, den ich nach einer Auseinandersetzung sorgfältig abarbeite: Was habe ich falsch gemacht? Wieso habe ich mich so verhalten? Was kann ich konkret tun, damit ich mich nicht noch einmal so verhalte?

Jürgen hat das vorgeschlagen. Ich solle über mein Verhalten nachdenken, und um unsere Beziehung wieder in den Griff zu bekommen, mache ich das auch. Aber immer wenn ich in einer Sache an mir »gearbeitet« habe, so wie Jürgen es von mir verlangt, fällt ihm etwas Neues ein, was ich falsch mache. Es ist nie genug. Ich kann vielleicht nie so sein, wie er es sich wünscht.

»Geh endlich!«, hat Tina mir wieder geraten, als ich sie nach langer Zeit mal wieder heulend angerufen habe. »Das bringt doch nichts. Du stellst alles an dir in Frage und verlierst dich dabei. Ich wäre in deiner Situation schon längst gegangen. Das zermürbt dich nur.«

»Ich denke, ich bin es schon«, schluchze ich. »Ich widerspreche mir in jedem Satz, bringe nichts mehr zustande und entschuldige mich ständig. Tina, ich merke, dass ich langsam durchdrehe.«

»Dann geh«, sagt sie gebetsmühlenartig, und ich reagiere darauf, indem ich nur weitererzähle, was alles nicht zwischen uns klappt. Irgendwann bin ich so müde, dass ich schlafen möchte und das Gespräch beende.

Aber ich ändere nichts. Ich versuche auch nicht mehr, mit Jürgen zu diskutieren. Denn jeder Versuch, sich mit ihm vernünftig und konstruktiv auseinanderzusetzen, endet im Fiasko. Ich sage ihm, dass wir beide an unserer Beziehung arbeiten müssten. Er beharrt darauf, dass alles an mir liege, wenn unsere Beziehung »scheiße läuft«.

Für ihn liegt das maßgeblich an meinem Studium. Und das bringt er auch sehr deutlich zum Ausdruck: »Hättest du das gleich abgebrochen, hätten wir jetzt ein harmonisches Leben. Du kriegst eben Studium und Haushalt nicht hin.« So einfach ist das in seinen Augen! Wenn ich ihm widerspreche, rät er mir, professionelle Hilfe zu holen und ihn nicht weiter mit meinem »Gelaber« zu belästigen. Es ist aussichtslos!

Ich fühle mich gefangen, gefangen in mir selbst. Meine Freundinnen sind alle genervt, weil ich sie ständig mit meinen Beziehungsproblemen konfrontiere. Es wundert mich, dass sie überhaupt noch ans Telefon gehen, wenn sie meine Nummer sehen. Denn ernst nehmen sie mich bestimmt nicht mehr. Eigentlich macht das niemand im Moment. Ich glaube, dass ich allen nur noch leidtue.

Es geht mir auch nicht gut. Ich bin ständig müde, habe schlechte Haut und Mühe, mich zu konzentrieren. In meinem Kopf drehen sich nur noch die Gedanken um Jürgen und das, was ich falsch mache, und wie ich unsere Beziehung retten kann. Ich stehe ständig unter Strom und habe mittlerweile Angst vor unserem Zusammensein. Ich kann den ständigen Streit, die Wortverdrehereien und den Liebesentzug mit Schweigen, Ignorieren und Ausgrenzen nur sehr schwer ertragen.

Aber es gibt kein Zurück mehr, vor allem jetzt nicht, nachdem wir uns für das Haus entschieden haben.

Die Situation belastet mich so, dass ich manchmal Herzrasen habe. Überhaupt spielt mein ganzes Nervensystem verrückt. Ich habe häufig Bauchkrämpfe, und fast immer macht mir Übelkeit zu schaffen.

Bei der Messe bin ich kaum noch gebucht. Ich glaube, die merken, wie angespannt ich immer bin. Gäste wollen aber kein überfordertes Personal sehen. Fazit: Man nimmt lebensfrohe, unverbrauchte Frauen, die fröhlich sind, wenn sie arbeiten. Ich bin das nicht mehr. Ein falsches Wort, und schon schießt ein Tränenschwall aus meinen Augen. Das braucht niemand am Arbeitsplatz.

Auch die Endphase des Studiums verläuft schleppender als geplant. Ich kann mich nur schlecht auf das Lernen konzentrieren. Immerzu geistert mir Jürgen durch den Kopf, verbunden mit den Fragen, was ich falsch gemacht habe und wie ich mich am besten entschuldigen kann.

Und nun kommt zu alldem auch noch die wohl größte Herausforderung überhaupt: Ich bin schwanger! Schon in wenigen Monaten kommt unser Baby auf die Welt. Ein Wunschkind, das wir uns beide ersehnt haben – zumindest zeitweise.

Denn wie alles bei uns ging es auch mit unserer Familienplanung hin und her. In einer der immer seltener werdenden guten Situationen habe ich die Pille abgesetzt und musste zumindest einen Zyklus durchhalten, bevor ich sie wieder nehmen konnte. Natürlich hielt unsere glückliche Phase dann nicht 28 Tage lang. Und da ist es dann irgendwie passiert.

Zumindest über das Baby jedoch gibt es keinen Streit. Jürgen freut sich auf unser Kind.

***

Schon im Treppenhaus strömt mir der warme Vanilleduft entgegen, und ich schnuppere neugierig, woher dieser herrliche Geruch kommt. Doch bevor ich die Wohnungstür aufschließe, muss ich einen Moment durchatmen. Erschöpft setze ich mich auf eine Treppenstufe, schließe die Augen, genieße ein paar Minuten Ruhe. Hinter mir liegt ein zwar kurzer, aber anstrengender Einsatz bei der Frankfurter Messe. Wir hatten einen eintägigen Techniker-Kongress, und ich bin jetzt, kurz vor Mitternacht, mehr als erledigt. Jürgen hat mich bereits um 22 Uhr angeklingelt und ungeduldig gefragt, wann ich endlich nach Hause komme. Ich habe mich sehr über seinen Anruf gefreut. Es ist lange her, dass er mich so sehnsüchtig erwartet hat.

Erst jetzt, als ich nach einer kurzen Pause die Tür aufschließe, fällt mir auf, dass der herrliche Vanillegeruch aus unserer Wohnung dringt. Die Wohnzimmertür steht auf, und ich sehe Lichter flackern. »Jürgen? Bist du zu Hause?«, frage ich vorsichtig und stelle zögerlich meine Tasche ab. Ich ahne schon, was gleich kommt. Bestimmt Vorwürfe, weil ich mich so sehr verspätet habe. Aber als ich im Wohnzimmer nach ihm sehen will, bin ich baff.

Ich stehe in einem romantischen Lichtermeer! Jürgen hat unzählige weiße Teelichter aufgestellt und in der Mitte des Raums mit roten Kerzen ein riesengroßes Herz geformt. Dazwischen steht, geschrieben aus fein dekorierten Rosenblättern: »Willst du mich heiraten?!«

Ich bin so perplex, dass ich kein Wort herausbekomme. Jürgen kommt jetzt strahlend auf mich zu, kniet vor mir nieder und fragt leise, fast schon ein bisschen schüchtern: »Und, willst du?«

Ich weine, aber nicht aus Freude, eher aus Überforderung. Ich weiß nicht mehr, wie ich das hier einschätzen soll. Was ist los in meinem Leben?

Für mich kommt dieser Antrag völlig überraschend. Natürlich möchte ich heiraten, aber nicht nur wegen des Babys.

Ich möchte, dass man mich aus Liebe zu mir fragt. Passt das noch für uns?

Ich fühle mich wie ein Teil einer Aufführung und warte darauf, dass gleich der Vorhang fällt. Wenn das jetzt Tina, Miriam und all die anderen besorgten Freundinnen sehen könnten. Vielleicht würden sie ihre Meinung über Jürgen ändern und mich künftig anders beraten. Denn auch das ist Jürgen. Er kann sehr wohl aufmerksam, fantasievoll, liebenswert sein. Jede Freundin würde mir neidvoll sagen, dass das hier, heute zumindest, ein Traummann sei. Ein Mann zum Heiraten.

Und jetzt? Jetzt höre ich mich »Ja, aber natürlich« sagen. Wir küssen uns, wie selbstverständlich. Als er mich in seinen Armen hält und an sich drückt, steigt wieder die verrückte Hoffnung in mir hoch, dass doch noch alles gut wird mit uns. Wir werden jetzt eine richtig glückliche Familie, bestimmt! Es wird. Ich muss mir nur noch viel mehr Mühe geben. Ein Kind ist jeden Einsatz wert.

***

»Die Frau ist so klasse. Der kann keiner das Wasser reichen. Und sie ist nicht nur superklug, sie ist auch wunderschön!«

Ich habe Pasta gekocht und sitze mit Jürgen am Esstisch. Mein Bauch ist längst nicht mehr zu übersehen, und es geht mir alles andere als gut, wenn ich mir heute zum wiederholten Mal anhören muss, wie toll jetzt wieder Jenny, eine weitere Kollegin aus der Firma, ist.

»Warum erzählst du mir das?«, frage ich ihn verständnislos.

»Weil sie wirklich toll ist?«

Ich schließe die Augen. Er plappert es nicht einmal unbewusst heraus. Er findet die Frau wirklich klasse, und es ist ihm einfach piepegal, wie ich mich dabei fühle. Ich bin so rund, dass ich nur dröge Schwangerschaftskleidung tragen kann, weite Hängerchen eben. In Pumps kann ich nicht mehr laufen. Das Gewicht des Bauches ist mir zu viel. Aber ich finde, dass ich trotzdem noch ganz passabel aussehe. Ich habe heute die Haare hochgesteckt, trage ein schwarzes Minikleid, dazu flache leichte Wildlederstiefel. Ich habe mich schick gemacht, denn wir sind am Abend auf einen Drink mit Freunden in einer Bar eingeladen. Ich freue mich darauf, rauszukommen. Ich schreibe zwar die letzten Klausuren und muss viel dafür arbeiten, aber ich habe Lust darauf, auszugehen. Auch mit Bauch. Seine Jenny kann mich mal kreuzweise. Statt mich wieder auf ein Streitgespräch einzulassen, freue ich mich lieber auf den Abend.

Nach dem Essen mache ich schnell die Küche fertig. Jürgen mag keine Unordnung.

»Ich schminke mich noch rasch«, murmle ich und gehe ins Bad.

Sorgfältig male ich mir die Lippen nach, kontrolliere den Lidstrich.

»Ich bin so weit«, rufe ich Jürgen zu und hole die Handtasche aus dem Flurschrank. »So, fertig, wir können!«

»Du siehst furchtbar aus!«

»Wie bitte?« Ich traue meinen Ohren nicht.

Jürgen lehnt an der Wohnungstür und mustert mich abfällig.

»Ich sehe was …?«, stammle ich und starre ihn ungläubig an. Er kommt auf mich zu, baut sich ganz nah vor mir auf und taxiert mich mehrmals von oben bis unten, wie ein Scanner bei der Flugkontrolle.

»Du hast es richtig verstanden!«, brummt er. »Wie ein Walross!«

Ich habe das Gefühl, dass mir jemand ein Brett vor den Kopf knallt, so perplex bin ich.

»Jürgen, das meinst du doch nicht ernst!« Meine Stimme zittert, und ich sehe ihn fragend an, weil ich wie immer in solchen eigentlich unfassbaren Situationen denke, dass er gleich auflachen und mir diese verletzenden Sätze als einen seiner merkwürdigen Scherze verkaufen wird.

Aber er lacht nicht, lächelt nicht mal. Er ist ernst, ganz ernst, und redet einfach weiter.

»So gehe ich mit dir nirgendwohin!«

Breitbeinig steht er da und grinst richtig böse. »Das tue ich mir nicht an. Was sollen denn die Leute denken? Nee, so eine Begleitung kann ich mir nicht leisten.«

Er nimmt jetzt seine Jacke von der Garderobe, und während er die Haustür öffnet, sieht er noch einmal zu mir zurück. »Mach dir mal die Haare anders, und kauf dir was Vernünftiges zum Anziehen. Du arbeitest doch. Da gibt dir die Bank bestimmt einen Kredit.«

Dann fällt die Tür hinter ihm ins Schloss, und ich stehe im Flur, sehe mich im Spiegel an und kann nicht mal mehr weinen. Niemand wird glauben, was ich gerade erlebt habe. Niemand.

Wie ein geprügelter Hund schleiche ich mich zurück ins Wohnzimmer, zupfe mir die Klammern aus den hochgesteckten Haaren und bin unfähig zu reagieren. In meinem Bauch wächst ein Kind heran, und der Vater beleidigt mich zutiefst. Ich kann nicht einmal mit jemandem darüber reden. Denn was eben passiert ist, wird mir keiner glauben.

»Ich muss stark sein, für dich, mein Kleiner«, murmle ich später im Bett und streichle mir über meinen dicken Bauch. Ich hole die Spieluhr, die ich für das Baby gekauft habe, und ziehe sie immer wieder auf. Die süße Melodie wird das Kind in meinem Bauch beruhigen. Ich fühle mich elend, gedemütigt, müde, erschöpft.

Von Jürgen kommt an diesem Abend nichts mehr, kein Anruf, keine SMS. Es ist ihm egal, wie ich mich fühle. Er lässt mich in meiner Not allein zurück. Aber ich darf jetzt nicht schlappmachen. Der kleine Kerl, der in mir wächst, soll es gut haben, mit liebenden Eltern aufwachsen und mit finanzieller Sicherheit. »Dein Papa fängt sich schon wieder«, murmle ich. »Bestimmt hat er es gerade schwer im Büro.«

Und dann sind sie wieder da. Die ewigen Selbstvorwürfe. Jürgen hat mich so gut manipuliert, dass ich mir auch jetzt, nach den schlimmen Beleidigungen, die Schuld für den Eklat gebe.

***

Die Schwangerschaft bleibt ein Auf und Ab der Gefühle. Mal macht mich Jürgen klein und beleidigt mich als fett und faul, mal setzt er sich liebevoll zu mir aufs Sofa und liest mir aus einem Buch für werdende Väter vor, das ihm ein Arbeitskollege geschenkt hat. Zumindest freut er sich auf unser Kind. Das gibt mir genug Kraft, das alles durchzustehen.

Jürgen möchte unbedingt noch vor der Geburt heiraten, damit das Baby auch ganz offiziell ein eheliches Kind ist. Ich bin sehr froh darüber, denn auch ich möchte als verheiratete Frau mein Baby bekommen. Bei diesem Thema bin ich konservativ. In meiner Vorstellung gehören Vater, Mutter und Kind zusammen: Ich wünsche mir eine heile Welt.

Unsere Hochzeit im August 2003 ist sogar richtig schön. Wir erwischen einen Tag, an dem wir uns ausnahmsweise gut vertragen. Jürgen ist liebevoll und aufmerksam. Ich sauge seine Zuwendung auf wie ein trockener Schwamm das Wasser. Er achtet darauf, dass ich nicht lange stehe und immer genug trinke. Es ist nämlich sehr heiß, und er möchte alle Belastungen und Anstrengungen so gut wie möglich von mir fernhalten. Ständig hat er ein Auge auf mich, fragt immer wieder, ob ich mich gut fühle und ob mir etwas fehle.

Wenn er immer so wäre wie an diesem Tag, würde mir nichts, absolut nichts fehlen, dann wäre ich wunschlos glücklich.

Nach der kurzen standesamtlichen Trauung fahren wir in ein idyllisch am See gelegenes Gartenrestaurant. Der festlich gedeckte Tisch steht direkt am Wasser.

Wir sitzen am Wasser, und zum Greifen nah drehen Enten und Schwäne ihre Runden. Etwas weiter weg ziehen ein paar Tretboote vorbei, und zwei Kinder werfen von einem kleinen Sandstrand aus Steine ins Wasser. Sommeridylle pur!

Ich habe es mir in meinem schulterfreien weißen Satinkleid in einem Korbstuhl bequem gemacht und lausche der Festrede meines Mannes. Ja wirklich, ich kann es kaum glauben. Aber es ist wahr. Ich bin jetzt mit diesem Mann verheiratet.

Jürgen steht am Tisch und begrüßt jeden ganz persönlich. Unsere Eltern, die acht Freunde. Für jeden der Anwesenden hat er einen netten Satz. Aber dann sagt er etwas, das mir noch lange im Kopf nachhallt. »Ich bedanke mich bei meiner Frau, dass sie sich entschieden hat, mit mir durchs Leben zu gehen und mein Kind zur Welt zu bringen.«

Und dann legt er seine warme Hand auf meine Schulter, hält kurz inne und ergänzt dann mit Tränen in den Augen: »Danke, dass du die Zukunft mit mir teilen willst!«

In dem Augenblick schießen mir die Tränen aus den Augen. Es sind Freudentränen. Ich bin glücklich und habe keine Zweifel, dass ich das auch bleibe. Jürgen und ich, wir haben es uns wahrlich nicht immer leicht gemacht, hinter uns liegen ganz düstere Momente. Aber jetzt werden wir Eltern, jetzt sind wir bald eine Familie. Das verändert alles, ganz sicher. Jürgen hat das Zeug zu einem guten Ehemann und Familienvater.

Und so leicht wie mein Herz ist auch die Feier. Wir lachen, plaudern, schlemmen. Es ist ein wunderbar ruhiger, entspannter Tag, und als wir in den Abendstunden auseinandergehen, hält Jürgen mich fest an der Hand. So als wolle er sagen: Das ist meine, sie gehört zu mir, für immer.

Aber er versichert unseren Eltern und den Freunden zum Abschied auch, dass es noch ein weiteres Fest geben werde: Wir wollen auch kirchlich heiraten, mit allem Drum und Dran. Später, denn im Moment steht die Geburt unseres Kindes an allererster Stelle.

***

Bei Finns Geburt ist Jürgen wie selbstverständlich dabei. Leider ist er mir keine große Hilfe. Er steht eher ein bisschen teilnahmslos und verloren daneben und wirkt überfordert. Aber er freut sich sehr und zeigt das auch. »Wir haben jetzt ein Baby, Verantwortung, sind eine Familie«, sagt er und hält mich im Arm.

Ich habe den kleinen Winzling auf der Brust und spüre in

diesem Moment pures Glück. Es ist diese Wärme, die Geborgenheit, die Innigkeit, nach der ich mich sehne. Ich habe mich lange nicht mehr so angenommen gefühlt. Die ganzen Spannungen, sie sind Vergangenheit. Ich kann nicht mehr ändern, was geschehen ist. Die Vergangenheit ist, wie sie ist. Aber die Zukunft, die kann ich gestalten, und genau das will ich tun.

Die ersten Wochen bleiben harmonisch. Jürgen hat sich extra Urlaub genommen und kümmert sich um uns. Stolz schieben wir den Kinderwagen durch die Innenstadt und zeigen uns gern als Eltern.

Jürgen wirkt nur am Anfang etwas unsicher. Er gewöhnt sich schnell an die Rolle des »glücklichen Vaters«. Mit breitem Lächeln stolziert er durch Frankfurt, ganz so als wolle er jedem zurufen: »Sieh her, das ist mein Kind, das ist meine Frau, ich habe eine Familie.«

Als wir eine Kollegin treffen, die neugierig in den Kinderwagen lugt, erzählt er ausführlich, wie viel unser Finn gerade getrunken habe, und beginnt mit ihr sogar ein Gespräch über die Qualität der unterschiedlichen Windelmarken. Keine Frage, Jürgen hat sich verändert. Statt sich wie früher über die Optik der wirklich sehr attraktiven Frau auszulassen, präsentiert er sich nun lieber als engagierter Vater. Welcher Wandel!

»Ich werde alles tun, damit wir so glücklich bleiben«, flüstere ich Jürgen ins Ohr.

»Ja, das hoffe ich«, antwortet er ernst. Im ersten Moment zucke ich bei der Antwort zusammen. Doch dann legt er den Arm um mich, und ich bin dankbar für den Moment.

Aber das Glück ist mal wieder nicht von Dauer. Es hält gerade wenige Monate an. Danach wird Jürgen das Familienleben schon zu viel.

»Ich kann doch nicht jeden Abend zu Hause sitzen«, poltert er los, als ich mich auf einen Fernsehabend mit ihm freue. »Ich muss mich doch weiter mit meinen Kollegen treffen und kann wegen euch meinen Job nicht vernachlässigen.« Aber es ist nicht nur die Arbeit. Er will auch seinen Sport nicht vernachlässigen und ist deshalb ständig auf Achse.

Mit mir unternimmt er so gut wie nichts mehr. Das Leben mit Frau und Kind ist ihm zu unbequem, denn ich muss ja Rücksicht auf den Kleinen nehmen, mich nach seinem Schlaf- und Trinkrhythmus richten, und das passt Jürgen überhaupt nicht. Er will seine Freiheit, und ein Baby schränkt die ein. Also stellt er mich zu Hause als Babysitter ab und lebt einfach sein Leben weiter. Familie? Fehlanzeige!

Und nicht nur das. Er unterstützt mich auch nicht. Wenn ich tagsüber in die Uni muss, nimmt meine Mutter mir den Kleinen ab. Wenigstens abends jedoch rechnete ich mit Jürgen. Ich dachte, dass er den Kleinen betreut und ins Bett bringt, damit ich Zeit habe, mich auf die Klausuren vorzubereiten. Es muss ihm doch etwas daran liegen, dass ich eine qualifizierte Ausbildung habe. Immerhin liegt dann die finanzielle Verantwortung nicht allein auf seinen Schultern. Das sollte ihn doch freuen.

Tut es aber nicht, denn er hilft mir nicht, und das Thema schaukelt sich zwischen uns immer mehr hoch.

***

»Ich denke, in einer Woche bin ich durch, Mama!« Ich bin unendlich erleichtert, dass ich bald mein Diplom in der Tasche habe.

»Wie? Dann bist du schon fertig. Meine Güte. Ich bin stolz auf dich!«

Ich sitze an meinem kleinen Wohnzimmertisch und tippe seit heute früh. Mama betreut den kleinen Finn, kocht mir Kaffee und viele Leckereien, heute gab es Nudeln. Sie verwöhnt mich, was ich sehr genieße. Jetzt will sie nach Hause, und ich bringe sie zur Tür. Papa wartet zu Hause.

»Ruf an, wenn du mich wieder brauchst«, lacht sie und drückt mir noch einen Kuss auf die Wange, bevor sie die Treppe hinuntergeht. Ich winke ihr noch nach und bin einfach nur froh. Ohne ihre regelmäßige Hilfe hätte ich das alles bis jetzt nicht geschafft. Denn Jürgen zeigt nach wie vor sein gleichgültiges Gesicht.

Heute kommt er ausnahmsweise früher nach Hause. Das passt prima. Ich brauche noch diesen Abend für die letzten Korrekturen und bin gerade wunderbar im Fluss.

»Sag mal, kannst du heute Finn nehmen?«, frage ich. Jürgen hat es sich auf dem Sofa bequem gemacht. Er nippt an einem Glas Bier, spielt mit dem Handy.

»Es ist wirklich wichtig. Ich will noch einmal alles durcharbeiten, und dann bin ich fertig, Jürgen«, strahle ich ihn an. »Dann habe ich mein Diplom in der Tasche und kann endlich richtig Geld verdienen und dich entlasten.«

Ich ahne nicht, was meine Frage auslöst. Ob er Ärger im Büro hatte? Ob ihm ein Geschäft geplatzt ist? Keine Ahnung. Als er in die Wohnung kam, wirkte er allerdings recht entspannt. Ich hätte ihn doch sonst auch gar nicht gefragt. Aber jetzt erkenne ich an seinen blitzenden Augen, dass er gleich ausrastet. Warum? Das weiß ich nie. Das ist nicht zu kalkulieren. Aber wenn ihm etwas nicht passt, bekommt er einen gefährlichen, abfälligen Blick. So wie jetzt.

»Ich habe dir schon mehrmals gesagt, dass ich darauf keine Lust habe. Warum kapierst du das nicht?«, wütet er sofort los, springt dabei vom Sofa auf und baut sich bedrohlich nah vor mir auf. »Frag doch deine bekloppte Mutter. Die hat sowieso nichts zu tun …«

Ich will nicht einknicken, nicht jetzt. Ich brauche seine Unterstützung und verlange verdammt noch mal auch nicht zu viel.

»Mama war die ganze Zeit hier, und ich möchte doch nur heute Abend meine Arbeit zu Ende bringen.«

»Und warum machst du das nicht morgen, wenn ich im Büro bin?«

»Weil es gerade richtig gut läuft. Wenn alles klappt, bin ich heute Nacht fertig und kann im Laufe der Woche abgeben.«

»Wenn alles klappt? Was hat denn bei dir schon mal geklappt? Mach dich doch nicht lächerlich. Du kriegst doch eh nichts hin!«

Ich sehe Jürgen irritiert an.

»Warum sagst du das? Du weißt doch, dass es nicht stimmt!«

»Was stimmt nicht? Dass du für alles zu doof bist? Jetzt machst du dich aber echt lächerlich.«

»Jürgen, hör auf damit. Das ist nicht fair«, versuche ich mich zu wehren.

Doch er hört nicht auf, im Gegenteil, er wird immer ausfallender, und ich merke, dass mit jeder seiner Beleidigungen mein Widerstand bricht. Meine Energie, meine Kraft, mein Mut, alles schwindet, wenn mich Jürgen so angreift. Ich schließe die Augen, schalte mich damit ein bisschen weg aus der Wirklichkeit und spüre, dass mir Tränen über die Wangen laufen. Ich zittere.

»Lass es doch mal gut sein. Ich habe doch nur um deine Unterstützung gebeten. Was ist so verwerflich daran?«

Schluchzend sacke ich auf meinem Schreibtischstuhl zusammen, denke nur, warum hört das nicht auf?

»Sieh dich doch mal an, los, komm her, sieh in den Spiegel«, brüllt er plötzlich und zieht mich mit einer Hand von meinem Stuhl wieder hoch und schiebt mich wütend vor sich her in den Flur, direkt vor den Spiegel. »Sieh mal deinen fetten Hintern an in dieser unmöglichen Leggings. Was soll denn ein Mann bei dem Anblick empfinden? Bewunderung etwa? Wofür? Für eine fette Kuh, die sich als Studentin aufspielt. Nein, danke!« Mit dem Arm schubst er mich weg, und ich knalle gegen die Wand.

»Hau ab!«, zischt er noch, und als ich langsam auf den Boden sinke, geht die Welt endgültig für mich unter.

»Mach das ja nie wieder, hörst du!«, sprudelt es mit letzter Kraft aus mir heraus, und ich will gerade aufstehen, als mich seine Schuhspitze in der Seite trifft, sodass ich mich vor Schmerz auf dem Boden krümme.

»Mein Gott, was tust du?«, schluchze ich jetzt. Ich habe große Angst, Panik und Verzweiflung steigen in mir auf. Ob es meine verzweifelten Schreie sind, die ihn aufhalten? Oder hat er einfach nur genug Wut abgelassen? Ich weiß es nicht. Jedenfalls sehe ich nur noch aus den Augenwinkeln, wie seine Schuhe sich entfernen, dann fällt die Tür ins Schloss.

Stille.

***

Ich weiß nicht, wie lange ich im Bett liege und weine. Ich bin so verzweifelt. Ich möchte weg, nur weg. Ich muss meine Eltern bitten, mir etwas Geld zu leihen. Gut, sie haben nicht viel, und ich wollte ihnen eigentlich nie zur Last fallen. Aber jetzt geht es nicht anders. Einen Kredit bekomme ich so leicht nicht. Ich habe doch noch nicht mal einen Job. Und wie soll ich arbeiten gehen? Finn ist noch so klein. Ich habe furchtbare Angst vor dem Leben und fühle mich wie ein Tier in der Falle, das verzweifelt strampelt und nur langsam realisiert, dass es keine Chance mehr hat.

Finn schläft in seinem Kinderbettchen neben mir. Er atmet ganz ruhig. Der Kleine hat zum Glück von dem ganzen Krach nichts mitbekommen. Aber allein die Vorstellung, dass sich so etwas wiederholt und er dabei ist, schnürt mir die Kehle zu. Solche Szenen wie vorhin kenne ich nur aus schlechten Filmen. Aber wie ich soeben erlebt habe, kommt das auch in ganz normalen Familien vor.

Und das Schlimme ist: Ich glaube, es wird keine Ausnahme bleiben. Jürgen ist verbal eigentlich immer gehässig zu mir. »Fette Kuh« und andere Beleidigungen zählen längst zu seinem Standardvokabular. Hätte man mir vor einigen Jahren gesagt, dass ich mich würde einmal so titulieren lassen müssen, hätte ich es nicht für möglich gehalten und gelacht. Beleidigen lassen? Niemals. Ich war eine stolze, selbstbewusste junge Frau. Und was bin ich heute? Ein verweintes Häufchen Elend.

Neu ist nun, dass er auch körperlich gewalttätig wird, und wenn ich ihn richtig einschätze, wird sich das wiederholen. Er hat nicht mehr den geringsten Respekt vor mir. Ich bin ihm keinerlei Rücksicht mehr wert. Seine Gewalt wird sich steigern.

Zusammengekrümmt und zitternd liege ich im Bett und realisiere schmerzhaft, dass ich nicht einmal mehr in der Lage bin, meinem Kind ein sicheres, friedliches Zuhause zu geben. Ich schäme mich zutiefst!

Was war das? Ich horche auf. Jemand schließt die Tür auf. Die Uhr zeigt drei Uhr in der Nacht. Jürgen! Er kommt nach Hause! Ich kann nicht mal mehr weglaufen. Er wird mich niemals mit Finn auf dem Arm gehen lassen. Ich habe wieder diese schlimme Angst.

Mit klopfendem Herzen liege ich im Bett und lege mir einen Plan B zurecht. Was ist, wenn er wieder ausrastet? Wie kann ich mich und Finn schützen?

Ich ziehe kaum hörbar das Kinderbettchen zu mir ans Bett. Ich will den Kleinen ganz nah bei mir haben.

Die Tür öffnet sich. Ich kann Jürgen nicht sehen, aber riechen. Er hat Bier getrunken. Oh Gott, was passiert jetzt?

»Bist du noch wach? Ist etwas mit dem Kleinen?«, höre ich ihn jetzt fragen.

Ich will nicht antworten. Aber wenn ich schweige, provoziere ich ihn. Verdammt. Er kommt näher, beugt sich zu Finn über das Kinderbett.

»Der Kleine schläft so friedlich. Gott sei Dank!«

»Ja, er ist ein lieber Junge«, flüstere ich, nur um überhaupt etwas zu sagen. Ich darf ihn nicht reizen.

Jürgen setzt sich jetzt auf die Bettkante.

»Hast du dir eigentlich Gedanken gemacht, warum du mich

so aus der Fassung gebracht hast?«, fragt er ganz ruhig und legt sich ins Bett.

Ich traue meinen Ohren nicht. Hat er gerade gesagt, dass ich an der Auseinandersetzung Schuld habe? Ich hätte ihn gereizt? Das würde ja heißen, er könne nichts dafür, dass er mich geschlagen und getreten hat!

Ich schließe die Augen. Ich möchte schreien. Aber das geht nicht. Ich muss den Mund halten. Dem Jungen zuliebe. Er darf nicht mitbekommen, was hier los ist, und braucht eine gesunde Mutter, die sich um ihn kümmern kann. Ich muss das schlucken.

Zum Glück will Jürgen keine Antwort. Aber er will etwas anderes. Ich spüre seine Hand zwischen meinen Beinen, und mit einem Ruck zieht er mich zu sich herüber. Ich schließe die Augen und warte, bis es vorbei ist.

***

»Ich verstehe dich nicht«, sagt mir Tina offen, als ich ihr von meinen kirchlichen Hochzeitsplänen erzähle. Am 8. Juni 2004 wollen Jürgen und ich uns auch kirchlich trauen lassen.

»Ich helfe dir natürlich bei der Vorbereitung, weil du mich darum bittest, aber du musst wissen, was ich denke: Jürgen ist dein Untergang.«

Ich kann sie verstehen, immerhin habe ich ihr jahrelang die Ohren vollgejammert, sie ihr im wahrsten Sinne des Wortes vollgeheult. Und die Ehe mit Jürgen läuft von Mal zu Mal schlechter. Das ist richtig. Es geht dabei auch gar nicht mehr um den verlorenen Zauber der Liebe. Wir haben ganz andere Baustellen. Wir leben zusammen, aber nicht miteinander. Er stärkt mir in meiner Rolle als junge Mutter und Ehefrau nicht den Rücken, sondern macht mich ganz im Gegenteil kaputt. Jürgen hat keinen Respekt mehr vor mir, und ich habe auch keinen mehr vor ihm. Es ist zu viel passiert.

Aber das reicht in meinen Augen nicht aus, um alles hinzuwerfen. Denn man kann die Situation ändern, wenn man es will. Und wir wollen es, deshalb haben wir vor fast einem Jahr geheiratet. Deshalb stehen wir trotz aller negativen Erlebnisse weiter zueinander.

Das ist für mich sehr wertvoll. So bin ich auch erzogen worden: nicht gleich aufgeben, wenn es mal schwierig wird.

Klar kann ich weglaufen, meine Ehe hinter mir lassen, Finn den Vater nehmen. Aber ich bin nicht so. Ich bin trotz aller Schwächen eine Kämpferin, und ich kämpfe um mein Lebensmodell. Ich wollte diesen Mann, und ich wollte diese Familie. Ich gebe das nicht auf. Und Jürgen sieht es genauso, glaube ich zumindest. Er hat es zwar nicht so gesagt, aber anders kann man sein »Ja« zu mir ja nicht interpretieren.

Mit der kirchlichen Hochzeit will ich ein Zeichen setzen, und daran halte ich unbedingt fest. Dieser Tag ist ein Bekenntnis: Ich stehe vorbehaltlos zu unserer Ehe, unserer Familie. Auch wenn es vielen nach den Vorkommnissen der letzten Zeit komisch vorkommt, dass wir noch groß feiern wollen.

Aber ich will es, weil ich an unsere Familie glaube. Jürgen wird irgendwann begreifen, wie wertvoll unsere kleine Gemeinschaft ist. Und ich gebe ihm die Zeit, gegen den Rat aller. Denn nicht nur Tina versteht mich nicht mehr. Auch meine anderen Freundinnen und meine Eltern schütteln ungläubig den Kopf.

***

Mein Kleid ist wunderschön. Blütenweiß, bodenlang und mit langen feinen Spitzenärmeln. Ich habe es beim Einkaufsbummel im Schaufenster einer Frankfurter Designerin gesehen und direkt von der Puppe holen lassen.

Der Preis hat mir zuerst den Atem genommen, aber dann habe ich es trotzdem anprobiert und fand mich hinreißend darin. »Das musst du nehmen!«, meinte Tina, und Miriam jubelte so laut, dass mir gar nichts anderes übrig blieb. Die Designerin wollte es eigentlich gar nicht verkaufen. Es sollte Werbezwecken dienen. Aber als sie mich dann darin sah, hat sie nur breit gestrahlt und gemeint: »Ich passe es noch etwas an, und dann ist es Ihr Kleid!«

Und jetzt ist der Tag gekommen, an dem ich es endlich tragen kann, dazu einen traumhaft schönen Organza-Schleier, Spitzenpumps und lange Handschuhe. Alle sagen mir, ich sähe wie eine Hollywood-Braut aus, und wir heiraten nun zum zweiten Mal. Finn ist die ganze Zeit an meiner Seite. Ich möchte, dass er diesen schönen Augenblick mit uns, seinen Eltern, teilt. Ich schaukle ihn liebevoll im Arm, während wir auf seinen Vater warten. Finn trägt ein feines hellblaues Hemd und strahlt sein schönstes Babylächeln.

Ich will, dass dieses Kind glücklich aufwächst – und ich werde das hinbekommen. Ich fühle mich heute richtig mutig und stark, und mit selbstbewusstem Blick stehe ich, flankiert von meinen Eltern, im Eingang einer idyllisch gelegenen kleinen Dorfkirche und warte auf Jürgen, meinen Mann. Er holt gerade das üppig geschmückte Auto, und gleich wird er hier sein. Ich bin furchtbar aufgeregt.

»Huch, sieh mal, Luise. Was ist denn mit dem Auto passiert?« Meine Mutter zieht mich am Arm und hält sich aufgeregt die Hand vor den Mund. Jürgen ist gerade auf den Kirchhof gefahren und stellt den eigentlich festlich mit weißen Lilien geschmückten Wagen direkt vor der Eingangstreppe ab, doch es hängen statt des Blumenbouquets nur noch ein paar Stängel traurig auf der Motorhaube.

»Du hast den falschen Blumenladen beauftragt. Hättest mal besser recherchieren sollen«, ruft Jürgen mir zu.

Ich schlucke und habe Angst, dass jetzt gleich die Tränen kullern und mein Make-up zerstören. Ich muss mich fest zusammenreißen.

»Das ganze Ding ist während der Fahrt auseinandergefallen. Vermutlich hast du dich auch beim Preis über den Tisch ziehen lassen«, meckert er weiter, während er die Treppenstufen hochsprintet und auf mich zuläuft.

Ich sehe ihn fragend an. Es ist das erste Mal, dass er mich in diesem Traumkleid sieht. Ich habe erwartet, dass er mich »toll«, »aufregend«, »zauberhaft« findet – irgendwie bombastisch. Aber er findet nichts. Er sieht durch mich hindurch, begrüßt artig meine Eltern. Ist zwischen uns noch das berühmte Fünkchen Liebe, das es sich lohnt anzupusten? Oder wenigstens vertraute Freundschaft? Was ist überhaupt zwischen uns?

»Schön, dass Sie da sind!« Pfarrer Wagner, ein rundlicher Mann mit dicker Hornbrille und freundlichen Augen, streckt mir die Hand entgegen. In dem Moment knallt es ohrenbetäubend. Das angekündigte Gewitter zieht wohl direkt zu uns her.

Pfarrer Wagner schiebt uns schnell in den Kircheneingang. »Ich dachte, das Wetter hält«, sage ich sichtlich nervös und luge schnell durch das kleine Kirchenfenster in den Himmel. Der ist mittlerweile rabenschwarz, und in diesem Moment beginnt es schon in Strömen zu regnen.

»Der Himmel weint«, murmle ich und frage mich, warum mir das ausgerechnet jetzt einfällt.

»Was meinen Sie?«, hakt der Pfarrer nach.

»Der Regen, ich meine, es regnet«, sage ich und ärgere mich, dass ich so schnell die Fassung verliere. Aber ich bin plötzlich unsicher. Nichts passt mehr in meinem Leben mit Jürgen.

»Dann kommen Sie bitte«, fordert uns der Pfarrer auf, und ich gehe in den kleinen Nebenraum und sehe aus den Augenwinkeln, dass sich die Kirche mit unseren Freunden füllt. 80 Gäste haben wir eingeladen. Eigentlich sollte es nur eine kleine Hochzeit im Familienkreis sein, aber Jürgen hat immer mehr Leute eingeladen, darunter viele seiner Kollegen.

Ich wollte für uns ein Zeichen setzen, Jürgen hingegen beabsichtigt den großen Auftritt. Freunde und Kollegen sollen sehen, was er alles geschafft hat: Er besitzt eine nach außen hin heile Familie, das schöne, teure Haus, das auf uns wartet, ein schickes Auto – das ganze Programm –, und ich und Finn sind nun ganz wichtige Statisten bei seiner großen Ego-Show.

Aber jetzt ist es zu spät, darüber nachzudenken.

Die nächsten Stunden lasse ich mich gefangen nehmen vom Zauber der Zeremonie. Ich sage »Ja«. Fest, zumindest äußerlich. Vielleicht ist es kein »Ja« aus tiefstem Herzen, wie mir Tina prophezeit hat. Aber es ist ein bedeutungsschweres Ja: Ein Ja zu uns als Eltern, zur Familie, zur Ehe. Vielleicht sage ich auch »Ja«, weil ich mich nach Gottes Hilfe sehne. Ich weiß es wirklich nicht, aber es ist schön, und in dieser Minute, als mir Jürgen den Ring an den Finger steckt, fühlt es sich auch gut an.

Später nicht mehr. Wir feiern in einem ländlich gelegenen Hotel. Alles läuft wie am Schnürchen. Ich bin entspannt, weil ich weiß, dass ich organisieren kann. Allerdings spüre ich, dass hier alles etwas anders ist. Der berühmte Hochzeitstanz dauert zwei Minuten, und wir schmiegen uns nicht mehr verliebt aneinander, sondern halten Abstand, nicht nur äußerlich. Ich spüre seinen Herzschlag nicht mehr.

Bei der standesamtlichen Hochzeit war das noch anders. Da waren wir zumindest für den Moment noch mit unseren Herzen dabei. Es fühlte sich warm und innig an, zumindest an jenem Tag. Das hier ist Kino. Ich habe das richtige Kleid dafür, und bis auf den Blumenschmuck am Auto läuft auch alles perfekt. Ich habe die Filmszene gut vorbereitet, und jetzt spielen wir beide unsere Rollen. Wir spielen »Brautpaar«. Für die Gäste, vermutlich auch für uns, weil wir uns nicht trauen, einen anderen Weg zu gehen.

Ich muss hart kämpfen, wenn ich das Glück wirklich zurückholen will, denn Jürgens Arme sind kalt. Aber ich will das um jeden Preis. Aufgeben werde ich nicht, noch lange nicht.

Kapitel 5

Unser Haus wird großartig. Wir lassen uns ein hochmodernes Gebäude bauen, mit großen hellen Zimmern und bodentiefen Fensterfronten. Umgeben von einem großen Grundstück, mit Schaukel, Rutsche und Sandkasten. Man könnte denken: ein Bilderbuchzuhause für eine Bilderbuchfamilie!

Zeitgleich beende ich mein Studium und bekomme eine Halbtagsstelle in einem großen Architekturbüro. Ich richte dort nichts Spektakuläres ein, sondern nur unauffällige Bürogebäude, aber ich fühle mich wohl damit. Ich brauche dieses friedlich vor sich hinplätschernde Arbeitsleben als Gegenpol zu meiner ständig unfriedlichen Ehe.

Jürgen hat das mit meinem Job nicht gepasst. Natürlich nicht. »Für das Geld würde ich gar nicht aufstehen«, war seine Reaktion, als ich ihm begeistert von dem Jobangebot erzählt habe. Er kann nicht ertragen, wenn es mir gutgeht, wenn ich mich freue oder wenn ich gar stolz auf mich bin. Dann muss er mich herunterputzen, erniedrigen, mir die Freude nehmen. Denn er braucht es, Macht über mich zu haben. Wenn er bestimmen kann, wann ich mich wohlfühle, wann es mir gutgeht, dann fühlt er sich stark und großartig. Er lebt nach diesem Muster. Das habe ich mittlerweile verstanden. Er will mir nicht helfen, mich nicht unterstützen. Er will ganz einfach nur bestimmen. Egal mit welchen Mitteln. Und sei es dadurch, dass er alles schlechtmacht, was mir gefällt, und meine Arbeit als »jämmerlich« bezeichnet.

Meistens schafft er es damit, mich gefühlsmäßig am Boden zu halten. Aber seit einiger Zeit ordne ich sein Verhalten und seine Äußerungen anders ein. Ich erwarte sie schon und versuche, seine Gemeinheiten an mir abprallen zu lassen. Ich will mich von seinem Einfluss befreien und nicht mehr sehen, was zwischen uns *nicht* klappt, sondern mich auf das wenige konzentrieren, das klappt. Das ist nicht viel, aber daran halte ich fest, mit aller Kraft.

Noch im Sommer 2004 ziehen wir in unser Haus. Ich kann gar nicht sagen, wie ich mich darauf freue. Denn endlich hat Finn sein eigenes Zimmer und ich mein eigenes Büro. Nie mehr Streit um liegen gelassene Arbeitsunterlagen und Bücher. Nie mehr Streit, weil Finns Kinderspielzeug auf dem Boden liegt.

Ich lasse mich trotz aller schlechten Vorzeichen mal wieder mit riesengroßen Hoffnungen auf den neuen Lebensabschnitt ein und bin mal wieder allzu naiv. Ich denke wirklich vorab, dass das Haus, unser großer Traum, unserer Ehe wieder Leben einhauchen wird.

Aber etwas ganz anderes ist der Fall. Im eigenen Haus verfügen wir über reichlich Platz. Jürgen hat sich im Keller ein Büro eingerichtet, weit weg von uns. Aber er nutzt den Raum nicht zum Arbeiten, sondern vor allem dazu, seine dunkle Seite besser auszuleben.

Anfangs bekomme ich sein Treiben nicht mit, wundere mich nur, dass er ständig im Keller ist, denn so gemütlich ist die untere Etage trotz Fußbodenheizung und Laminatboden nicht.

Ausgerechnet die Schmutzwäsche bringt mich dann hinter sein Geheimnis. Unser Haus hat einen modernen Wäscheschacht, der oben im Schlafzimmer beginnt und unten im Waschraum endet, genau neben Jürgens Büro. Normalerweise werfe ich immer vormittags die Wäsche ein, wenn Jürgen im Büro ist. Aber als ich mich einmal abends darum kümmere, höre ich komische Geräusche. Anfangs kann ich die merkwürdigen Laute nicht einordnen. Aber dann gehe ich den Geräuschen nach, bis ich vor Jürgens Büro stehe.

Es ist schon spät, kurz nach 23 Uhr, und Jürgen ist wie so oft gleich nach der Arbeit hinter der weißen Holztür verschwunden. Jetzt stehe ich davor und horche mit dem Ohr daran. Ich höre ein lustvolles Stöhnen, erst leise, dann immer lauter werdend, und nur langsam begreife ich, was hier passiert: Jürgen scheint zu masturbieren, allein in seinem Büro.

Ich bleibe eine ganze Weile vor der Tür stehen, bis ich diese Geräusche nicht mehr ertragen kann. Ich bin angewidert und ratlos, aber später dann auch mutig.

»Sag mal, Jürgen, was machst du eigentlich stundenlang im Büro?«, frage ich ihn, als er sich wie immer schweigend zu mir ins Bett legt.

»Warum fragst du?«

»Ich weiß genau, was du da machst. Du arbeitest jedenfalls nicht, auch wenn du das vorgibst!«, behaupte ich ohne Umschweife.

»Das geht dich nichts an.«

»Aber es ist ekelhaft!«

»Worüber regst du dich auf?« Jürgen wird jetzt laut. »Wenn du mich nicht befriedigen kannst, muss ich es doch allein machen!«

Seine Wahrheit ist wie immer einfach. Es liegt an mir. Natürlich. Dass ich nichts dabei empfinde, wenn er mit mir schläft, dass ich keine Freude am Sex mit ihm habe, weil er nur an sich denkt, das ist kein Thema. Er, er, er, nur darum dreht sich alles.

»Schau dich an, bei dir kriege ich keinen hoch! Du langweilst mich!«, zischt er jetzt auf seine immer hässlicher werdende Art.

Das sitzt tief, und ich nehme mir fest vor, nichts mehr zu sagen. Ich habe genug.

Und so bleibt es dabei. Abend für Abend kann ich mithören, wie mein Mann sich selbst befriedigt. Nicht einmal, nein mehrmals. Es dauert Stunden, und anhand der Begleitgeräusche weiß ich, dass er sich dabei Pornos ansieht. Es ekelt mich, aber ich versuche, all das zu verdrängen und mir daneben ein halbwegs erträgliches Parallelleben aufzubauen.

Ich arbeite weiter stundenweise, kümmere mich um Finn und natürlich ganz intensiv um die Einrichtung des Hauses, kaufe Möbel, dekoriere, versuche, uns ein schönes Heim zu schaffen. Es gibt noch so viel zu tun. Und Jürgen kommt dann irgendwann am Abend nach Hause, erwartet etwas zum Essen, obwohl es ihm sowieso nicht schmeckt, und geht dann sofort ins Büro. Er sieht sich nicht mal meine Skizzen an, wenn ich ihm einen fertig entworfenen Raum zeigen will. Es interessiert ihn nicht, was ich mache. Er lebt sein Leben und ich meines.

Das ist unsere ganze Ehe.

Ich erzähle niemandem davon. Weder Tina, Miriam noch drei weiteren engen Freundinnen und schon gar nicht meiner Mutter. Niemand würde mich noch verstehen. Außerdem weiß ich, was mir alle sagen würden: Hau ab, ganz schnell. Aber das will ich nicht hören.

Ich habe mir eine eigene Welt zurechtgezimmert, mit einer Begründung, die mich überleben lässt. Es ist meine Wahrheit, und ich will nicht, dass mir die jemand zerstört.

In meiner Selbstwahrnehmung bin ich die Starke, die Kämpferin, die sich unermüdlich für die Familie einsetzt. In dieser Rolle gefalle ich mir, und die spiele ich weiter, damit ich keine Entscheidung fällen muss, die unbequem ist.

Manchmal stehe ich morgens vor dem Spiegel, sehe mein verheultes Gesicht und mache mir selbst Mut, indem ich mir laut meine Durchhalteparole vorsage: »Luise, du gibst nicht auf! Du hast geheiratet, ein Kind, einen erfolgreichen Mann, wir sind alle gesund. Es muss doch verdammt noch mal einen Weg geben, dass wir eine glückliche Familie werden. Du findest ihn!«

Und dann suche ich Beweismaterial und Argumente, die das untermauern. Neuerdings klammere ich mich an zwei Sätze, die mir meine Mutter als junges Mädchen oft gesagt hat.

»Wenn du dir etwas in den Kopf gesetzt hast, gehst du mit dem Kopf durch die Wand.«

Und:

»Am Ende wird alles gut. Wenn es nicht gut ist, ist es noch nicht das Ende.«

Das passt perfekt zu meiner Legendenbildung.

Meine Mutter hat recht. Ich bin so. Ich werfe nicht schnell hin. Wenn ich etwas angefangen habe, beende ich es auch. Meine Schule, mein Studium. Aber ich male auch ein angefangenes Bild zu Ende, stricke einen Pullover fertig und koche ein Fünf-Gänge-Menü bis zum Schluss. Ich höre nicht auf, wenn der erste Gang versalzen ist oder die erste Klausur verhauen. Ich mache weiter. Bis alles fertig ist. Bis das Essen fein verziert auf dem Tisch steht oder die Abschlussurkunde gerahmt an der Wand hängt. So bin ich, so ticke ich, und deshalb gebe ich nicht auf.

Ich werde Jürgen überzeugen, zu seiner Familie zu stehen. Dann soll er sich eben abends einen runterholen. Wenn das der Preis für eine glückliche Familie ist, dann bitte.

Aber ich zahle leider nicht nur diesen Preis. Ab und zu will Jürgen mehr als Selbstbefriedigung. Dann fordert er ein, was man landläufig unter »Erfüllung der ehelichen Pflichten« versteht. Und dafür muss ich mich wie immer verkleiden, seinen uralten Nuttentraum erfüllen. Liebe? Fehlanzeige. Es läuft so ab, wie ich mir einen billigen Film vorstelle, nur mit mir als Hauptdarstellerin.

»Sag jetzt, dass du mich geil findest und ich es dir besorgen soll. Los, lauter, ja, ich will es hören! Komm, du willst es doch auch, los, bring mich in Fahrt!«

Ich trage schwarze Strapse mit Netzstrümpfen, ein brustfreies Spitzenkorsett und hohe Plateaustilettos und laufe darin vor unserem Ehebett auf und ab. Jürgen möchte das so. Sonst ist er nicht »scharf« auf mich. Ich bin ja in seinen Augen zu dick, zu unförmig. Aber in dem Outfit kann er mich ertragen, wenigstens für die paar Minuten, die er braucht, um zum Orgasmus zu kommen.

Ich weiß nicht, warum ich dieses absurde Spiel mitmache. Nicht dass ich etwas gegen Reizwäsche hätte. Man kann alles machen, sofern beide Spaß daran haben. Aber hier hat nur einer Spaß – und ich bin es jedenfalls nicht.

»Dreh dich mal ein bisschen aus der Hüfte heraus. Mensch, du trampelst wie eine übergewichtige Kuh. Üb das doch mal. Du kannst das. So kommt bei mir wirklich keine Stimmung auf.«

Ich drehe mich »aus der Hüfte heraus«, genauso wie Jürgen es sich wünscht, und so, wie er jetzt auf dem Bett liegt, scheint es ihm offensichtlich doch zu gefallen. Aber er wird gleich noch etwas anderes wünschen: Ich solle meine Beine spreizen, vielleicht auch die Brüste zusammendrücken oder mich aufreizend nach vorn beugen. Aber natürlich werde ich auch das wieder nicht so machen, dass es ihm gefällt.

»Komm, leg dich zu mir, los jetzt.« Leise aufstöhnend dirigiert er mich jetzt weiter, und ich lege mich zu ihm und warte, bis das, was er Liebe nennt, vorbei ist. Aber er merkt, dass ich wie eine Puppe daliege, und stört sich daran.

»Mach doch mal mit«, fordert er mich auf. »Mit anderen Frauen hätte ich garantiert mehr Spaß als mit dir frigider Kuh.« Er weiß genau, was mit mir los ist, aber es ist ihm egal, ich interessiere ihn nicht. Es geht hier um seine Lust, und ich bin nicht mehr als das Mittel zum Zweck, ich bin sein sexuelles Objekt.

***

Das muss sie sein, durchzuckt es mich. Sie, das ist Kati, die angeblich 1-Meter-70-Sünde, von der Jürgen schon seit Wochen schwärmt. Seine neue Kollegin aus der Bank, die nach Sabine, Jenny, Kathrin, Ulrike und wer weiß, wie sie alle heißen, ebenfalls alles kann und auch superscharf aussieht. Ich weiß, dass sie sich ständig Nachrichten simsen, und das wird nicht alles sein, was sie zusammen machen.

»Ist das deine neue Flamme?«, provoziere ich ihn.

»Du hast in deinem dummen Kopf nur Mist«, lautet die Antwort. Jürgen reagiert erwartet schroff. »Du solltest aufhören, dir Schwachsinn auszudenken.«

»Wieso Schwachsinn, wenn diese Dame dir ständig schreibt?«

Er sieht mich jetzt fuchsteufelswild an.

»Es geht um den Job, das wirst du mir nicht verbieten können. Solange ich hier alles zahle, solltest du mich nicht bei der Arbeit stören.«

»Und arbeitest du nachts auch, wenn du erst um vier nach Hause kommst?«, hake ich nach. Ich habe heute keine Lust zu kuschen und lege verbal Holz ins Feuer.

Aber Jürgen ist nie um eine Antwort verlegen, auch jetzt nicht.

»Ich arbeite immer, sonst kann ich deinen aufwendigen Lebensstil nicht finanzieren. Was du verdienst, reicht gerade mal für die Putzmittel. Und Kati und ich arbeiten abends so lange, wie es nötig ist. Stell dir vor, es gibt Frauen, die nicht nur faul im Bett liegen.«

Und jetzt steht diese fleißige Superfrau in meinem Garten. Zum Glück haben wir heute nicht nur Kati zu Gast. Jürgen hat seine ganze Abteilung zur Hauseinweihung eingeladen und natürlich auch noch viele aus seiner alten Clique. Und ich durfte auch ein paar Freunde dazubitten. Wir wohnen zwar schon ein paar Monate im Haus, aber früher hat es nicht geklappt.

Ich habe alles vorbereitet, das Catering bestellt, Tische aufbauen lassen, und nun stehe ich in der Küche an der Maschine und räume das schmutzige Geschirr weg. Und dabei stöckelt Kati mit Jürgen am Arm durch meine Küche. Sie machen eine Hausbesichtigung. Geht's noch?

»Und das ist meine Frau Luise«, hätte er jetzt wenigstens sagen und damit die Situation entkrampfen können. Aber er sagt etwas anderes: »Komm, ich zeige dir als Erstes mein Büro!« – und zieht seine Kollegin an der Hand an mir vorbei in den Flur. Ich bin Luft für ihn. Oder nicht ganz. Ich bin Personal, das ihm eine schöne Party beschert und sich danach bitte wieder in Nichts auflösen soll.

Es ist nicht das erste Mal, dass Jürgen heute mit irgendwelchen Freunden in der Küche aufgetaucht ist. Die, die mich kannten, sind zu mir gekommen und haben mich begrüßt. Die anderen hat er gar nicht erst aufgeklärt, wer die rothaarige Frau in der Küche ist, die so fleißig den Dreck wegmacht. Vielleicht denken sie, ich bin vom Catering-Dienst. Aber egal, was sie denken. Doch was Kati denkt, das ist mir nicht egal. Er bringt seinen Schwarm mit und lässt sie durch mein Zuhause spazieren. Sie muss glauben, ich wäre das Allerletzte. Es ist zu viel.

Ich atme tief durch, reiße mir die Gummihandschuhe von den Händen und gehe in den Garten. Ich habe es satt, mich von diesem Kerl vorführen zu lassen.

»Wie schätzt du das ein?«, frage ich später Miriam, die meine Wut bemerkt und sich gleich um eine Weinschorle für mich gekümmert hat. »Zum Runterkommen«, sagt sie und hält mir das Glas hin. Sie hat mitbekommen, wie Jürgen um Kati herumgetänzelt ist.

»Läuft da was?«, will ich wissen.

Miriam nimmt kein Blatt vor den Mund.

»Auf jeden Fall, sieh sie dir doch an«, meint sie und blickt hinüber zur Terrasse, wo sich Jürgen und Kati jetzt am Gartentisch auffallend fröhlich unterhalten. »Die können ja kaum die Finger voneinander lassen. Ständig streicht sie ihm über den Arm, und er legt ihr ganz vertraulich den Arm um die Schulter. Und das in eurem gemeinsamen Haus. Das ist schon ziemlich frech.«

»Stimmt«, seufze ich und würde am liebsten losheulen. »Ich dachte, es würde besser mit uns, aber es wird immer schlimmer.«

»Ich weiß«, sagt Miriam. »Man sieht es dir an!«

Da tippt mich jemand von hinten an. »Hast du einen Moment für einen Kaffee?«

Frank, Jürgens Freund seit Schulzeiten, steht vor uns.

Seit unserer Hochzeit habe ich ihn nicht mehr gesehen und bin gespannt, was in der letzten Zeit bei ihm passiert ist, wie es seiner Frau Ute und den beiden Kindern geht.

Frank hat ein paar Semester Psychologie studiert, ist aber später Lehrer geworden und arbeitet in einer Schule in Wiesbaden. Er kennt Jürgen schon aus der Grundschule. Die beiden sind im selben Viertel aufgewachsen. Ich glaube, Frank ist nicht nur Jürgens bester, sondern auch sein ältester Freund.

Mit zwei Kaffeebechern in der Hand setzt er sich jetzt zu mir: »Komm, Luise, rede mal. Ich denke, du brauchst einen guten Rat.«

Miriam zwinkert mir kurz zu. Sie lässt uns allein.

»Wie kommst du darauf?«, frage ich unsicher.

»Ich muss doch nur hinsehen«, sagt er. »Dein Gesicht spricht Bände. Es geht dir nicht gut. Das sieht man sofort, vorausgesetzt, man will es sehen.«

»Ja«, nicke ich. »Stimmt. Unsere Ehe ist ein bisschen festgefahren. Wir verstehen uns nicht mehr wirklich gut«, ergänze ich vorsichtig.

»Und was glaubst du, woran das liegt?«, will Frank jetzt wissen.

»Jürgen ist zu sehr beschäftigt. Er hat kaum Zeit für uns«, sage ich kleinlaut, blicke aber vielsagend Richtung Terrasse, wo Jürgen sich immer noch bestens mit Kati amüsiert.

»Jürgen ist zu sehr mit sich beschäftigt!«, antwortet Frank und nimmt einen Schluck aus der Tasse. »Weißt du, er ist sehr selbstbezogen, egozentrisch. Aber er braucht auch seine Claqueure, die ihn bestätigen. Und dafür braucht er dich.«

»Wie meinst du das?«

»Luise, ich will offen sein und habe lange überlegt, ob ich dieses Gespräch mit dir führen soll. Aber Ute hat mir zugeredet. Jürgen erinnert mich an meinen Vater, der ein krankhafter Narzisst war. Ich weiß genau, wie diese Menschen ticken. Sie sind sehr auf sich bezogen, nehmen andere kaum wahr und bringen keinerlei Empathie auf. Sie haben ein schwaches Selbstwertgefühl und brauchen ständige Bestätigung von außen, das Gefühl, überlegen und besser zu sein. Wenn das ausbleibt, geht zwischenmenschlich nichts mehr.«

Ich bin jetzt hellhörig geworden.

»Und wie hat sich das bei deinem Vater geäußert?«

Frank lehnt sich im Stuhl zurück.

»Er hatte immer recht, und es gab keine Meinung neben seiner. Und natürlich war er in allem perfekt.«

»Ein bisschen erinnert mich das wirklich an Jürgen«, gebe ich zu.

»Mein Vater war auch überempfindlich«, erzählt Frank weiter. »Während er brutal um sich schlug und alles und jeden beleidigte, durfte man ihm umgekehrt nichts sagen, Kritik ließ er nicht zu. Kommt dir das auch bekannt vor?«

Ich nicke rasch.

»Ja, er mag es, andere kleinzumachen, weil er sich dann stark fühlt. Ich kann ein Lied davon singen.«

Das Gespräch tut mir gut. Endlich fühle ich mich mal verstanden.

»Und wie kommst du heute mit ihm zurecht?«, frage ich jetzt.

»Gar nicht, ich habe seit Jahren keinen Kontakt mehr zu meinem Vater. Es geht mir besser so.«

»Aber das passt ja für mich nicht. Ich liebe Jürgen doch«, werfe ich da ein. »Wir sind verheiratet und haben ein Kind zusammen! Ich will nicht, dass wir uns nicht sehen.«

Frank lächelt mich an.

»Natürlich nicht, das wollte ich damit nicht sagen. Aber du solltest wissen, wie er tickt, und erkennen, was mit ihm los ist. Der Narzisst verliert seine Macht, wenn du hinter seinem selbstverliebten Auftreten die schwache, unsichere Seite siehst. Dann kannst du zumindest versuchen, dich auf ihn einzustellen. Ich wünsche dir, dass du es schaffst. Aber es wird nicht leicht, vielleicht ist es auch unmöglich.«

»Was rätst du mir denn?«

»Lobe ihn, gib ihm das Gefühl, toll zu sein. Aber vergiss dich darüber nicht. Mein Rat: Denk mehr an dich und weniger an Jürgen, und lass dir nicht alles gefallen, setze Grenzen. Die braucht er.«

Frank holt einen Zettel aus seiner Brieftasche und schreibt einen Buchtitel darauf. »Hier, versprich mir, dass du dir das kaufst. Das wird dir helfen. Ich kenne mich mit dem Thema aus, vertrau mir.«

Frank streichelt mir jetzt aufmunternd über den Arm. »Denk mal darüber nach. Ich weiß nicht, ob ich dir wirklich helfen kann. Aber ich möchte es gern. Du bist eine tolle Frau, und du solltest auf dich aufpassen.«

Als Frank bereits am Weggehen ist, rufe ich seinen Namen.

»Frank, warte mal.«

Er dreht sich zu mir um.

»Kann ich dich anrufen?«

Frank kommt noch einmal zurück, streicht mir über den Arm.

»Weißt du, Luise, ich bin Jürgens Freund. Ich habe mich heute schon viel zu weit aus dem Fenster gelehnt. Lies das Buch, und wenn du Hilfe brauchst, bist du bei einem Experten besser aufgehoben.«

***

»Mama, Mama, schau mal, das sieht so toll aus!«

Finn strahlt über das ganze Gesicht und dreht sich freudestrahlend im Kreis. »Ich habe das beste Kinderzimmer in ganz Frankfurt«, jubelt der Kleine.

Meine Eltern haben ihm die Einrichtung geschenkt. Er war sogar mit Opa und Oma in der Stadt und konnte sich die Möbel aussuchen. Heute ist alles geliefert worden, und ich habe mit meinem Vater kräftig geschraubt.

Hellblaue Kindermöbel mit passender Bettwäsche, einem kleinen Schreibtisch und passendem Schreibtischstuhl.

»Perfekt für die Karriere. Wenn du jetzt in die Schule kommst, kannst du von Anfang an fleißig sein«, meint Opa, und Finn verspricht herrlich artig, immer fleißig zu lernen. Zu süß!

»Ich danke euch sehr«, strahle ich und drücke meine Eltern fest. Sie sind so lieb. Ich kann mir von meinem Halbtagseinkommen so eine Einrichtung nicht leisten.

Von Jürgen bekomme ich nur ganz wenig Haushaltsgeld. Er legt mir unregelmäßig mal einen 100-Euro-Schein hin, aber wenn ich nach ein paar Tagen nichts mehr habe, macht er ein Riesentheater. Dabei stecken in seiner Brieftasche nie weniger als 1000 Euro. Er könnte mir locker etwas geben. Aber er will es nicht. Ich soll erst betteln, bevor er mir – angeblich großzügig – Geld »rüberschiebt«, wie er es immer gern ausdrückt, und damit meint er 50 Euro.

Ich bin so froh, dass ich ihn dieses Mal nicht fragen musste. Finn hat jetzt ein Bett, ein wunderschönes, und ich spiele mit ihm noch eine Zeitlang in seinem Zimmer.

Plötzlich steht Jürgen in der Tür und motzt unvermittelt los. »Wie sieht das denn aus? Das ist ja eine schreckliche Farbe!«

Finn scheint das nicht gehört zu haben. Er düst auf seinen Vater zu, ergreift dessen Hand. »Papa, sieh mal, ist das nicht toll? Komm, ich zeige dir alles.« Dann zieht er ihn als Erstes zum Schrank, öffnet jede Tür und jedes Fach.

»Das Zimmer sieht echt schlimm aus. Diese doofe Farbe. Hast du das ausgesucht?«, poltert Jürgen weiter.

»Wir fanden das alle schön, richtig passend für einen Jungen«, werfe ich ein und hoffe damit, Jürgen davon abzuhalten, weiter die neuen Möbel schlechtzureden. Aber es ist vergeblich.

»Na, sicher, das warst du. So etwas Geschmackloses kannst nur du aussuchen. Ist ja wieder einmal typisch.«

»Lass Mama in Ruhe«, sagt Finn jetzt und stellt sich zwischen uns. Doch Jürgen lässt sich von seinem kleinen Sohn nicht von seinen Beleidigungen abhalten. Im Gegenteil. Er macht jetzt etwas, das ich ihm nie verzeihen werde: Er macht auch vor Finn nicht halt.

Ich sehe sofort, dass Unheil droht. Es sind seine Gesichtszüge, die sich plötzlich verändern. Immer wenn er ausrastet, bekommt er vorher einen ganz besonderen Zug um seinen Mund. Jetzt ist es wieder so weit. Ich mache mich gefasst, dass ich einem Schwall von Beschimpfungen ausgesetzt bin. Aber es kommt leider ganz anders.

»Halt deine verdammte Fresse«, brüllt er den Kleinen an und packt ihn mit beiden Händen an den Schultern, um ihn kräftig durchzuschütteln.

»Lass das«, schreie ich, und Jürgen weiß sogleich, dass er eine Grenze überschritten hat. Er lässt Finn augenblicklich los und geht aus dem Zimmer, wenig später verlässt er kommentarlos das Haus. Das ist typisch für ihn. Wenn etwas unangenehm für ihn wird, flieht er vor der Situation. Er hätte sich stellen und reden müssen. Aber das hat er offenbar nie gelernt.

Finn ist so geschockt von dem Angriff, dass er stumm an seinem Platz stehen bleibt. Er weint nicht, er sagt nichts. Er steht nur da, zitternd, völlig überrumpelt. Ich nehme ihn in den Arm, halte ihn fest. Meine Güte, wie weit geht das hier noch?

In der Nacht liege ich lange wach. Warum wird Jürgen bloß so schnell aggressiv? Dieses Mal trifft mich doch wohl keine

Schuld. Oder? Immer wieder lasse ich die Szene im Kinderzimmer in meinem Kopf ablaufen. Ich habe überhaupt nichts Schlimmes gesagt und Jürgen keinen Grund gegeben, so auszurasten und Finn anzuschreien. Hätte ich nicht so bestimmt auftreten dürfen? Vielleicht hätte ich es anders sagen sollen? Gut, ich habe das Zimmer ohne ihn ausgesucht. Ich hätte ihn fragen müssen, ob er mitgehen wolle. Bestimmt hätte er Nein gesagt. Aber dann hätte ich ihm vielleicht einen Prospekt mitbringen müssen, damit er vorher sieht, was zu uns ins Haus kommt.

Ich bin so unsicher. Habe ich doch Schuld, dass unsere Beziehung zerrüttet ist? Habe ich alles falsch gemacht? Man sieht ja immer nur alles aus seiner eigenen Sicht. Vielleicht bin ich wirklich zu egoistisch? Jürgen hat mir das schon oft vorgeworfen. Vielleicht reagiert er nur deshalb auf mich so unbeherrscht. Ach, ich weiß nichts mehr. In meinem Kopf schlagen die Bilder mittlerweile Purzelbäume. Wenn mir jetzt jemand sagt, der Mond sei viereckig, glaube ich es.

Wenn das so weitergeht, klappe ich bald zusammen. Ich stehe kurz vor einem Nervenzusammenbruch, habe immer größere Angst vor der Unberechenbarkeit meines Mannes.

Vielleicht hat Frank ja auch ganz einfach recht, und ich kann unsere Ehe nicht mehr retten.

Ich meinem Kopf rattern Zahlen. Ich rechne. Wie kann ich mir von meinem wenigen Geld eine Wohnung mieten? Eine Zeitlang komme ich bei meinen Eltern unter. Es wird eng, aber ich kann mit Finn in meinem ehemaligen Kinderzimmer leben. Aber was kommt danach? Eine Vollzeitstelle kann ich nicht annehmen. Nicht, solange Finn noch klein ist. Ich habe Angst, es finanziell nicht zu schaffen. Und ich bin unendlich traurig, weil unsere kleine Familie jetzt doch vielleicht zerbricht.

Ich denke an Franks Rat: Grenzen setzen, sich nichts gefallen lassen. Das habe ich doch gemacht. Aber das Ergebnis war, dass er auf den Jungen losgegangen ist. Das macht alles keinen Sinn. Ich verstehe Jürgen nicht.

Er ist ein Narzisst! Ich habe viel darüber im Netz gelesen, und es trifft alles zu, was Frank gesagt hat.

Typisch für ihn als Narzissten ist auch, dass ich ihm häufig keine Antwort wert bin. Wenn er sich gekränkt fühlt, keine Lust hat oder ihn mein Wortbeitrag nicht interessiert, verweigert er hartnäckig jede Reaktion. Jürgen hört dann gar nicht hin, liest weiter seine Zeitung, sieht fern oder fängt mit jemand anderem ein Gespräch an. Er lässt mich auflaufen, aus purer Boshaftigkeit und Spaß am Quälen.

Gerade wenn etwas wichtig ist und dringend erledigt werden muss, genießt er es, mir durch Schweigen in die Parade zu fahren, bis ich aus der Haut fahre. Denn so kann er mir sagen, dass mein Verhalten mal wieder unmöglich sei. Es fallen dann Sätze wie »Dein unbeherrschtes Verhalten ist mal wieder typisch für dich« oder »Ich weiß nicht, warum ich mir das hier bieten lassen soll. Verschwinde.«

Besonders wenn ich mich über etwas freue, verdirbt er mir mein kleines Glück. Indem er schlichtweg nicht reagiert oder den Grund meiner Freude schlechtredet. Auch das passt.

»Ein Narzisst kann es nicht ertragen, wenn andere glücklicher sind als er«, habe ich gelesen. Für Jürgen trifft das haargenau zu. Er muss meine gute Stimmung sofort durch brutale Kritik oder gemeinen Zynismus zerstören. Wenn es mir dann wieder schlechtgeht, fühlt er sich großartig.

In der Nacht schreibe ich Tina. Ich weiß, dass es spät ist, aber ich brauche sie, dringend. Sie muss mir helfen, in meinem Kopf Ordnung zu schaffen.

»Jürgen hat Finn angeschrien. Was soll ich bloß tun?«, schreibe ich. Ich sitze in der Küche, einen Früchtetee vor mir, und tippe jetzt diese Zeilen in das Handy. Ich brauche Hilfe. Jemanden, der alles sortiert.

Ping! »Hau ab, so schnell wie möglich. Aber das weißt du doch längst!« Die Antwort ist deutlich.

»Ist es vielleicht meine Schuld?«, frage ich weiter.

Ping! »Luise, lass gut sein! Es gibt nur einen Ausweg, und den weise ich dir seit Jahren. Trenne dich. Sonst kann dir niemand mehr helfen. Und jetzt geht es um deinen Sohn.«

Eigentlich wollte ich diese Antwort nicht haben. Aber es gibt wohl keine andere. Ich muss gehen!

Kapitel 6

»Sie sind schwanger! Gratuliere!«

Mein sympathischer Frauenarzt Dr. Wegener strahlt mich an. Er ist ein attraktiver Mann und könnte wunderbar in jeder Arztserie mitspielen. Groß, drahtig, mit halblangem grauem Haar.

»Anfang Mai ist es so weit!«, sagt er mir jetzt.

»Ist das sicher?«, frage ich ungläubig. »Wissen Sie, ich verhüte. Eigentlich«, stammle ich nervös.

»Dann haben Sie nicht ganz richtig verhütet«, scherzt er jetzt. »Sie erwarten ein Baby. Ganz sicher!«

In dem Moment scheint der Praxisboden zu schwanken. Mir wird heiß und kalt, und ich fühle mich, als ob mir jemand die Kehle zuschnürt.

Ich bin wieder schwanger! Und jetzt? Eigentlich habe ich mir ein Geschwisterkind für Finn gewünscht, ein zweites Kind für Jürgen und mich. Im Haus ist von Anfang an ein zweites Kinderzimmer eingeplant worden. Wir nutzen es jetzt als Gästezimmer.

Mein liebes Kind, du wirst erwartet, denke ich. Und schränke es schnell ein: Zumindest war es so. Im Moment kommst du ungelegen.

Ich erschrecke über meine Gedanken, streichle mir liebevoll über den Bauch, so als wollte ich mich bei dem kleinen Wesen entschuldigen. Was soll das denn auch? Sollte ein Baby nicht willkommen sein?

»Geht es Ihnen gut, Frau Lindemann?«, fragt mich Dr. Wegener jetzt.

»Ja, ja, alles bestens. Es kommt nur so überraschend.«

»Ja, man wünscht sich über alles ein Kind, und wenn es sich

dann ankündigt, ist man erst einmal überrumpelt, nicht wahr?«, sagt er verständnisvoll.

Ich nicke.

»Wissen Sie noch, Sie haben mir vor Jahren schon erzählt, dass sie ein zweites Kind möchten. Manchmal braucht man Geduld.«

»Stimmt, Herr Doktor. Jetzt hat es ja geklappt«, murmle ich etwas abwesend und bemühe mich, ihm das Gefühl zu geben, dass es mir gut geht. Niemand soll wissen, wie es wirklich in mir aussieht. Ich habe gerade die totale Panik, mein Puls rast, und mir ist speiübel. Eine typische Angstreaktion.

Ich muss hier raus, so schnell wie möglich.

Als ich die Praxis verlasse, kullern mir die Tränen über das Gesicht. Was soll ich denn jetzt machen? Ausziehen mit einem kleinen Jungen im Schlepptau und einem dicken Bauch? Wie soll das denn gehen?

Gar nicht. Ich muss bleiben, bis mein Kind auf die Welt kommt. Ich muss diesen Horror weiter ertragen.

Zurück zu Hause, grüble ich nur noch, wie ich Jürgen die Neuigkeit beibringen kann. Ich habe Angst, dass er ausfallend wird. Zwischen uns ist kaum noch ein normales Wort möglich. Seine Gemeinheiten donnern eigentlich ohne Pause auf mich nieder. Nur wenn wir Besuch haben, reißt er sich zusammen, und es fällt nicht sofort auf, wie eisig unser Miteinander ist. Ich halte es nur aus, weil wir uns so gut wie gar nicht mehr sehen. Wenn er nach Hause kommt, geht er sofort in den Keller hinunter. Das ist mein Glück.

Aber jetzt müssen wir miteinander reden. Ich weiß nicht, wie er auf die Nachricht reagieren wird, dass wir wieder Eltern werden. Eigentlich müsste er sich freuen. Er wollte ja auch immer ein zweites Kind und ein Geschwisterchen für Finn.

***

»Der Balg ist nicht von mir. Du bist ja sogar zum Verhüten zu dämlich. Lass es wegmachen!« Ich habe nicht geahnt, dass Jürgen so widerlich wird, nein, so viel Gehässigkeit habe ich ihm nicht zugetraut.

Es ist 20 Uhr. Finn schläft bereits fest, und Jürgen und ich sind im Wohnzimmer. Mein Mann liegt entspannt auf dem Sofa und sieht fern. Meine Neuigkeit scheint ihn nicht weiter zu interessieren. Er sieht mich nicht mal an, als er diese gemeinen Sätze sagt.

Ich bin zutiefst getroffen, fühle mich, als würde ein scharfes Messer in meiner Brust stecken. Diese zwei Sätze sind die schlimmsten, die ich jemals aus seinem Munde gehört habe. »Balg«, das Wort hallt in meinem Kopf nach wie ein Echo im Gebirge. Wieder und wieder dröhnt es laut, und ich schließe die Augen, um diesen Mann, den ich geheiratet habe, den Vater meiner Kinder, nicht mehr sehen zu müssen.

»Du brauchst gar nicht die Augen zu schließen«, schreit er da. »Ruf doch den Kerl an, der dir das Kind gemacht hat. Na los, hier, ruf an.«

Er hat sein Handy aus der Hosentasche gerissen und hält es mir jetzt provozierend vors Gesicht.

»Da will sich einer um die Alimente drücken, und mir soll ein Bastard untergeschoben werden. Ich bin ja dumm genug, um zu bezahlen. Es reicht ja nicht, dass ich dich faule fette Kuh durchfüttern muss!«

Schützend lege ich die Hand vor meinen Bauch, so als wollte ich mein Kind davor bewahren, diese unfassbaren Sätze zu hören. Was ist mit Jürgen los? Ist er verrückt geworden? Vielleicht nimmt er Drogen und ist deshalb völlig von der Rolle. Welcher Mann spricht auf diese Weise mit seiner Frau, wenn sie ein Kind bekommt? Das ist doch Irrsinn.

Er kann das nicht ernst meinen, das geht nicht. Zitternd lege ich ihm jetzt das Ultraschallbild unseres Babys auf den Couchtisch in der Hoffnung, dass ihn das berührt. Aber er fegt es nur achtlos mit der Hand weg. Dann springt er auf und brüllt immer wieder, dass ich zusehen solle, wie ich das Kind schnellstens loswürde.

Ich schleiche mich aus dem Wohnzimmer und höre ihn noch hinter mir herfluchen. »Ich zahle nichts, nichts, nichts«, brüllt er unentwegt, und später dann höre ich das Plopp seiner Bürotür im Keller. Wie immer flieht er aus der Situation, und bald dröhnt laute Musik aus seinem Zimmer.

Im Bett versuche ich, mir über meine Lage klar zu werden. So kann ich doch nicht mit ihm weiterleben. Es muss eine Lösung geben.

Vielleicht könnte uns eine Paartherapie helfen. Oder ich rede einfach noch mal mit ihm. Es ist jetzt eine Stunde her, dass wir diese schlimme Auseinandersetzung hatten. Er wird sich zwischenzeitlich beruhigt haben. Wir müssen noch einmal sprechen, ganz in Ruhe, denn es geht doch um unsere Familie. Das muss er begreifen. Es gibt keinen anderen Mann in meinem Leben. Das verspreche ich ihm, bei allem, was mir heilig ist.

Begeistert von der Idee, einen zweiten Anlauf zu wagen, schlüpfe ich aus dem Bett und laufe barfuß hinunter in den Keller. Woher ich das Vertrauen auf eine friedliche Wendung nehme, weiß ich genau: Ich sehe das Baby als Chance, will trotz allem dieser bald vierköpfigen Familie eine Zukunft geben. Es kann nicht sein, dass dieser intelligente Mann nicht begreift, was er verlieren würde.

In Windeseile laufe ich die Holzstufen hinunter. In seinem Büro brennt Licht. Er wird am PC sitzen. Vorsichtig klopfe ich an.

»Jürgen, können wir sprechen, bitte?« Ich lege mein Ohr an die Tür. Stille.

»Jürgen, kann ich reinkommen?« Wieder nichts.

Vorsichtig drücke ich die Türklinke herunter – und was ich

dann sehe, ist wie ein brutaler Schlag ins Gesicht. Es ist eine Mischung aus Ekel und Entsetzen, die mich bis ins Mark entsetzt.

Jürgen sitzt am PC, mit entblößtem Unterleib. Er hält sein erigiertes Glied in der Hand und befriedigt sich mit immer schneller werdenden Handbewegungen. Auf dem Bildschirm läuft ein Porno. Zwei Frauen verwöhnen gleichzeitig einen Mann. Es ist das, was er sich immer gewünscht hat. Jetzt bekommt er es zumindest virtuell.

Jürgen hat Kopfhörer auf und deshalb nichts gehört. Er ist so fixiert auf die flimmernden Bilder und seine eigene Lust, dass er nichts um sich herum mitbekommt, auch nicht, dass ich in der Tür stehe.

Ich war darauf vorbereitet, dass er hier unten für seinen Sex-Spaß sorgt, aber ich war nicht darauf vorbereitet, dass er das ganze Szenario auch öffentlich macht: Denn unter dem Schreibtisch ist eine Kamera installiert. Sie filmt genau in seinen Schritt. Eine Sekunde lang denke ich, dass dies nicht wahr sein kann. Es kann nicht sein, dass er sich selbst beim Masturbieren filmt. Aber es ist die Wahrheit.

Meine Güte, das ist so widerlich. Er filmt sich dabei, wie er sich selbst befriedigt, und das Ganze überträgt er vermutlich im Rahmen eines Livestreams. Menschen auf der ganzen Welt können sich sein Glied ansehen. Der Mann ist so pervers.

»Was machst du hier? Verschwinde!«

Jürgen hat mich wahrgenommen. Er macht sich nicht mal die Mühe, seinen Schwanz zu verbergen. Stattdessen springt er auf und rennt mit heruntergelassener Hose auf die Tür zu.

Es ist ein jämmerlicher Anblick. Die Hose hängt ihm in Kniehöhe und verhindert, dass er große Schritte machen kann. Er tippelt zur Tür, sein schlaff gewordenes Glied baumelt unter seinem Hemd hin und her. Sein Gesicht ist noch rot vor Erregung und vermutlich jetzt auch vor Wut, mich zu sehen.

»Mach die Tür zu, und klopf das nächste Mal gefälligst an, wenn du etwas von mir willst«, befiehlt er mir.

»Ja, du hast recht. Das mache ich das nächste Mal auch.«

Ich hoffe, er merkt meinen abfälligen Blick voller Verachtung nicht. Das gäbe Ärger. Ich drehe mich lieber schnell um und husche nach oben, zurück in mein sichereres Zimmer.

»Lass mich in Ruhe, am besten für immer«, ruft er mir noch durch das Treppenhaus hinterher.

Schon auf den Stufen spüre ich eine furchtbare Übelkeit. Mein Körper rebelliert. Ich schaffe es gerade noch bis ins Bad und muss mich übergeben. Ich kotze meinen ganzen Seelenmüll raus.

Danach bin ich total erschöpft, schleppe mich ins Bett. Ich brauche Ruhe. Ich weiß nicht, wie ich das hier alles aushalten soll. Ich möchte dieses Leben so gern hinter mir lassen. Aber von Weitem höre ich das »Aaah« und »Oooh« der Pornodarstellerinnen, gemischt mit Jürgens Lustgeräuschen. Es ist dieses Mal extra so laut, dass ich mir die Ohren zuhalten muss. Macht er die ganze Show für mich? Ich kann den Mann nicht mehr ertragen.

Aber zum ersten Mal seit Langem fühle ich mich ihm überlegen. Ja, in meinem Gefühls-Potpourri ist jetzt auch ein bisschen Mitleid dabei.

***

Am nächsten Tag rufe ich nach längerer Zeit wieder einmal Tina an und erzähle ihr alles. Sie lädt mich sogleich zu sich ein.

Tina ist eine wunderbare Freundin, hört mir trotz allem immer zu. Sie schimpft mich nicht, dass ich ihr mit meinen Problemen die Ohren volljammere. Sie macht keine schnippische Bemerkung, weil ich mich so lange nicht gemeldet habe. Sie ist einfach für mich da, wenn ich sie brauche. Sie kocht uns in der Küche einen Tee und macht es sich auf dem Sofa bequem, damit ich reden kann.

Tina ist ein Geschenk, und ich nehme mir fest vor, ihr all das irgendwann zurückzugeben.

Jetzt rät sie mir dringend dazu, endlich Nägel mit Köpfen zu machen. Und dabei geht sie nicht gerade zimperlich mit mir um, sondern redet Klartext.

»Du bist emotional abhängig«, sagt sie mir und gibt mir zu verstehen, dass ich jetzt wirklich dringend Hilfe von außen bräuchte.

»Bei dir harmonieren Körper, Geist und Seele nicht mehr. Es ist alles durcheinander, und du bekommst keine vernünftige Entscheidung mehr hin«, warnt sie mich. »Du brauchst Hilfe, jetzt, sofort. Geh zu einer Anwältin. Ich kenne eine gute, die dich vernünftig vertritt, wir machen gleich morgen früh einen Termin für dich. Geh schnell zu ihr, und lass dich über deine Rechte aufklären, bevor du wieder zu dem Psycho läufst und dich dafür entschuldigst, weil du so frech zu deinem Meister warst und ihn bei seiner Sexparty gestört hast …«

Ich höre ihr genau zu, und heute suche ich auch keine Ausreden mehr, sondern gebe ihr in jedem Punkt recht. Ich weiß, dass mich Jürgen schlimm behandelt, und ich weiß auch, dass mich jeder für verrückt hält, weil ich mir all das gefallen lasse.

Aber es sind eben auch viele Gefühle im Spiel. Der Psycho, das Ungeheuer ist ja nicht irgendein Mann, der gestört ist. Es ist mein Mann, wir sind verheiratet, haben bald zwei Kinder, wir sind eine Familie.

Deshalb liegen in meinem Kopf immer zwei Stimmen im Clinch. Eine, die sagt, dass das hier nicht mehr länger möglich sei, ich erniedrigt und gedemütigt würde und es mir von Tag zu Tag schlechter gehe. Und dann ist da noch die andere, die Jürgen für seine Stärke, seinen Erfolg bewundert und immer noch ein kleines bisschen liebt. Tina hat schon recht mit ihrem Hinweis: Ich benehme mich wie eine Abhängige, will weiter das haben, was mir nachweisbar überhaupt nicht guttut. Ich erlaube

Jürgens destruktives Verhalten und entschuldige alles. Ich will diese Ehe, obwohl ganz deutlich ist, dass ich darin untergehe.

»Schau doch mal, wie du aussiehst«, redet Tina weiter auf mich ein. »Deine Haut ist ganz spröde und fleckig, und du hast Augenringe und stumpfes Haar. Irgendwann wirst du richtig krank, und dann musst du nicht mehr fragen, woran das gelegen haben könnte. Ich kann es dir genau sagen. Der Grund hat sechs Buchstaben: Jürgen.«

Tina redet sich in Rage. Ich weiß, dass sie mir helfen will, und bin auch dankbar dafür. Aber je mehr sie redet, desto größer wird auch meine Angst. Angst davor, die Trennung wieder nicht durchzuziehen. Ich bin in jeder Hinsicht unsicher geworden, habe Angst, allein zu leben, allein etwas zu schaffen, eigentlich Angst vor allem. Es ist eine lähmende Angst. Die ständigen Beleidigungen haben mir jegliches Selbstbewusstsein genommen. Ich bin nicht mehr die starke, taffe Luise, die alle kannten. Ich bin eigentlich nur noch ein Häuflein Elend. Deshalb will mich Tina wachrütteln und mir professionelle Hilfe zur Seite stellen.

Aber sie hat schon zu oft erlebt, dass ich einknicke, und deshalb appelliert sie jetzt schon richtig energisch, endlich die Trennung in die Wege zu leiten, einen Termin bei der Anwältin zu vereinbaren und auch wahrzunehmen.

»Ich gehe, verlass dich darauf. Am liebsten gleich morgen«, versichere ich müde und hoffe nur, dass sie dann Ruhe gibt und mich schlafen lässt. Ich kann nicht mehr.

***

»Frau Lindemann, es gibt natürlich einen Weg aus Ihrer Not. Ihr Mann muss Ihnen Unterhalt zahlen. Sie können im Haus bleiben, und mit dem Unterhalt und den rund 1500 Euro, die Sie selbst verdienen, können Sie doch gut leben.«

Die Anwältin spricht zackig, sachlich, effizient. Sie ist in meinem Alter und nicht sonderlich sympathisch. Mit ihren hellblonden kurzen Haaren und dem strengen schwarzen Kostüm wirkt sie auf mich kalt und eisern. Aber vermutlich ist das in ihrem Beruf auch genau das richtige Naturell. Ich sitze ihr in ihrem Büro gegenüber und habe ein flaues Gefühl im Magen. Den Kaffee, den mir die Sekretärin brachte, habe ich noch nicht angerührt. Ich will eigentlich weg, ganz schnell.

»Wir werden Ihrem Mann zeigen, dass er Sie nicht kleinkriegt. Frau Lindemann, hören Sie überhaupt zu? Frau Lindemann?«

Ich starre die Anwältin an, wortlos. Es dauert gefühlte Minuten, bevor ich zu einer Reaktion fähig bin.

»Ich muss jetzt los. Sie hören von mir«, stammle ich und muss wirken wie eine Verrückte. »Auf Wiedersehen. Ich rufe Sie an, ganz bestimmt!« Und dann stehe ich auf und renne fast aus dem Büro.

Ich weiß genau, dass ich den letzten Schritt, die Trennung von Jürgen, jetzt doch nicht gehen werde. Nicht gehen kann. Ich bin einfach noch nicht so weit.

Vor Jahren hat einmal eine Freundin meiner Mutter gesagt: »Solange es nur ein Prozent Hoffnung gibt, darf man eine Ehe mit Kindern nicht beenden. Es hängt zu viel daran.«

An diesen Satz klammere ich mich gerade. Ja, es hängt zu viel daran. Ich will das eine Prozent Hoffnung noch nutzen. Zumindest rede ich mir das gerade ein, weil die Herausforderung einer Trennung zu groß für mich ist!

***

»Wann kapierst du endlich, dass es keine Chance mehr für uns gibt? Hau endlich ab. Zieh aus. Es ist mein Haus. Ich will kein zweites Kind. Lass es wegmachen, und verschwinde!«

Es ist acht Uhr in der Frühe, und ich habe gerade meinen

PC angestellt, als ich diese Mail bekomme. Sie ist von Jürgen und bestimmt die zehnte dieser Art, seitdem ich ihm von meiner Schwangerschaft erzählt habe. Seit unserem fruchtbaren Zusammenstoß im Keller reden wir nicht mehr miteinander. Es herrscht eisiges Schweigen zwischen uns. Was es zu sagen gibt, teilen wir uns elektronisch mit. So weit ist es schon gekommen.

Tag für Tag schreibt er mir, dass ich verschwinden solle und er das Kind nicht wolle. Ich kann das niemandem erzählen. Dann versteht keiner mehr, dass ich noch hier bin.

Zumal ich durch Zufall eine Hotelrechnung für ein Doppelzimmer gefunden habe mit Candle-Light-Dinner und Wellness-Zauber für zwei Personen. Ich weiß genau, mit wem er sich dort vergnügt hat. Es ist immer noch diese Kati. Die beiden sind eindeutig ein Paar. Ich denke, dass Jürgens Ablehnung dem Baby gegenüber auch deshalb so radikal ist. Er will sich nicht noch stärker an mich binden. Er will frei sein für Kati oder irgendeine andere und braucht nichts weniger als eine schwangere Ehefrau.

Als die erste Mail kam, habe ich noch geweint, sogar darauf geantwortet. Aber meine Emotionen und meine Argumente für uns als Familie haben ihn nicht interessiert. Er hat nur mit weiteren Beleidigungen geantwortet.

Meinen Vorschlag, eine Paartherapie zu machen, hat er rigoros abgelehnt. Warum solle er dorthin gehen? Er trage ja keine Schuld an unserem Fiasko. Seine Wahrheit ist einfach: Wenn ich mich mehr angestrengt und seine Anweisungen befolgt hätte, wäre heute alles anders. Jetzt präsentierte ich ihm auch noch ein fremdes Kind. Da müsse ich mich doch nicht mehr wundern. Oder anders ausgedrückt: Ich bin an allem schuld, das war's.

Mittlerweile überfliege ich seine Gemeinheiten nur noch und drücke dann schnell auf die Löschtaste. Ich darf mich nicht mehr damit belasten, denn ich habe reichlich andere Probleme, für die ich meine Kraft dringlicher brauche als für die Abwehr dieser ständigen Schäbigkeiten.

Finn leidet an einer besonders schweren Form der Neurodermitis, und mein ungeborenes Baby wächst nicht richtig. Es ist übrigens ein Mädchen. Ich freue mich darüber. Dann habe ich ein süßes kleines Pärchen, was ich mir immer gewünscht habe, was *wir* uns immer gewünscht haben.

Aber erst einmal muss alles gutgehen. Ich muss an uns drei denken und mir den Druck, den Jürgen macht, buchstäblich vom Leib halten. Ich habe Angst, sonst mein Baby zu verlieren, denn angesichts unserer schlimmen Situation stehe ich ständig unter Spannung, und Körper und Seele reagieren darauf. Beide kommen nicht mehr zur Ruhe, und das äußert sich in Magenschmerzen, Durchfällen, ständiger Nervosität und mangelnder Belastbarkeit. Ich bin fahrig, nervös, zucke neuerdings sogar ganz unerwartet mit den Gesichtsmuskeln. Es ist für mich ein kleines Wunder, dass ich den Job noch packe. Aber ich muss durchhalten. Ich brauche ganz dringend diese finanzielle Sicherheit.

***

Der Himmel erstrahlt im hellsten Blau, und die Luft ist sommermild. Es herrscht Traumwetter, und heute ist in Frankfurt ein großes Kinderfest.

»Lass uns dorthin gehen«, habe ich beim Frühstück vorgeschlagen, und Jürgen hat sofort »Ja« gesagt. Seit einigen Tagen ist er wieder zugänglicher. Ob seine Kati weg ist? Oder ob er Erfolg im Job hatte? Ich weiß es nicht, aber er ist nicht mehr böse, ja mehr noch, eigentlich sogar relativ freundlich zu mir. Vielleicht ist das seine Reaktion darauf, dass ich auf seine bösen Mails nicht reagiert habe und immer noch da bin. Er wird mich schlichtweg nicht los.

»Warst du beim Friseur? Deine Haare sehen so anders aus als sonst. Sehr schön«, hat er mich vorgestern sogar gelobt, und ich dachte einen Moment lang, ich hätte mich verhört. Mein Mann sagte etwas Nettes zu mir.

Nach den zahllosen Beschimpfungen kann ich mit Komplimenten gar nicht mehr umgehen. Aber es hat meine Seele gestreichelt. Und jetzt stehen wir am Main und sehen Finn zu, der sich in einer riesengroßen Hüpfburg vergnügt. Später kauft uns Jürgen Crêpes, die wir in einer kleinen Holzsitzecke essen, dazu gibt es Kaffee für uns und Kakao für Finn. Jürgen ist geduldig, lässt Finn viel ausprobieren, steigt sogar mit seinem Sohn in einen Klettergarten. Ich sitze auf der Bank, spüre die Tritte meines ungeborenen Kindes und habe wieder ein wenig Hoffnung. Hoffnung, dass wir doch noch die Kurve kriegen und Jürgen endlich für seine Familie da sein will. Die Achterbahnfahrt geht von vorne los.

»Wir haben uns die ersten drei Jahre unserer Beziehung nur gestritten«, hat mir vor einiger Zeit einmal eine Kollegin erzählt, die mittlerweile mehr als zwanzig Jahre glücklich verheiratet ist. An diesem Satz halte ich mich oft fest. Sich drei Jahre zusammenraufen geht also. Bei uns wäre es zwar etwas länger. Aber das heißt doch nichts. Es geht um die Aussage an sich. Beziehungen können wachsen. Bei dem einen schneller als bei dem anderen. Ich gebe die Hoffnung jedenfalls, wenn es positive Anzeichen gibt, noch nicht auf.

»Hallo, Mama, sieh mal, wie hoch ich bin!«, ruft mir Finn zu und winkt mir von einem knallroten Podest zu.

»Klasse, Finn, halte dich schön an Papa fest«, rufe ich zurück und genieße das ungewohnte Bild. Finn hält ganz fest die Hand seines Vaters. Der führt ihn sicher durch das Labyrinth aus Seilen und Holzgittern. Es ist selten, dass die beiden etwas gemeinsam unternehmen. Wie oft habe ich mir so einen Ausflug gewünscht. Jetzt ist er Realität. Das ist ein Zeichen. Die Wende. Jürgen will diese Familie auch.

»Man muss den Partner so akzeptieren, wie er ist, auch mit

seinen Schwächen«, habe ich kürzlich in einer Zeitschrift gelesen. Vielleicht habe ich das zu wenig befolgt. Jürgen ist laut und aufbrausend und kann furchtbar beleidigend sein. Aber das ist seine Art. Im Inneren ist er vielleicht weich und verletzlich. Seine Eltern haben ihn streng erzogen. Materiell verwöhnt, aber gefühlsmäßig kaltgestellt. Er durfte nie richtig Kind sein, musste immer nur Leistung bringen und funktionieren. Seine Mutter hat mir einmal anvertraut, dass der Vater ihn mitten in der Nacht aus dem Bett geholt habe, weil er das Flurlicht anließ. Dann musste der kleine Knirps allein die kalten Treppenstufen hinuntergehen und es ausmachen. So streng war seine Erziehung, und vermutlich hat ihn das geprägt. Menschen geben weiter, was sie erlebt haben. Natürlich auch die negativen Erfahrungen. Vielleicht hätte ich das alles mehr berücksichtigen und Verständnis zeigen müssen. Dann sähe unsere Ehe vielleicht anders aus.

»Mama, wir kommen gleich runter«, ruft Finn jetzt und winkt mir ausgelassen mit beiden Armen zu. Und während ich zusehe, wie Vater und Sohn vorsichtig die zahllosen Stufen hinuntersteigen, läuft vor meinen Augen ein Film ab. Ich sehe uns alle im Garten sitzen. Finn baut mit seinem Vater ein Baumhaus. Ich stelle leckeren Erdbeerkuchen auf den großen Holztisch, und meine kleine Tochter spielt im Sandkasten mit ihren Förmchen. So wird unser Leben sein. Herrlich idyllisch. Wir packen das!

***

Zwei Wochen später, ich bin gerade im Biomarkt, setzen die Wehen ein. Ich rufe mir sofort ein Taxi und lasse mich ins Krankenhaus fahren. Unterwegs schicke ich Jürgen eine Nachricht: Es geht los!

Unsere kleine Mia kommt am 10. Mai 2006 im Blitztempo auf die Welt. Jürgen ist sogar dabei. Das ganze gemeine Gerede, von wegen, sie sei nicht seine Tochter, ist vorbei. Ich denke, er hat anfangs so wütend reagiert, weil Kati ihm im Nacken saß. Sie wollte bestimmt eine Entscheidung, und die konnte er nicht treffen, weil ich überraschend schwanger war. Er saß in der Falle. Zu Hause die schwangere Frau, in der Firma die keifende Geliebte. Das hat ihn aufgerieben und aggressiv gemacht. Eigentlich kein Wunder! Aber jetzt ist er mit mir in der Klinik. Das ist ein deutliches Bekenntnis.

Es ist schön, ihn in der Nähe zu wissen, und ich glaube, er hat die Kleine auch richtig lieb. Er will bestimmt einen Neustart und genauso sehr unser Familienglück wie ich. Das Baby ist Grund genug, noch einmal alles zu versuchen.

Ich höre auf Tina und suche mir Hilfe von außen. Am liebsten wäre mir eine Paartherapie gewesen, aber das hat Jürgen wiederholt abgelehnt. Natürlich hat er sein Sträuben nicht begründet, immer nur gebrummt, dass er »so etwas« nicht mache. Überzeugen kann ich ihn nicht. Also gehe ich allein einen neuen Weg und suche eine Familienberatungsstelle auf.

Die Sozialarbeiterin ist geduldig und zugewandt, und sie hört mir zu. Ich erzähle über eine Stunde lang, und die Antwort ist Bestätigung pur für mich. »Eine Ehe wirft man nicht einfach weg«, meint sie und sorgt damit für Wasser auf meine Mühlen. Und ich höre auch: »Es gibt nicht immer nur rosige Stunden.« Wirklich hilfreich und ermutigend ist das jedoch nicht.

Ihr Fazit: Ich solle einfach weitermachen, durchhalten, nicht aufhören, um unsere Familie zu kämpfen. Oftmals verändere sich das Familienleben durch ein zweites Kind, werde harmonischer, weil sich zu viert das Zusammenleben besser gestalten lasse. Außerdem sei eine kleine Prinzessin gerade für Väter etwas sehr Schönes. Ich solle erst einmal abwarten und auf keinen Fall etwas überstürzen. Meist würde sich alles einrenken.

Na bitte, sie sagt, was ich hören möchte, weil es mir im Moment am leichtesten erscheint.

Kapitel 7

Mias Geburt ändert allerdings nichts. Jürgen nimmt sich nur eine kurze Auszeit von den Schikanen.

Nach zwei, drei Wochen ist er wieder ganz der Alte, der unangenehme Jürgen, den ich nur zu gut kenne.

Verändert hat sich allerdings mein Umgang mit ihm. Ich habe aufgegeben. Früher habe ich ab und zu noch mal versucht, »Grenzen zu setzen«, so wie es mir Frank einmal geraten hat und wie es auch in zahllosen Ratgebern steht. Aber daran ist nun nicht mehr zu denken. Ich fühle mich viel zu schlapp dazu, wehre mich überhaupt nicht mehr, lasse alles geschehen und über mich ergehen. Manchmal denke ich, ich sterbe einen schleichenden Tod.

Ich schlafe viel zu wenig, grüble ständig und verbringe viele Stunden im Internet auf der Suche nach Lösungen, wie man sich von einem Narzissten trennt. Es kostet mich ungeheure Kraft, in diesem Zustand meinen Alltag mit Job, Haushalt, den Kindern zu meistern. Ich fühle mich kraftlos und grenzenlos müde.

Jürgen fällt das sehr wohl auf, und er reagiert darauf auf seine Weise. Er schreibt mir eine Liste, wie ich mich zu verhalten hätte, damit er mich eventuell wieder lieben könne und es mir besser gehe.

Ich habe es also in der Hand. Ich muss nur machen, was er verlangt. Beim Lesen seines Leitfadens, den er mir auf den Küchentisch gelegt hat, bin ich mehr und mehr geschockt.

»Ich kann dich nur lieben, wenn du diese zwölf Punkte beherzigst:

1) Ich style mich stets perfekt.
2) Ich achte darauf, eine durchtrainierte, athletische Figur zu haben.
3) Ich habe meine Eifersucht im Griff.
4) Ich respektiere meinen Mann bedingungslos.
5) Ich übergehe meinen Mann niemals, frage ihn stets um Erlaubnis, wenn ich etwas kaufen möchte.
6) Ich nörgle nicht an ihm herum.
7) Ich zeige mich meinem Mann regelmäßig in High Heels und Dessous.
8) Ich überrasche meinen Mann mit unanständigen Fantasien.
9) Ich möchte ihn täglich in mir und sein Sperma auf meinem Körper.
10) Ich sehe gern Pornos und spiele dabei an mir herum.
11) Sämtliche meiner Körperöffnungen stehen meinem Mann jederzeit zur Verfügung.
12) Ich kenne keine Tabus.

Das ist starker Tobak. Das ist krank. Ich spüre, dass nackte Wut in mir aufsteigt, und spontan zerknülle ich den Zettel und werfe ihn in die Zimmerecke.

»Ich lasse mich nicht dressieren wie einen Hund und zum Sexspielzeug degradieren«, protestiere ich aufgebracht. »Ich werde nicht mehr versuchen, unsere Ehe, unsere Familie zu retten. Es ist unmöglich. Diese Liste ist das i-Tüpfelchen!«

Ich schreie jetzt meine ganze Enttäuschung, den Frust, die Wut hinaus. Ich mache mir Luft, weil ich sonst an meinem Ärger ersticke.

»Ich werde mich nicht noch mehr erniedrigen und demütigen lassen. Ganz sicher nicht!«

Diesen Satz sage ich immer wieder, immer lauter, so als ob ich mir selbst Mut machen muss.

»Es ist aus!«

Ich springe auf, laufe wie ein wildgewordenes Tier im Zimmer hin und her.

Ich muss mich beruhigen. Der Kerl ist verrückt. Welches Spiel spielt er mit mir? Denkt er sich überhaupt etwas dabei? Glaubt er allen Ernstes, ich würde nach seiner Liste leben?

Am Abend, Jürgen ist gerade von der Arbeit gekommen, platzt es aus mir heraus. »Sag mal, was soll diese Liste? Meinst du das wirklich ernst, oder ist das ein schlechter Scherz?«

Jürgen sieht mich nicht einmal an, als er mir wie beiläufig antwortet. »Wieso? Bist du etwa auch zu blöd, um das zu verstehen? Du willst doch immer wissen, was du ändern sollst, damit wir noch eine Chance haben. Nun hast du es schriftlich!«

»Jürgen, das geht nicht. Du brauchst dringend Hilfe. Das ist nicht normal.«

Ich habe keine Lust, seine Antwort abzuwarten, und gehe stattdessen zu den Kindern. Sie schlafen ganz fest. Erschöpft setze ich mich zu Finn ans Bett, streichle ihm übers Haar und flüstere: Wir werden das schaffen, wir drei. Ich möchte, dass ihr beide eine glückliche Kindheit habt mit einer glücklichen Mutter. Ich liebe euch!«

Als ich zu Mia gehe, laufen die Tränen. »Meine kleine Prinzessin. Es wird alles gut.« Ich küsse ihr die Stirn und fühle mich innerlich leer wie nie.

Ich brauche Hilfe, jetzt sofort!

***

»Sie sind nicht gesund, und das liegt maßgeblich an ihrer derzeitigen Situation, genauer an der Beziehung, die Sie führen«, meint Dr. Kübler, ein älterer, rundlicher Mann mit Nickelbrille, bei dem ich mein ganzes Leben in Behandlung bin. Ich habe ihm gerade offen erzählt, was bei uns los ist, und konnte einige Mal nicht weitersprechen, weil ich so bitterlich weinen musste.

Dr. Kübler reagiert sofort. Er schickt mich umgehend in eine Mutter-Kind-Kur auf die Nordseeinsel Amrum.

Wie recht er hat, wird deutlich, als ich schon wenige Wochen später losfahre. In dem Moment, als ich Frankfurt im Rückspiegel sehe, verschwindet mein Bauchweh. Mit den Kindern im Auto kommt mit jedem Kilometer Richtung Norden scheibchenweise etwas Kraft, Mut und Freude zurück. In ganz kleinen Schritten nur, aber immerhin. Wir lachen sogar, erst zaghaft und dann immer lauter. Lachen, ein herzhaftes Lachen, das gab es schon lange nicht mehr in meinem Leben. Mit Jürgen an der Seite traue ich mich gar nicht mehr zu lachen. Es würde sofort kommentiert werden. Mit hässlichen Bemerkungen und Demütigungen. »So lachen nur Bekloppte« wäre die harmlose Variante.

Diese Freudlosigkeit, die Eiseskälte, die Spannung, die über unserem Haus wie ein graues Tischtuch liegt, hat uns alle krank gemacht. Geahnt habe ich das immer, aber eben nicht wahrhaben wollen.

Finn hat es sehr schwer, mit anderen Kindern in Kontakt zu kommen. Er wirkt immer stets angespannt und ist ein Einzelgänger, leidet darüber hinaus an einer mittlerweile ungewöhnlich starken Neurodermitis. Er hat so schlimme Schuppen am Körper, dass er nicht am Sport- oder Schwimmunterricht teilnehmen mag. Ich war schon mit ihm bei allen möglichen Spezialisten, aber sie bekommen die Beschwerden nicht in den Griff. »Das ist eine somatische Reaktion«, meinte auch der Kinderarzt und fragte mich, ob ich mir das vorstellen könne. Und ob! Der Junge lebt zu Hause im Dauerstress, bekommt mit, dass sein Vater die Mutter schubst, beleidigt und ignoriert. Das kann nicht folgenlos bleiben.

Mia hat eine Sprachstörung. Sie lebt völlig in sich zurückgezogen und hat Mühe, einen Satz auszusprechen. Die Logopädin spricht von einer »Sprachblockade, ausgelöst durch Ängste«. Ich weiß, welche Ängste sie hat. Sie fürchtet das Leben. Wie kann ein kleines Mädchen in so einer Atmosphäre aufwachsen und sich gesund entwickeln? Ihr Vater hat kein Interesse an ihr. Er kann nicht mehr als herumschreien, dass es ein »Scheißkind« sei. Sie ist seine Tochter, das hat er kapiert. Aber sie spürt, dass in der Familie nichts stimmt.

In Frankfurt pendle ich schon länger zwischen Kinderarzt, Hausarzt, Logopäden. Wir sind alle immer tiefer in Krankheiten gerutscht. Ich hoffe jetzt auf Hilfe, für die Kinder und für mich.

Die ersten Tage genießen wir nur die herrliche Nordsee-Insel. Es ist mittlerweile August 2010, und wir verbringen viel Zeit am Strand. Wir genießen, dass Jürgen weit weg von uns ist und wir seinen Attacken nicht weiter ausgesetzt sind. Es ist eine Zeit, die ich zum Durchatmen geplant habe. Aber vielleicht ist es mehr als eine Auszeit. Vielleicht ist es jetzt doch das Ende.

Ich bin jetzt Mitte dreißig. Noch zu jung, um mit dem Leben abzuschließen. Gut, ich wollte eine glückliche Familie, ein Haus mit Garten, aber nicht um jeden Preis. Im Moment sieht es so aus, als ob wir alle an der häuslichen Situation zugrunde gehen. Es muss anders werden.

***

Ich bin dankbar, dass ich zum ersten Mal einer Psychologin gegenübersitze und ihr meine Geschichte erzählen kann. Ich habe mich in einem immer enger gewobenen Spinnennetz verheddert, und jetzt ist da jemand, der mir helfen will, aus dieser immer bedrohlicher werdenden Situation einen Ausweg zu finden. Die Psychologin, Frau Dr. Wagner, hört geduldig zu, macht sich Notizen, beobachtet mich.

»Frau Lindemann, auch wenn Sie das schon oft gehört haben, muss ich es Ihnen noch einmal sagen: Sie sollten Grenzen ziehen!« Die großgewachsene Frau mit kurzen dunklen Haaren, schlichtem Kleid und Pumps sitzt mir auf einem gemütlichen

Ledersofa gegenüber und sieht mich jetzt fragend an. »Wo können Sie sich das am besten vorstellen?«

»Es gibt auch schöne Momente in meiner Ehe«, antworte ich ausweichend und ärgere mich, dass ich wie antrainiert ausgerechnet diesen Satz sage. Grenzen ziehen. Ich weiß das ja, schaffe es aber nicht.

»Frau Lindemann, das glaube ich Ihnen. Aber diese Momente reichen nicht aus, damit es Ihnen gut geht. Sie sind nicht gesund, und das liegt maßgeblich an ihrer derzeitigen Lage, genauer an der Beziehung, die Sie führen.«

Ich möchte ihr so gern widersprechen, kann es aber nicht. Zumal es der gleiche Satz ist, den ich schon von meinem Hausarzt gehört habe.

»Sie müssen auch an Ihre Kinder denken, Frau Lindemann. Die brauchen eine starke Mutter.«

Ich nicke, und das Wort »stark« erscheint mir längst utopisch. Eine starke Mutter, das bin ich schon lange nicht mehr. Ich bin eine gebrochene, weinerliche Mutter, voller Ängste vor dem Leben und dem Mann, den ich geheiratet habe. Ich bin ein Wrack.

»Warum klammern Sie sich so an diese Ehe?«, will die Psychologin wissen.

»Weil ich nicht aufgeben kann, ich habe doch eine Vorstellung von meinem Leben. Und die ist, in einer Familie zu leben. Es geht uns eigentlich gut. Jürgen verdient prima, wir haben ein schönes Haus, zwei Autos.«

Ich präsentiere auch ihr meine sorgfältig zusammengesuchte Erklärung vom großen Familienglück. »Wenn die Kinder größer sind, werde ich wieder Vollzeit arbeiten, und ich freue mich darauf, Karriere zu machen. Ich habe noch viele Pläne.« Ich sehe sie an und spule die Sätze herunter wie bei einer auswendig gelernten Filmszene.

»Ja, das verstehe ich«, nickt Frau Dr. Wagner, lässt mir das aber nicht durchgehen. »Aber Sie merken doch, dass das nicht klappt«, stoppt sie meinen Redefluss. »Glauben Sie nicht, dass man manchmal den eingeschlagenen Weg ändern muss? Die Indianer sagen, ein totes Pferd kann man nicht reiten. Sie haben schon so lange versucht, ihre Ehe wiederzubeleben, Ihr Glück in dieser kleinen Familie zu finden. Aber es scheint Ihnen nicht zu gelingen. Sie sind nicht glücklich!«

Ich lehne mich zurück in das weiche Polster, atme tief durch. Die Psychologin lächelt mir aufmunternd zu. Ich weiß, was sie will. Ich soll die Maske fallen lassen, ehrlich zu mir selbst sein und zugeben, was mich abhält, das mich quälende Leben zu ändern. Keine Ausreden mehr, keine antrainierten Phrasen, keine albernen Fantasien von Heile-Welt-Idylle à la Utta Danella. Ich muss ehrlich sein – zu anderen, aber in erster Linie nun endlich auch zu mir.

»Ich habe Angst, ich traue mir nichts mehr zu. Ich fühle mich klein, unfähig, gebrochen. Es stimmt, ich möchte Familie. Aber das ist nur ein Aspekt. Der andere ist meine gewachsene Unsicherheit. Ich habe Angst, ohne Jürgen zu leben«, gebe ich zum ersten Mal offen zu.

»Was ängstigt sie denn genau?«

»Ich habe Angst, mein Lebensmodell aufzugeben. Wenn ich gehe, zerreiße ich eine Familie. Das will ich so lange hinauszögern wie möglich.«

»Das ist nicht alles!«, behauptet die Psychologin.

Ich knicke ein.

»Ich fühle mich so klein und hilflos, dass ich mir nicht mehr zutraue, das Leben allein zu wuppen. Wissen Sie, all die finanziellen Dinge regelt mein Mann. Er hält mich da komplett außen vor. Ich weiß nicht, wie ich das alles allein stemmen soll mit zwei Kindern.«

»Was bedrückt sie noch?«, fragt die Psychologin weiter.

»Früher war ich selbstbewusst, locker, habe mich gut gefühlt, viel gelacht und hatte gute Freunde. All das bin ich nicht mehr. Ich fühle mich wie eine Hülle ohne Leben.«

»Haben Sie Angst vor dem Alleinsein?«

»Und wie! Allein, ohne Jürgen, bin ich ein Nichts. Ein Fähnchen im Wind, das wegklappt, bei jedem kleinsten Windhauch. Ich kann nicht ohne ihn leben.«

Und dann sprudelt es weiter aus mir heraus, und ich erzähle alles, mit tränenerstickter Stimme, schluchzend, stockend, verzweifelt.

»›So eine wie dich kann man nicht lieben!‹ Dieser Satz dreht sich unentwegt in meinem Kopf. Seit Jahren schon. Mittlerweile glaubt ein Teil von mir, dass es auch so ist. Dazu kommen die vielen tollen Frauen, von denen Jürgen mir immer vorschwärmt. Denen kann ich nicht das Wasser reichen. Die sind schön, erfolgreich. Ich bin dick, hässlich, unfähig. Wie kann ich allein leben, mit zwei Kindern, ohne die Hilfe von diesem erfolgreichen und allseits beliebten Mann? Wie?! Kann mir das jemand sagen?«

Die Psychologin schweigt einen Moment. Die Ruhe im Raum ist nötig.

»Sie sind eine gut ausgebildete, hübsche und charmante Frau«, höre ich sie dann sagen und lächle ihr dafür dankbar zu. »Sie müssen aber noch etwas lernen. Sie müssen lernen, sich von Dingen zu befreien, die sie ersticken. Aber kommen Sie erst zu Kräften. Sie haben Zeit.«

***

»Es gibt Tage, da möchte ich sterben. Alles loslassen und nie mehr leiden!«

Annika, eine etwas mollige Frau mit hochgesteckten blonden Haaren, sitzt zusammengesunken auf ihrem Stuhl. Die Hände liegen kraftlos in ihrem Schoß, und sie spricht nur stockend. Seit einigen Minuten erzählt sie ihre Geschichte. Annika ist 35 Jahre alt, hat zwei kleine Kinder und einen Mann, der sie schlägt. Vor einigen Wochen hat sie die Polizei gerufen. Der Mann wurde aus dem Haus geholt. Jetzt lebt sie allein dort, hat aber furchtbare Angst. Deshalb ist sie mit ihren Kindern in der Klinik.

Ich bin mit Annika in einer Therapiegruppe. Sechs Frauen, alle etwa in meinem Alter, sitzen in einem Stuhlkreis. Dabei ist auch ein Psychologe, der aufmerksam zuhört.

Während Annika erzählt, erkenne ich mich in vielem wieder. Ich weiß natürlich, dass ich nicht allein mit meinem Schicksal bin. Aber es ist etwas anderes, wenn man mit mehreren Betroffenen ganz real zusammen ist, ihr Leid hört und sieht, wie schlecht es ihnen geht. Ich bin sehr dankbar, das zu erleben. Es macht mich stärker.

Annikas Kinder sind offenbar psychisch noch gestörter als meine beiden. Ihr älterer Sohn hat autoaggressive Reaktionen, kratzt und beißt sich. Die jüngere Tochter leidet an Depressionen. Beide sind schon länger in einer Therapie.

Annika sitzt immer noch mit gesenktem Kopf auf ihrem Stuhl. Ihr ganzer Oberkörper bebt jetzt. Sie weint. Nein, sie schluchzt. Sie tut mir so leid.

Ich habe bereits meine Geschichte in dieser Runde erzählt. Und ich war offen und schonungslos. Ich habe nichts geschönt und die Fassade der heilen Welt nicht aufrechterhalten. Ich habe mir alles von der Seele geredet, und es hat mir gutgetan: aussprechen, was man erlebt, was man fühlt. Das hat mir wohl gefehlt.

Zu Hause, in der gewohnten Umgebung, hätte ich nie den Mut gefunden, so intime Dinge von mir preiszugeben. »Ich kleide mich wie eine Nutte und lasse mich mit Sexspielzeug penetrieren.« Nie hätte ich gewagt, darüber zu sprechen. »Mein Mann tituliert mich gegen meinen Willen beim Geschlechtsverkehr mit übelsten Begriffen, und es erregt ihn, wenn mir die Tränen laufen.« Wie kann man das jemandem erzählen, den man jederzeit im Supermarkt treffen könnte. »In unserem Haus laufen ständig extreme Pornos, und vermutlich Tausende User können per Webcam meinem Mann beim Onanieren zusehen.« Wie kann man das überhaupt jemandem erzählen? »Ich habe ›Lustöffnungen‹, die ich meinem Mann immer zur Verfügung stellen muss.« Wer gibt das zu?

Aber hier, in der geschützten Atmosphäre der Klinik, ist alles anders. Hier sprechen wir uns nur mit Vornamen an, dürfen uns, wenn wir es mögen, sogar einen »Nickname« geben. Wir sind uns ganz nah, können aber anonym bleiben, wenn wir es möchten. Und da wir uns alle fühlen wie »in einem Boot«, vertrauen wir uns an, was zentnerschwer auf unseren Seelen liegt. Und mit jedem Tag räumen wir Stein für Stein, Bröckchen für Bröckchen, den ganzen angesammelten Schutt beiseite.

Ich bleibe insgesamt vier Wochen. Es ist eine hilfreiche Zeit voller Reflexion, aber auch voller Freude und wunderbarer gemeinsamer Stunden mit den Kindern. Wir lachen viel, albern am Strand, bauen Burgen und springen in die Wellen, Hand in Hand. Es sind Wochen, die uns stark machen. Finns Haut bessert sich. Durch das Meerwasser? Die Sonne? Oder durch die Abwesenheit seines Vaters? Eine klare Antwort gibt es darauf nicht. Mein Durchfall verschwindet. Mia, die kaum spricht, erzählt plötzlich ungezwungen und offen ganz Fremden von ihren Urlaubstagen. Wir sind glücklich, oder besser: fast glücklich. Denn mit jedem Tag, der vergeht, nähert sich auch der Moment, an dem wir wieder nach Hause und zurück zu Jürgen müssen.

Die Psychologin vermutet bei Jürgen anhand meiner Schilderungen eine narzisstische Persönlichkeitsstörung und gibt mir damit die fachliche Bestätigung für das, was schon Frank angesprochen hat. Auch sie erklärt mir jetzt ein Muster, nach dem solche Menschen leben und handeln.

»Narzissten wollen Macht, um sich nie wieder so klein und

hilflos zu fühlen, wie es einmal der Fall war!«, hat mir die Psychologin gesagt. Ich glaube nicht, dass es nur sein Vater war, der ihn als Kind kleingehalten hat. Ich denke eher an die Mutter. Die besitzt solche von der Psychologin beschriebenen Züge der Dominanz. Aber ach was, vielleicht mache ich es mir auch allzu leicht und betreibe Kaffeesatz-Deuterei. Und was hilft es mir? Ich werde ihn nicht ändern können. Er braucht dringend eine Therapie. Aber das wird er niemals einsehen. Ich habe es jahrelang versucht, ihn und damit auch uns zu retten, aber es war unmöglich. Es geht nicht. Das habe ich mittlerweile kapiert.

Ich fahre dann ohne ein Fünkchen Zuversicht mit meinen Kindern nach Frankfurt zurück. Ich werde gehen müssen. Bestimmen kann ich nur den richtigen Zeitpunkt.

»Zu Hause zeige ich Papa, wie gut ich schwimmen kann«, trällert Mia auf der Heimfahrt im Auto. Und Finn hat für seinen Vater eine ganze Tüte mit Muscheln gesammelt. Sie haben noch Hoffnung. Es gibt ja auch schöne Momente mit ihrem Vater. Kein Mensch hat nur schlechte Seiten. Auch Jürgen nicht. Das macht es für die Kinder so schwer.

Bei mir sind ebenfalls noch Gefühle im Spiel. Das habe ich auch der Psychologin gesagt. Man kann das Erlebte nicht wegknipsen, weder das Schlechte noch das Gute. Wir hatten nun mal herrliche Momente, auch mit den Kindern. Wenige zwar, aber immerhin. Wir haben auch schöne Urlaubstage miteinander verbracht, manchmal nur im eigenen Garten das Leben genossen. Leider sind das nur Momente. Und dann kippte die Stimmung – und unser Miteinander wurde grausam. Sogar im Bett gab es ja mal schöne Momente. Diese unkontrollierte sexuelle Gier ist doch nur die eine Seite bei ihm. Auch er war zu Beginn der Beziehung manchmal zärtlich und liebevoll mit mir.

Krankheiten kann man heilen. Ich wüsste gern ein Rezept, wie man mit einer narzisstischen Störung umzugehen lernt.

Aber es gibt offenbar keins. Ein Narzisst kann sich nur selbst helfen, aber dazu muss er das Problem erkennen, wie ein Trinker zu seiner Sucht stehen. Doch das steht im Widerspruch zu Jürgens Empfinden.

***

»Verdammt noch mal, pass doch auf, du Trottel. Du bist zu blöd zum Spielen!«

Jürgen stürmt aufgebracht auf Finn zu, packt ihn erst an den Schultern und rüttelt ihn, dann schubst er ihn achtlos so fest weg, dass er ins Stolpern kommt. Dem Jungen schießen die Tränen in die Augen, und sein Gesicht wirkt angstverzerrt.

Nach unserer Kur sind wir mit Jürgens Eltern in einem Ausflugslokal zum Essen verabredet. Die Sonne scheint. Es ist für die Jahreszeit ungewöhnlich mild. Auf dem gegenübergelegenen Spielplatz toben die Kinder auf einer langen Rutsche herum. Aber Finn ist sehr wild und Mia in den Rücken gerutscht. Was folgte, war klar: Mias Geschrei ist riesengroß. Aber das mehr aus dem Schock heraus, passiert ist ihr nichts. Finn hat das nicht absichtlich gemacht. Er war nur unachtsam. Mehr nicht. Doch Jürgen rastet völlig aus. Er brüllt so laut, dass andere Spaziergänger stehen bleiben und das grausame Spektakel kopfschüttelnd ansehen.

Ich kann nicht zusehen. Ich sehe die Angst in Finns Gesicht und renne zu dem Jungen, nehme ihn schützend in den Arm.

»Lass ihn in Ruhe«, zische ich und bin in diesem Moment zu allem entschlossen. Wenn er ihn jetzt noch einmal anfasst, gibt es hier und jetzt eine Katastrophe. Seine Eltern beobachten das alles aus sicherer Entfernung. Sie sagen nichts – wie immer. Sie halten sich heraus – wie immer. Weil es ihr Sohn ist, der nichts falsch machen darf. Vielleicht haben sie aber auch einfach nur Angst vor ihm. Daran denke ich erst jetzt, in diesem Moment.

Jürgen fasst sich dann wieder. Er, der tolle Manager, mag es nicht, wenn er öffentlich ausflippt. Das passt nicht zu der perfekten Fassade, die er zu gern aufrechterhält.

Stumm nimmt er Mia an die Hand. Ich tröste meinen weinenden Sohn, wische ihm die Tränen aus dem Gesicht und rede Unsinn wie »Papa hat so viel Stress« und »Alles nicht so gemeint«.

Später gehe ich mit Finn an der Hand hinter dem Rest der Familie her. Ausgebrannt, leer. Denn ich weiß, dass das der berühmte Tropfen war, den es brauchte. In der Kur ist mir einiges klar geworden. Ich darf meinen Albtraum nicht einfach weiterleben. Ich bin längst eine »Koabhängige«, die die krankhaften und destruktiven Verhaltensweisen des Partners erlaubt, deckt und dafür immer wieder Entschuldigungen findet. Heute ist es mir wie Schuppen von den Augen gefallen. Ich begreife, dass ich selbst die einzige Person bin, die ich ändern kann. Jürgen kann ich nicht stoppen. Es ändert sich nur etwas, wenn ich mich ändere. Wir müssen uns trennen. Aber ich will mit erhobenem Kopf diesen Albtraum beenden.

Und während ich hinter der Familie hertrotte, mein geschocktes Kind an der Hand, entwickle ich einen Fluchtplan. Morgen gehe ich erneut zu meiner Anwältin und lasse mir ausrechnen, was mich finanziell erwartet. Dieses Mal höre ich geduldig zu, dieses Mal ziehe ich das durch. Der Zeitpunkt, an dem ich trotz aller Schwäche handeln muss, er ist gekommen. Es geht jetzt um die Kinder. Ich kann mich hinter nichts mehr verstecken.

***

»Bitte setz dich. Ich möchte dir was sagen.«

Es ist Mitte September 2010. Vor elf Jahren haben wir uns kennengelernt. Ich sehe Jürgen vor mir, als er mich damals so bewundernd angesehen hat. Ich dachte, es wäre die große Liebe – zu einem tollen Mann mit einem großen Herzen, der mich auf

Händen trägt. Das hat er mir damals vermittelt, und ich war einfach so naiv und habe es geglaubt.

Jetzt sitzen wir uns gegenüber wie Feinde. Die Liebe ist längst der Angst, ja dem Hass gewichen. Ich muss tief durchatmen, mir innerlich Mut zureden, um in diesem Moment glaubhaft zu wirken.

Normalerweise reagiert er nicht auf so eine Bitte. Aber er muss spüren, dass es wichtig ist. Jedenfalls setzt er sich wortlos an den Küchentisch, sieht mich allerdings spöttisch an.

»Na, dann schieß mal los«, sagt er mit abfälligem Unterton. »Ich warte! Was für ein Schwachsinn ist denn jetzt so wichtig?« Er sieht mich grinsend an, spielt dabei gelangweilt mit einem Kugelschreiber, den er sich aus seiner Hemdtasche gezogen hat. Ich stehle seine kostbare Zeit, und das lässt er sich deutlich anmerken.

»Ich möchte, dass wir das hier beenden«, sage ich mit fester Stimme. »Es hat keinen Sinn mehr! Lass uns besprechen, wie wir auseinanderkommen.«

Nun ist es raus, und dieses Mal ist es nicht nur so dahingesagt. Ich meine, was ich sage. Ich will weg, raus aus diesem kranken, kaputten Leben. Ich will wieder lachen können, mich wieder lieben und achten. Ich will mein altes Ich zurück. Verdammt, mir kommen schon wieder die Tränen.

Jürgen lehnt sich lässig nach hinten, legt den rechten Arm auf die Stuhllehne. Er wirkt total entspannt und scheint froh darüber zu sein, dass ich den ersten Schritt mache. Von Traurigkeit spüre ich nichts.

Aber was erwarte ich eigentlich. Ich habe ihn während unserer langen Beziehung nur ein einziges Mal weinen sehen, und das war, als seine Oma verstarb. Es war der einzige Moment, in dem er Emotionen gezeigt hat. Eine Trennung reicht ihm nicht dafür.

»Sehr gut, schön, dass du das endlich einsiehst. Ich hatte dich ja bereits ein halbes Jahr lang immer wieder gebeten, endlich zu verschwinden. Schön, dass du es kapiert hast.«

Er sagt diese Sätze mit einem selbstgefälligen Grinsen im Gesicht. Typisch, er will auch jetzt der Sieger sein. Nicht ich trenne mich, nein, er will, dass ich verschwinde – und ich höre endlich darauf und gebe meinen Widerstand auf.

»Ich möchte mit den Kindern im Haus bleiben!«

»Kannst du, vorerst zumindest, bis wir eine Dauerlösung gefunden haben. Ich ziehe aus«, sagt er sofort, und ich denke in dem Moment, dass er sich freut, mit einer seiner Flammen zusammenzukommen. Noch jetzt, bei der Trennung, schafft er es, mir einen Stich zu versetzen und mich kleinzumachen. Er zeigt demonstrativ, wie gut es ihm geht. Er trällert fast, als er aufsteht, um Papier zu holen. Er will gleich fixieren, was wir absprechen. Weil er ja ach so erleichtert ist, dass es vorbei ist.

Mein Herz schlägt ganz schnell, und ich habe wieder dieses flaue Gefühl im Magen. Selbst jetzt, in diesen traurigen Stunden, zeigt er mir, dass er die Macht besitzt. Er entscheidet, ob ich mich gut fühle oder nicht. Und er entscheidet jetzt, dass er geht, aber beim Hinausgehen über mich hinwegsteigt. Er will mich am Boden sehen.

Ich bin trotzdem erleichtert, weil ich wieder Licht am Horizont sehe. Aber ich bin auch tieftraurig, dass nun alles vorbei ist. Mein Lebenstraum hat sich nicht erfüllt. Er ist gescheitert. Alle meine Anstrengungen und Bemühungen waren vergebens. Die letzten Jahre rauschen wie ein Film vor meinem inneren Auge vorbei. Es ist endgültig aus.

***

»Hier, meine neue Adresse! Ich bin jetzt weg!« Jürgen legt mir den Zettel auf den Küchentresen, und ich sehe sofort, was los ist. Er wohnt direkt neben Kati. Ist sie wieder da? Ich schlucke, will aber mit keinem Wort darauf eingehen.

»Ich habe alles zusammengefasst«, sagt er weiter. »Ich zahle weiter die Raten für das Haus, und du zahlst eine Miete. Nach Weihnachten treffen wir uns beim Notar.«

Ich nicke.

Es geht alles so schnell. Und so unkompliziert. Jürgen ist plötzlich sogar verträglich. Er hat sich heute früh mit uns an den Kaffeetisch gesetzt, wirkte gelöst, fast heiter. Ein Spiel? Ich durchschaue es nicht. Aber ich bemühe mich, die neutrale, jedoch entspannte Stimmung aufrechtzuerhalten. Sie tut den Kindern gut.

»Ich muss noch etwas aus dem Keller holen, packe zwei Taschen zusammen«, meint er, während ich mich damit ablenke, den Müllbeutel zu stopfen.

Es ist eine komische Stimmung. Nach all den Jahren voller Aggressionen und Boshaftigkeiten stehen wir jetzt hier wie Freunde. Es tut mir weh, dass gleich alles vorbei sein wird.

Als ich den Müll rausbringe, steht Jürgen schon am Auto und verstaut zwei große schwarze Reisetaschen im Kofferraum.

Für einen Moment treffen sich unsere Blicke. Was ist das? Seine Augen wirken feucht. Warum zeigt er jetzt Gefühle? Ich könnte sofort losweinen, versuche aber, die Tränen zu unterdrücken. Ich will keine Schwäche mehr zeigen. Bloß nicht. Zu oft hat mich Jürgen dann verletzt.

»Warte mal«, sage ich leise und gehe auf ihn zu. »Alles Gute für dich!«, murmle ich und nehme ihn in den Arm. Die Situation ist skurril. Hinter uns liegen furchtbare Zeiten. Aber jetzt halte ich meinen Mann im Arm, meinen Jürgen, der Jürgen, den ich einmal so geliebt habe. Ich rieche seine Haut, spüre seinen Herzschlag. Es ist Jahre her, dass ich mich ihm innerlich so nah gefühlt habe. Er kann vielleicht nichts dafür, dass er so ist, wie er ist. Er ist auch nur das Produkt seiner Erfahrungen. Aber es ist richtig, dass es vorbei ist. Er bringt mich sonst um.

»Ich will deinem weiteren Glück nicht im Wege stehen«, sagt er plötzlich, und ich bin über die Aussage überrascht. Welches

Glück meint er? Doch bevor ich nachfragen kann, windet er sich schon aus der Umarmung und steigt ins Auto. Ich mag ihm nicht nachwinken, das wäre nach allem doch zu albern. So gehe ich zurück ins Haus, sehe aber aus den Augenwinkeln dem Wagen nach. Es tut sehr, sehr weh.

***

»Es ist komisch. Ich laufe hier herum wie ein Tiger im Käfig. Ich fühle mich seltsam verloren.«

Tina ist zu Besuch. Sie hat leckeren Apfelkuchen dabei. Jetzt sitzen wir ganz lässig am Küchentisch, trinken Kaffee und reden. Ich schütte ihr mal wieder mein Herz aus, aber sie versteht gar nicht, was mit mir los ist.

»Du solltest dich freuen, dass der Psycho weg ist und du deine Ruhe hast«, meint sie flapsig.

»Ich freue mich aber nicht«, antworte ich schnell. »Ich bin wohl wirklich eine Abhängige. Mein Kopf sagt: ›Genieße die Freiheit, den Frieden‹, und mein Herz meint: ›Es hätte alles so schön sein können.‹ Ich komme nicht wirklich von ihm los.«

»Hätte!! – Ja, aber war es nicht«, meint Tina. »Du brauchst einen netten neuen Mann, damit du mal wieder spürst, wie schön die Liebe sein kann.«

»Jetzt schon? Der alte ist doch gerade erst aus der Tür!«

»Macht nichts, Liebe ist die beste Medizin. Omas Spruch passt immer.«

Ich nehme mir Tinas Rat zu Herzen, und wir beide melden mich noch am selben Abend bei einer Partnersuchbörse an. Es macht Spaß, das gewünschte Profil auszufüllen.

»Wie bin ich denn optisch? Sportlich elegant? Oder eher nur sportlich?«, frage ich Tina.

»Klicke das elegant ruhig an. Das stimmt schon!«

»Und hältst du mich für den kommunikativen Typen oder

eher für den zurückhaltenden?«, frage ich gleich weiter. Ich drücke aufs Tempo, denn immerhin haben wir noch mehr als zwanzig weitere Fragen, die beantwortet werden müssen.

»Hm«, Tina ist unschlüssig. »Früher hätte ich sofort gewusst, was zu dir passt. Aber mittlerweile bin ich unsicher. Du bist ja eine andere Frau geworden mit deinem Irren. Aber nimm mal ›kommunikativ‹. Du wirst dich von der Horrorehe schon erholen.«

Gemeinsam schreiben wir den Vorstellungstext und füllen auch gemeinsam aus, wie mein neuer Traummann sein soll.

»Schreib: Bitte kein Narzisst! Das ist wichtig«, flachst Tina.

»Ich glaube, die meisten Narzissten sehen sich selbst nicht so. Man muss die Opfer fragen.«

»Stimmt wohl.« Tina schenkt sich ein Glas Wein ein. »Weißt du, da müssen wir wirklich aufpassen. Noch so ein Typ geht nicht mehr für dich.«

Ich lache laut auf. »Tina, glaub mir, das passiert mir nicht wieder. Ich mache meine Fehler nur einmal. Das Muster erkenne ich heute sofort und nehme Reißaus. Da kannst du sicher sein!«

Als Tina am späten Abend geht, tausche ich schon mit ein paar netten Männern aus dem Großraum Frankfurt Nachrichten aus. Harmloses Geplänkel, aber es wird mir helfen, mich an den langen einsamen Abenden allein in dem großen Haus zurechtzufinden.

Und es klappt tatsächlich. Immer wenn die Kinder abends schlafen, mache ich es mir auf dem Sofa bequem und träume mich in ein neues Leben voller Liebe und Wärme und Geborgenheit.

Kapitel 8

»Wo willst du hin? Hast du ein Date?« Jürgen sieht mich anerkennend an. »Gut siehst du aus!« Ich bleibe stehen. Ich sehe gut aus? Ich bin doch dick und hässlich. Wie meint er das jetzt?

Es ist Januar 2011, ein Mittwochabend, und Jürgen passt auf die Kinder auf, damit ich ausgehen kann. Er hat mir das angeboten, und ich habe seinen Vorschlag angenommen. Seit der Trennung ist unser Miteinander nicht herzlich, aber weitgehend friedlich, oder besser: neutral.

Jetzt ziehe ich meinen Mantel an und sehe zur Uhr. In dreißig Minuten bin ich mit Dirk, einem alten Bekannten, verabredet. Ein sehr smarter Mann, attraktiv und eigentlich immer bestens gelaunt. Durch seine leichte Art schafft er es ganz schnell, mich auf andere Gedanken zu bringen. Ich mag ihn sehr. Er lacht viel und tut mir einfach gut. Ich freue mich auf mein erstes Date seit vielen Jahren. Es soll nur ein schöner Abend werden. Ich glaube nicht, dass mehr daraus wird.

Aber Jürgen, der Mann, der mich jahrelang nur negativ wahrgenommen hat, macht mir plötzlich ein Kompliment. Und mehr noch, er stellt neugierige Fragen.

»Wohin geht ihr eigentlich?« und »Was ist das für ein Typ!«, will er jetzt wissen.

Ich bleibe ihm auf beide Fragen die Antwort schuldig, sage aber fast schon kratzig: »Das geht dich nichts mehr an. Ich frage dich auch nicht, mit wem du deine Abende verbringst!«

Jürgen, der mich normalerweise jetzt eiskalt abgewatscht hätte, scharwenzelt plötzlich um mich herum. »Wer ist es? Nun sag schon? Soll das dein neuer Partner werden?«

Ich schweige und weiß, dass ihn das auf die Palme bringt. Es ist mir egal. Als Reaktion darauf holt er jetzt die längst erwartete Keule heraus. »Ich möchte schon wissen, wenn hier jemand ins Haus kommt. Immerhin ist es mein Haus – in dem meine Kinder leben.«

Ich bin schon an der Tür, als ich mich noch einmal umdrehe.

»Es ist unser Haus, und es sind unsere Kinder, und ob er demnächst hierherkommt oder nicht, sorry, aber das geht dich nichts an.«

Ich wundere mich selbst über meine scharfe Reaktion. Aber sie ist gut. Jürgen muss wissen, dass es nicht mehr nach seinen Spielregeln geht. Ich bin dabei, wieder die alte Luise zu werden, die sich nichts gefallen lässt. Ich setze Grenzen, auch wenn es für unsere Ehe zu spät ist.

»Ich begreife nicht, dass du dich dem nächstbesten Mann einfach so an den Hals wirfst.«

Jürgen gibt keine Ruhe. »Überlege doch mal, ob das gut ist. Wir sind gerade erst getrennt, und du hast den Kopf nicht frei. Du brauchst Abstand.«

Seine Stimme klingt jetzt wieder gewohnt scharf. Aber ich lasse mich davon nicht mehr einschüchtern.

»Bist du etwa eifersüchtig?«, säusle ich.

»Ich? Wie kommst du denn darauf!« Jürgen schüttelt den Kopf.

Ich muss jetzt schmunzeln. Klar ist er das. Es gibt keine andere Erklärung für sein Verhalten. Aber er würde das nie zugeben. Eifersucht hat er doch in seinen Augen gar nicht nötig. Das würde ja bedeuten, dass er sich für mich interessiert.

»Aber vorsichtig sein kannst du schon!«, entlarvt er sich gleich noch einmal selbst.

Was soll das jetzt? Vermutlich ärgert es ihn, dass sein Spielzeug weg ist.

Ich kann nicht mehr zählen, wie oft ich mir so einen Satz

gewünscht hätte. Jetzt kommt er zu spät. Ich gehe, und ich freue mich auf Dirk.

Aber Jürgens ungewohntes Interesse an mir geht mir nicht mehr aus dem Sinn. Was steckt dahinter? Es muss eine Erklärung dafür geben, und deshalb rufe ich am nächsten Tag im Nordsee-Klinikum an und spreche wieder einmal mit der dortigen Psychologin Frau Dr. Wagner, die mich versteht wie niemand sonst.

»Ein Narzisst lässt Sie nicht so einfach gehen. Für ihn ist eine Trennung eine Niederlage. Er verliert damit die Macht über Sie, die er so dringend braucht, um sich gut zu fühlen. Wenn Sie gehen, entziehen Sie ihm im übertragenen Sinn die Nahrung. Das kann er nicht so einfach akzeptieren«, erklärt sie mir.

»Aber es ist doch vorbei, und er wollte es auch!«, entgegne ich.

»Ja, aber Sie haben in seiner Perspektive Schuld, dass es zu diesem Ende gekommen ist. Sie haben die Familie zerstört! Er hat sich nichts zu Schulden kommen lassen. Sie haben ja noch jede Menge Bindungen zueinander, die Kinder, das Haus, die Formalitäten, die es zu erledigen gilt. Für ihn wunderbare Möglichkeiten, die Kontrolle über Sie zu behalten. Seine scheinbare Zuwendung ist Strategie. Sie sollten auf der Hut sein.«

Ich drehe jetzt nervös an meiner Halskette.

»Frau Dr. Wagner. Das kann doch nicht sein. Er war total froh, dass ich wegwollte, hat sich sofort eine Wohnung genommen.«

»Er hat nicht geglaubt, dass Sie es ernst meinen. Er dachte, sie kommen wieder angekrochen. Dass Sie wirklich nicht mehr wollen, damit rechnete er nicht. Und darauf wird er mit immer größerer Wut und Rache reagieren.«

»Wie meinen Sie das?«

»Er wird versuchen, Ihnen das Leben zur Hölle zu machen,

und dazu gibt es bei Trennungen viele Wege, zumal wenn Kinder dabei sind.«

»Aber wir wollen doch alles friedlich regeln, die Finanzen, das Haus.«

»Ich würde mich freuen, wenn es so wäre. Aber passen Sie auf. Er braucht die Macht, um gut leben zu können. Vergessen Sie das nicht.«

Als ich auflege, bin ich noch ganz entspannt. Ich ahne nicht, dass er längst ein perfides Spiel mit mir treibt …

***

Wenige Tage später steht Jürgen unangemeldet in der Küche. Er müsse dringend etwas mit mir besprechen.

»Sieh mal hier, das habe ich für uns ausgearbeitet!«

Er legt mir einen mehrseitigen Vertrag auf den Küchentresen, den ich sofort unterschreiben solle.

»Es geht um das Haus. Es muss ja irgendwie geklärt werden«, erklärt er weiter. »Ein Anwalt hat das zu unser beider Sicherheit zusammengestellt und fixiert.«

Jürgen hält mir seinen Kugelschreiber hin, zeigt mit der anderen Hand auf die freie Stelle auf der letzten Seite und meint: »Hier, unterschreib das schnell, dann haben wir alles geregelt.«

Ich sehe ihn fragend an und lege das Messer, mit dem ich gerade Gemüse schneide, zur Seite: »Wie? Jetzt? Ich koche!«

Er kann doch nicht wirklich glauben, dass ich zwischen Tomaten und Chicorée einfach meinen Namen unter so ein wichtiges Papier setze und ihn damit ziehen lasse. Er hält mich wirklich für doof.

»Ich möchte das in Ruhe lesen!«, sage ich und versuche meine Stimme fest klingen zu lassen. Ja, ich habe Angst vor Jürgen, weil noch nichts wirklich geklärt ist. Und ja, ich habe auch Angst vor einer Auseinandersetzung, die erfahrungsgemäß handgreiflich enden kann. Aber ich bin nicht bereit, hier meinen eigenen Untergang zu besiegeln. Schon wegen meiner Kinder möchte ich das Beste für uns herausholen.

»Was willst du denn lange lesen? Ich möchte, dass wir endlich klare Verhältnisse schaffen und nicht noch ewig aneinander gebunden sind und ständig über alles reden müssen.«

Jürgen zieht mich jetzt am Arm.

»Komm, wir setzen uns rüber aufs Sofa. Dann kannst du kurz lesen, unterschreiben, und dann haben wir es geschafft!«

Er strahlt mich vertrauensvoll an. »Es ist alles zu deinem Besten. Du willst doch auch, dass wir endlich klare Verhältnisse haben. Wenn du unterschreibst, ist alles geregelt. Im Vertrag steht, dass du hierbleiben kannst. Das möchtest du doch. Du zahlst nur eine kleine Miete und bist frei. Also los, lass uns jetzt nicht wieder endlos lange herummachen.«

Er spinnt! Zwar würde ich jetzt zu gerne einfach meinen Namen auf das Papier setzen und Ruhe haben. Aber ich traue ihm nicht. Ich weiß, dass er mir nichts Gutes will. Er hat mich jahrelang manipuliert, und das möchte er jetzt auch. Er will mich über den Tisch ziehen, das ist klar, und deshalb spiele ich nicht mit.

Mit einem Ruck nehme ich ihm den Vertrag aus der Hand und lege ihn auf eine kleine Anrichte.

»Ich werde das prüfen, und jetzt ist es besser, wenn du gehst, wir wollen uns doch nicht streiten«, sage ich mit gespielter Gelassenheit und hoffe, dass Jürgen mir nicht ansieht, wie nervös ich bin.

Aber er nimmt mir meine Entschlossenheit sofort ab.

»Das wird dir noch leidtun«, zischt er mit seinem gewohnt kalten Blick. Während er bis eben noch versuchte, freundlich zu lächeln, hat sich seine Miene nach meiner »Abfuhr« bedrohlich verfinstert. Jetzt ist er wieder so, wie ich ihn kenne: dominant, rücksichtslos, fordernd. Und er legt gleich nach.

»Noch mal mache ich dir nicht so ein Angebot. Du hast zwei Tage Zeit. Dann unterschreibe ich nicht mehr. Hast du das kapiert?!«

Und zeitgleich mit dem letzten Wort dreht er sich herum und stapft wütend zum Ausgang. Ich höre, wie die Tür ins Schloss knallt.

Jürgen ändert sich nicht. Er will Macht, und die konnte er jetzt wieder mal eindrucksvoll demonstrieren, sogar mit einem großen Auftritt. Der geht auch draußen noch weiter. Der Wagen röhrt beim Anlassen auf, und dann düst er mit quietschenden Reifen los.

Ich schüttle innerlich den Kopf. Warum habe ich diesen Mann eigentlich so viele Jahre lang so ernst genommen? Er ist nichts weiter als ein großes Kind, schnell beleidigt, vor allen Dingen, wenn man ihm nicht auf den Leim geht. Ich hätte ihm viel früher die kalte Schulter zeigen müssen. Ich erinnere mich daran, was Frau Dr. Wagner einmal gesagt hat: »Der Narzisst verliert seine Macht, wenn man hinter seinem selbstverliebten Auftreten die schwache, unsichere Seite sieht.« Damit hätte ich ihn enttarnt. Vielleicht wäre unser Miteinander dann glücklicher gewesen.

***

Der Inhalt des Vertrages ist erwartungsgemäß eine Katastrophe. Zusammengefasst: Ich überschreibe ihm das Haus und kann fünf Jahre darin wohnen bleiben. Allerdings, und das ist richtig krank, darf kein anderer Mann mit mir hier wohnen. Er behandelt mich wie eine Angestellte und hält mich damit in Abhängigkeit. Als Ausgleich für seine Großzügigkeit soll ich auf meinen Hausanteil und sogar auf etwaige Rentenansprüche verzichten, die er im Rahmen des Versorgungsausgleichs an mich abtreten müsste!

Er muss mich für komplett bekloppt halten. Niemals unterschreibe ich das, und damit er weiß, wie ernst es mir ist, schicke ich ihm noch am selben Abend eine Mail mit meiner Meinung dazu, damit er es schwarz auf weiß hat.

Als ich auf Senden drücke, fühle ich mich gut, mehr noch, richtig stark. Ich habe mich ihm wiedersetzt. Das ist ein Fortschritt, auf den ich stolz bin. Ein bisschen glaube ich, ich hätte zumindest einen Teilerfolg erzielt. Doch ich freue mich zu früh.

Wenige Tage später geht plötzlich mein Telefon nicht mehr. Als ich Jürgen erreiche, sagt er mir süffisant, dass er den Vertrag gekündigt habe. Bislang sei der Anschluss auf seinen Namen angemeldet gewesen, aber ich ach so unabhängige Frau wolle doch bestimmt einen eigenen.

»Sei nicht so zynisch«, ermahne ich ihn. Nehme aber dankbar sein Angebot an, mir bei der Inbetriebnahme des neuen Anschlusses zu helfen. Dabei sollte ich mich wundern, dass er so hilfsbereit ist. Aber etwas in mir steckt noch im alten Ehemodus: Jürgen sagt etwas – und ich springe. Also kommt er, installiert den neuen Router, und ich lasse ihn agieren, ohne jedes Misstrauen. Im Gegenteil. Ich sage noch artig danke und bin gerührt, dass er in seiner Freizeit zu mir kommt und mir hilft.

»Er tut es für die Kinder«, erzähle ich meiner Mutter und ahne nicht, dass etwas ganz anderes dahintersteckt.

Aber ich bin viel zu sehr mit mir selbst beschäftigt, um Jürgen ständig im Auge zu behalten. Denn ich habe eine Mammutaufgabe zu bewältigen: Ich muss mich stabilisieren, innerlich und äußerlich. Es geht mir nicht gut. Es war naiv, aber ich habe wirklich gedacht, dass mit der Trennung alles gut sei. Das war ein Irrtum. Die Jahre mit Jürgen haben meine Psyche langanhaltend und tief verletzt. Das muss langsam ausheilen. Aber dazu fehlt mir die Ruhe.

Es muss viel Alltagskram geregelt werden. Die Kinder sind beide in psychologischer Behandlung. Es gibt Probleme mit der

Steuer, die Hausnebenkosten müssen zwischen uns abgerechnet werden. Aber egal, was ich mir vornehme, ich kann nichts erledigen, weil Jürgen alles blockiert. Er arbeitet nie mit mir zusammen, sondern immer gegen mich. Er will mich mit seiner Verweigerungshaltung bestrafen. Es geht immer um seine verdammte Macht, und daran merke ich Tag für Tag, was ich noch alles bewältigen muss. Die von Jürgen ausgehende latent drohende Gewalt liegt wie ein schwerer Felsbrocken auf meiner Seele.

Damit ist genau eingetreten, was Frau Dr. Wagner mir prophezeit hat. Ich bin wie früher in einem permanenten Alarmzustand. Ich habe Angst vor der Zukunft, Angst vor Auseinandersetzungen, Angst vor dem Leben. Ich komme so nicht weiter und sehne mich nach Hilfe.

»Du brauchst Zeit«, sagt mir meine Mutter, und ich denke, sie hat recht. Ich fange in ganz kleinen Schritten an, versuche zumindest schon mal körperlich fit zu werden. Ich liebe Sport und jogge regelmäßig. Zudem mache ich Yoga- und Gymnastikkurse. Meine Mutter passt in der Zeit auf die Kinder auf. Die Bewegung, die frische Lift, die Auszeit tun mir gut. Aber ich weiß, dass es noch Monate dauern wird, bis es verlässlich bergauf geht.

Die Kinder sollen endlich eine stabile Mutter haben und dadurch Sicherheit finden. Ich werde es schaffen!

***

»Leider haben sich die Vermieter für jemand anderes entschieden!«

Ich kann den Satz nicht mehr lesen. Ich weiß nicht mehr, wie viele Mails ich mit dieser Aussage in letzter Zeit bekomme habe, und klappe wütend den Laptop zu.

Sechs Besichtigungen in zwei Wochen, das ist gleichbedeutend mit sechs Enttäuschungen. Ich finde partout keine passende Wohnung für uns drei. Mal ist sie zu teuer, mal zu weit weg, mal zu alt, und wenn alles passt wie dieses Mal, ja, dann will man uns nicht. Verdammt! Das ist alles ein Riesenmist.

Ich kann die Aussage »Es ist mein Haus« nicht mehr hören und möchte endlich mein eigenes Zuhause. Mit unserem gemeinsamen Haus ist nach wie vor nichts geklärt, und das belastet mich. Ich mag nicht mehr in der Warteschleife leben und möchte wegziehen. Denn mit Jürgen geht nichts voran. Ich stecke nach wie vor knietief in diesem Loslösungs-Sumpf und bekomme keinen Fuß auf das trockene Ufer. Langsam schwinden meine Kräfte vom dauernden Strampeln. Ich brauche eine Kampfpause – und ich brauche etwas Zuwendung.

»Du musst dich wieder verlieben«, hat mir Tina erst kürzlich wieder am Telefon gesagt. Ein gutgemeinter Rat, aber Liebe kann man nicht auf Knopfdruck bestellen. Mit Dirk ist es bei ein paar Wochen Flirterei geblieben. Es passte nicht mit uns. Wie viele Männer nach gescheiterten Beziehungen hatte auch Dirk die Nase voll von Beziehungsstress und wollte erst einmal Single bleiben. Aber ich fühle mich frei genug für eine neue Liebe und würde gern eine Beziehung wagen. Aber ich kann keinen Partner aus dem Hut zaubern.

Seit Wochen sehe ich mich auf Tinas Rat hin schon im Netz um und habe auch Kontakte. Aber keiner der Männer gefällt mir wirklich. Ich gehe aus, lasse mich umschwärmen, das war's. Weiter bringt mich das nicht. Ich wünsche mir einen Partner, der verlässlich an meiner Seite steht. Jemand, der nicht nur die schönen Stunden mit mir verbringen will, sondern auch bereit ist, als mein bester Freund alles mit mir zu teilen und auch durchzustehen Aber wo soll ich so einen selbstlosen Mann finden, der sich blind vor Liebe freiwillig mit mir und diesem ganzen Theater befasst? Was ihn erwartet, ist ja niederschmetternd.

Ich bin selbst noch angeschlagen, habe zwei angegriffene Kinder und einen Psychopathen im Rücken, der uns verfolgt.

Ein Mann muss schon ziemlich leidensfähig sein, um das alles mitzumachen. Wer bei mir hinter die Kulisse sieht, muss eigentlich sofort Reißaus nehmen. Meine Vernunft sagt mir, dass die Partnersuche im Moment aussichtslos ist und ich es lassen sollte. Aber mein Herz rebelliert dagegen. Also muss ich weitersuchen. Was habe ich zu verlieren? Nichts!

Ich klappe den PC wieder auf, ärgere mich nicht mehr über die Wohnungsabsage und logge mich stattdessen bei der Online-Partnerbörse ein. Den Laptop auf den Knien, das Glas Wein auf dem Tisch, mache ich es mir auf dem Sofa bequem und scrolle mich durch die Angebote.

***

»Ich suche eine Partnerin mit Humor, Unternehmungslust und Freude am Familienleben. Sie sollte sportlich sein, die Ostsee lieben und lange Fahrradtouren mögen.«

Was ist das? Ich bin auf einer Party bei Bekannten und höre Sätze, die ich zu gut von meiner Partnersuche kenne.

Huch, der meint mich!, schießt es mir sofort durch den Kopf. Und aus einer Laune heraus sage ich: »Hallo, hier! Ich bin genau die Frau, die du suchst.« Einen Moment später bin ich erschrocken über mein Selbstbewusstsein und denke, dass vielleicht meine Frühlingsgefühle mit mir durchgehen.

Der Mann, der sich so angeregt an einem Partytisch mit einem Bekannten unterhalten hat, sieht mich jetzt überrascht an.

»Ich habe gelauscht!«, kichere ich. »Luise, ich heiße Luise! Und du?«

»Paul!«

Paul ist groß, hat graumelierte glatte Haare, grüne Augen und das wärmste Lächeln, an das ich mich erinnern kann.

Sein Gesprächspartner versteht sofort, was sich hier anbahnt, und verspürt plötzlich einen Riesenappetit. Er muss dringend ans Büffet. Wir können also ungestört reden.

Paul ist Automobilkaufmann, lebt in Stuttgart und ist schon länger geschieden. In Frankfurt besucht er einen Freund. Ich bin überrascht, dass er das Dorf kennt, in dem ich lebe. Das Geheimnis lüftet sich schnell: Er hatte mal eine kurze Affäre hier in meinem Nest und kennt sich deshalb aus.

Zwischen Paul und mir sprühen an diesem Abend die Funken. Wir unterhalten uns angeregt, und er versteht es, mich mit seiner witzigen Art immer wieder zum Lachen zu bringen. Es macht richtig Spaß mit ihm, und ich fühle mich in seiner Nähe superwohl. Der Altersunterschied von knapp zehn Jahren spielt überhaupt keine Rolle. Im Gegenteil, ich habe das Gefühl, bei ihm gut aufgehoben zu sein, denn er scheint die starke Schulter zum Anlehnen zu haben, die ich so sehr suche.

Später tauschen wir unsere Telefonnummern aus, und als wir uns gegen Mitternacht verabschieden, spüre ich das von mir längst vergessen geglaubte Kribbeln in der Magengegend. Er gefällt mir, und es surren winzige Schmetterlinge in meinem Bauch. Ein gutes Zeichen. Meine Seele hat mit Sicherheit Schaden genommen, aber mein Herz scheint noch zu funktionieren.

Und ich schone Paul nicht. Er erfährt alles, nicht nur über mein Seelenleben, sondern auch über meinen Alltag. Ich konfrontiere ihn schonungslos mit meiner Vergangenheit und lasse keine pikanten Details aus. Denn wenn ich einen Partner finde, soll er auch mein Leben teilen, und dazu gehören nun mal die Schwierigkeiten mit Jürgen.

»Er wird Sie nicht einfach gehen lassen«, hat mir die Psychologin gesagt, und es scheint sich zu bestätigen, dass sie recht behalten wird. Es tut mir gut, mit jemand Außenstehendem darüber zu sprechen, und Paul ist ein aufmerksamer Zuhörer. Ich weiß, dass es nicht sonderlich klug ist, einen Mann, den man gerade kennengelernt hat, mit seinen Sorgen zu überschütten. Es ist klüger, nur die schönen Seiten zu spiegeln und den Alltag erst einmal außen vor zu lassen. Das mag sein. Aber ich habe mich lange genug verstellt, angepasst, bin vorsichtig gewesen. Jetzt will ich nur noch so sein, wie ich wirklich bin. Sagen, was ich empfinde, und wer das nicht aushält, kann nicht mit mir zusammen sein, basta!

Paul will es. Er kündigt nach einigen Tagen voller stundenlanger wirklich ehrlicher Telefonate seinen Besuch in Frankfurt an. Ich habe ihn nicht abschrecken können und freue mich jetzt riesig, bin aufgeregt wie ein Teenager.

Als er vor der Tür steht, ist meine Begeisterung ungebrochen. Wir fallen uns regelrecht in die Arme und küssen uns so selbstverständlich, als wären wir seit Jahren ein Liebespaar.

Paul ist unkompliziert. Da ich ausgerechnet an diesem Tag eine Wohnungsbesichtigung habe, geht er sofort mit. Und er trottet nicht nur neben mir her, nein, er nimmt teil, sieht sich interessiert alles an, stellt Fragen und berät mich. Zum ersten Mal seit vielen Jahren kann ich etwas teilen, habe ich einen Gesprächspartner. Aber einen, der das Leben mit Leichtigkeit angeht, mit dem ich nicht über alles diskutieren muss. Bei uns beiden greift alles wie von selbst ineinander. Es tut so gut. Ich habe nicht gewusst, dass Beziehung so einfach geht.

Paul schläft an diesem Abend im Hotel. Obwohl ich mir alles mit ihm vorstellen kann. Aber ich habe zwei Kinder und will ihnen erst dann einen neuen Partner präsentieren, wenn ich weiß, dass es der richtige ist. Er sieht es genauso. Auch hier sind wir einer Meinung.

Das Wochenende darauf treffe ich Paul in Hannover. Er hatte dort beruflich zu tun und das Hotelzimmer für uns verlängert. Das Wochenende mit ihm wird zur Wende, denn wir verlieben uns so sehr ineinander, dass wir uns als Paar verstehen.

»Ich habe das Gefühl, endlich in meinem Hafen angekommen zu sein, Luise«, haucht mir Paul zum Abschied ins Ohr, und ich fühle mich nicht eingeengt, sondern auf herrliche Art gehalten. Es ist ein wunderschönes Gefühl. Es sind die Arme, in die ich gehöre. Ich habe jetzt einen richtigen Mann.

Von nun an kommt Paul jedes Wochenende, und ich stelle ihn schon bald auch den Kindern vor.

Bei Mia ist das Eis sofort gebrochen, weil er als Geschenk für sie einen leuchtend roten Kaufmannsladen in der Hand hält. Volltreffer! Denn viele Wochen hat Mia von genau diesem Spielzeug geschwärmt. Paul stellt ihr aber nicht nur das Holzungetüm hin und streichelt ihr beiläufig über den Kopf. Nein, er setzt sich zu ihr ins Zimmer und beginnt lebhafte Verkaufsverhandlungen, erkundigt sich nach Zuckerpreisen und macht Vorschläge, wie man die kleinen Spielzeugkartoffeln am besten präsentieren kann. Mia ist selig. Solche intensiven Momente hat es mit ihrem Vater nie gegeben. Schon am nächsten Morgen bekniet sie mich beim Frühstück, dass Paul bitte, bitte bei uns einziehen solle.

Finn ist nicht so leicht zu überzeugen. Er hat so sehr unter seinem Vater gelitten, dass er nur noch verhalten auf Menschen, speziell Männer, zugeht. Er hört zu, beobachtet, öffnet sich aber nur langsam.

Bei Paul sind es dann die Männergespräche, die ihn langsam auftauen lassen. Paul klopft dazu an Finns Zimmertür, fragt höflich, ob er hereinkommen dürfe, und wenn es passt, stellt er interessierte Fragen: nach dem Hobby Fußball, nach den Freunden, nach dem Lieblingsfilm, aber auch nach den Wünschen, endlich ein Bundesligaspiel von Eintracht Frankfurt live im Stadion zu erleben, und den Träumen, einmal mit dem Motorrad durch die USA zu fahren. Finn öffnet die Tür zu seinem Herzen erst nur einen winzig kleinen Spalt, aber nach jedem Gespräch geht sie immer ein bisschen weiter auf, und ihm tut die Gewissheit, einen väterlichen Freund zu haben, sichtbar gut.

»Du kannst doch hier wohnen«, sagt er eines Abends, als

wir in der Küche eine leckere Lasagne vorbereiten. Paul tastet, für den Jungen unmerklich, nach meiner Hand und drückt sie schnell. Dann treffen sich unsere Blicke. Ich zwinkere ihm zu. Unser Lebenskonzept steht.

Kapitel 9

»Letzter Login um 14.30!«

Ich sehe auf die Uhr. Das war vor zwei Stunden. Aber ich war doch um diese Zeit beim Arbeiten. Komisch! Ich kann das nicht gewesen sein.

»Mama, bist du da?« Finn steht überraschend in der Tür und reißt mich aus meinen Gedanken. »Bei uns sind zwei Stunden ausgefallen.«

Ich stelle den PC aus. Bestimmt sehe ich wieder Gespenster. Wegen Jürgen geht ständig die Fantasie mit mir durch. Langsam wird das lästig. Wahrscheinlich hat sich das System einfach geirrt. Ja, das wird die Erklärung sein.

»Komm, junger Mann, dann lass uns mal sehen, was es Leckeres zu Essen gibt.« Ich knuffe ihm spielerisch in die Seite. »Ich glaube, heute ist ein Nudel-Festtag, lass mich mal machen.«

Den Rest des Tages habe ich neben Kochen noch jede Menge zu tun, erledige Einkäufe, besuche meine Mutter, und umso überraschter bin ich, als ich abends im Netz erneut lese, dass ich zuletzt vor einer halben Stunde online gewesen sein soll.

Etwas stimmt hier nicht. Irgendwer hat Zugriff auf meinen PC und meldet sich unter meinem Namen an. Aber eigentlich geht das nicht, denn derjenige braucht dazu meine kompletten Zugangsdaten, und die habe ich nirgends notiert. Die gibt es nur in meinem Kopf. Was passiert hier?

Den Rest des Abends grüble ich darüber nach.

Ich brauche ja die Zugangsdaten auch, um meine Mails abzufragen. Ich habe eine Freemail-Adresse, rufe aber meine Mails mit Outlook ab. Damit das klappt, hat mir Jürgen schon vor Jahren eine Weiterschaltung installiert. Was ist, wenn … Ich erschauere. Was ist, wenn er die Mails nicht nur zu mir weitergeleitet hat, sondern auch zu sich? Er hat doch auch den neuen Router installiert. Ob er es da gemacht hat? Oder bereits vor Jahren? Jürgen hat sich von Anfang an um meine technische Ausstattung gekümmert. Spitzelt er mich aus? Bin ich sein Stalking-Opfer? Oder steckt jemand anderes dahinter?

An diesem Abend laufe ich im Haus herum wie ein Tiger im Käfig. In meinem Kopf rattert die absolute Horrorvorstellung. Mein Mann hat jahrelang meinen PC ausspioniert und war deshalb über alles informiert, was ich geschrieben, gekauft, recherchiert habe. Man muss kein Experte sein, um zu wissen, dass das möglich ist. Für einen halbwegs gut informierten PC-Fan ist das vermutlich ein Kinderspiel.

Als Paul am Wochenende kommt, bestätigt er meinen Verdacht. »Hier ist tatsächlich immer wieder jemand in deinem System unterwegs. Sieh mal, jemand ist sogar jetzt eingeloggt. Luise, das geht nicht.«

»Aber derjenige müsste ja meine Login-Daten kennen«, gebe ich zu bedenken. »Die hat niemand.«

Paul sieht mich ernst an.

»Aber Liebling, die kann man mit einer Spionage-Software auslesen. Es muss dir nur jemand einen Trojaner installieren, und derjenige hat damit Zugriff auf deinen kompletten PC. Die Zugangswörter erkennt das System anhand der Tastenanschläge. Ich habe erst kürzlich dazu einen Film gesehen. Schon für Hobby-Nerds ist das eine leichte Übung, glaub mir!«

»Das heißt, ich habe einen gläsernen Rechner? Jemand liest mit?«

»Ja, das sieht so aus. Ich frage mich nur, wer daran Interesse hat. Du bist ja keine Geheimnisträgerin und hast auch keine wichtigen Industriedaten auf deinem PC.«

»Meinst du, Jürgen spioniert mir nach?«

»Wundern würde es mich nicht. Nach dem, was du mir erzählt hast, könnte das passen. Er will doch Kontrolle und Macht über dich.«

»Dann lass uns das Passwort ändern!«

Aufgebracht setze ich mich an meinen PC. Doch Paul zieht mich wieder vom Schreibtischstuhl hoch, nimmt mich in den Arm.

»Warte mal, Schatz, das ändert doch nichts. Er kennt es doch sowieso sofort wieder. Luise, dein Mann ist clever und hat auch clevere Fachleute in seinem Umfeld. Der kann hier alles installiert haben.«

»Das heißt, er hört vielleicht meine Gespräche mit? Jetzt sogar? Er bekommt mit, was wir hier erzählen?«

»Ich weiß das nicht, sage nur, dass es möglich ist. Jürgen verhält sich nicht normal. Er will dich nicht loslassen. Zuzutrauen wäre es ihm.«

Ich spüre jetzt mein wild pochendes Herz. Das ist alles zu viel. Meine Güte, gibt es nie Ruhe für mich?

»Paul, mir wird richtig übel. Das hört ja nie auf!«

»Wir werden das hinbekommen, meine Liebe. Ganz bestimmt. Aber jetzt bleibe bitte ruhig. In zwei Wochen bist du erst einmal hier raus. Bis dahin unternimmst du nichts mehr, versprochen?«

Ich nicke.

***

Dann erfahre ich, dass ich noch einmal mit den Kindern zur Kur fahren darf. Es geht wieder nach Amrum. Wiederum für vier Wochen. Ich freue mich darauf. Aber vor der Abreise überdeckt eine diffuse Angst meine Vorfreude.

»Ich habe Angst, Liebling. Mein Ex benimmt sich wie ein

Verrückter, und ich weiß nicht mehr, was als Nächstes noch kommen kann. Ich weiß gar nicht, mit wem ich da all die Jahre zusammengelebt habe. Offenbar habe ich Jürgen nie richtig durchschaut, nie bemerkt, zu was er fähig ist.«

Ich bin richtig geschockt. Es ist, als ob mir der Boden unter den Füßen weggezogen würde. Nun ist auch das letzte Fünkchen an Vertrauen weg. Ich verspüre nur noch Misstrauen und Ungewissheit.

»Ich verstehe dich. Du hast auch ausreichend Grund, dir Sorgen zu machen. Verdammt! Ich ärgere mich, dass ich jetzt zurück nach Stuttgart muss. Ich kann aber versuchen, Urlaub zu bekommen, und einen Kollegen bitten, einzuspringen. Was meinst du? Dann bleibe ich hier.«

Ich schüttle energisch den Kopf.

»Nein, bitte nicht. Wenn wir damit anfangen, geben wir ihm das, was er will: Macht über unser Leben. Nein, er wird es nur lassen, wenn ich die Kraft habe, ihm die rote Karte zu zeigen. Er muss wissen, dass ich aus seinem Spiel raus bin, er mich nicht mehr erreicht. Ich gebe seinem kranken Ego keine Nahrung mehr.«

»Und was willst du tun?«, fragt Paul nach. Er ist immer noch zu gutgläubig und kann sich Jürgens Aggressionen nicht wirklich vorstellen.

»Ich will diesem Mann zeigen, dass ich eine starke Frau bin, an der er sich erfolglos abarbeiten wird. Er bekommt mich nicht mehr klein. Das muss ich ihm zeigen. Jeden Tag, so lange, bis er begreift, dass er mich loslassen muss.«

»Wie lange soll das dauern?«

»Keine Ahnung!« Ich zucke mit den Schultern. »Meine Psychologin hat mich vorbereitet. Narzissten lassen niemanden so einfach gehen. Sie wollen den anderen zerstören. Aber ich habe doch keine Wahl. Ich muss das durchstehen, sonst geht es den Rest meines Lebens so.«

»So schlimm? Meinst du, es wird so schlimm?« Er sieht mich ungläubig an.

»Ich habe es dir gesagt. Die nächste Zeit wird für uns kein Zuckerschlecken.«

Paul atmet tief durch. »Na gut, aber du weißt ja, dass man zu zweit Probleme besser in den Griff bekommt!«

Er küsst mich jetzt, ganz zärtlich, und streichelt mir über die Wange. »Du bist nie allein, Kleines. Ich bin bei dir«, haucht er mir ins Ohr. »Egal, was noch kommt. Wir stehen das durch.«

Und dann spüre ich seine warmen Lippen auf meinen, und leise flüstert er: »Ich liebe dich von ganzem Herzen!«

Ich schmiege mich selig an ihn und bin in diesem Moment unendlich froh, dass wir beide uns gefunden haben. Mit ihm an der Seite schaffe ich alles, auch den Fluch dieses Wahnsinnigen zu brechen.

»Aber …« In dem Augenblick schießt mir etwas ganz Bedrohliches durch den Kopf. »Paul, psst«, flüstere ich jetzt und lege ihm meinen Zeigefinger auf die Lippen. Dann beuge ich mich ganz nah an sein Ohr. »Kannst du dir vorstellen, dass er jetzt, genau jetzt, hört, was wir sagen?«

Paul schüttelt den Kopf. »Wie kommst du denn jetzt darauf? Bitte, Liebes, bleib ruhig.«

Aber das geht jetzt nicht mehr. Mit einem Ruck drehe ich mich aus seiner Umarmung und laufe aufgelöst zu dem großen Bild, das über dem Sofa an der Wand hängt. »Hier könnte er zum Beispiel Wanzen installiert haben.«

Vorsichtig schiebe ich das Bild zur Seite.

»Das kenne ich aus Krimis. Da steckt man die Wanzen hinter den Bildrahmen. Aber hier ist nichts. Was ist mit den Lampen? Das habe ich auch mal gesehen. Liebling, die Biester können überall sein, und der Irre sitzt jetzt entspannt in seinem Büro, hört sich unsere Gespräche an und lacht sich ins Fäustchen.«

Ich laufe zu den Stehlampen und hebe die Lampenschirme hoch, dann sehe ich in die Steckdosen.

»Die Dinger sind klein, winzig. Man sieht sie nicht. Alles ist verwanzt. Liebling, nicht nur mein PC ist gläsern, ich, nein, wir sind es.« Ich spreche immer lauter, schreie jetzt schon aufgebracht, und meine Stimme klingt hysterisch.

»Schatz, ich halte das nicht aus, und wenn der Irre das jetzt gerade mitbekommt, habe ich ganz verloren. Dann merkt er, dass meine Stärke nur Fassade ist, und er hat wieder richtig Freude, mir zu schaden.«

Erschöpft lasse ich mich in einen Stuhl fallen.

»Die Bewegungsmelder«, rufe ich laut und springe wieder auf. »Es sind die Bewegungsmelder. Darauf hat er doch größten Wert gelegt. Ich weiß jetzt auch, warum.«

Wild fuchtelnd baue ich mich jetzt vor einem Melder auf, spreche mit Jürgen. »Hier, du miese Ratte, hier, sieh zu, was ich mache. Du armes Würstchen. Du kriegst mich nicht klein. Jetzt nicht mehr, hörst du!«

Tränen laufen mir über das Gesicht, und meine Beine beginnen zu zittern. Paul ist jetzt bei mir, spricht beruhigend auf mich ein.

»Komm, Schatz, bleib ruhig. Du willst stark sein. Dann komm jetzt erst einmal zu Kräften. Ich fahre heute später.«

Paul bringt mich zum Sofa, schiebt meine Beine hoch und legt mir eine Decke über meinen zitternden Körper.

»Jetzt versuche ein bisschen zu schlafen. Ich stelle dir einen Film an, das wird dich ablenken.«

Ich atme schwer, komme aber langsam wieder zur Ruhe. »Paul, ich bin nur froh, dass ich bald hier rauskomme. Ich freue mich riesig auf die Nordsee!«

Und dann liege ich ganz eng an seinen warmen Körper gekuschelt unter der Decke und hoffe, dass ich nicht noch durchdrehe, bevor dieser Albtraum irgendwann ein Ende hat.

Vor lauter Erschöpfung muss ich irgendwann eingeschlafen sein, denn als ich wieder aufwache, ist es bereits dunkel. Ich habe nicht mitbekommen, dass Paul gegangen ist. Aus Rücksicht hat er mich offenbar nicht mehr aufwecken wollen, um Tschüss zu sagen. Auf meinem Bett liegt aber eine Botschaft von ihm. »Ich werde dich vermissen. Kuss … Paul!«

Der Arme, er wird die halbe Nacht auf der Autobahn verbringen.

Mitten in der Nacht klingelt mein Telefon. Die Nummer ist unterdrückt. Ich denke an Paul und gehe trotz der Uhrzeit dran.

Jürgen! Er will mich wegen einer Abrechnung sprechen, mitten in der Nacht. So ein Unsinn. Als ich ihn abwimmeln möchte, sagt er etwas ganz Merkwürdiges: »Merk dir eines: Ich weiß immer, was du machst, und ich weiß auch, mit wem du die Zeit verbringst.« Was soll das jetzt? Er wird mir immer unheimlicher, und ich lege sofort auf.

In der Nacht bekomme ich kein Auge zu. Ich habe Angst. Und so bleibt es auch in den kommenden Wochen. Ich quäle mich durch jeden Tag und jede Nacht und lebe wie in meiner Ehe in ständiger Angst.

Ich habe Angst, vor die Tür zu gehen, igle mich tagelang zu Hause ein und sehe hinter jedem Baum Jürgen stehen. Er hat immer noch einen Schlüssel. Das belastet mich. Nachts plagen mich wieder vermehrt Albträume. Ich habe Schweißausbrüche, sehe Jürgen vor mir stehen, und er beschimpft mich nicht nur übel, nein, er hält auch ein Messer in der Hand und bedroht mich damit.

Oft schrecke ich hoch, weil ich Geräusche im Garten höre. Schritte. Stimmen. Es schleicht jemand um das Haus. Jürgen? Einmal steht das Tor auf, als ich morgens aus dem Fenster schaue. Ich bin mir jedoch sicher, dass ich es abgeschlossen habe. Manchmal denke ich, ich leide schon unter Verfolgungswahn.

Und das bleibt nicht ohne Folgen. Ich kann kaum etwas essen, Magen und Darm rebellieren, und ich fühle mich müde, fahrig, unkonzentriert.

***

Am 8. Mai geht's endlich los. Ich fahre mit den Kindern zum zweiten Mal in die Kur. Wir haben es alle drei bitter nötig. Die Psychologen sprechen bei uns von posttraumatischen Belastungsstörungen als Folge der dauerhaft belastenden Lebenssituation. Wir haben alle drei zu oft Angst und Schutzlosigkeit empfunden, uns zu oft hilflos und ausgeliefert gefühlt. Die Psyche reagiert darauf, natürlich auch bei Kindern.

Mia ist immer noch sehr still, spricht kaum und zieht sich von allen zurück. Sie scheint in ihrer eigenen Welt zu leben. Ich vermisse bei ihr das Fröhliche, Unbeschwerte eines Mädchens in ihrem Alter.

Finn ist mittlerweile das genaue Gegenteil. Er hat sich in der letzten Zeit sehr verändert. Gibt sich nun zu laut, zu selbstbewusst, und damit erinnert er mich an seinen Vater. Auch was den respektlosen Umgang mit mir anbelangt.

Kürzlich kam er aus der Schule. Ich hatte den Tisch gedeckt, Nudeln gekocht, und er nahm den Deckel vom Topf und meinte: »Muss ich das Zeug essen?!« Offenbar meint Finn, sich jetzt ähnlich benehmen zu können wie sein Vater, der immer gern sagte: »Den Fraß kannst du allein essen.«

Sein Klassenlehrer hat ähnliche Erfahrungen mit ihm gemacht. Der Junge sei respektlos und – hier werde ich hellhörig – lasse jede Empathie gegenüber seinen Mitschülern vermissen.

Er braucht ganz offensichtlich Hilfe.

Wir alle brauchen Hilfe, und ich bin froh, dass wir sie jetzt auch bekommen werden. Ich habe anfangs gedacht, ich kann die schlimmen Jahre mit Jürgen allein verarbeiten. Ich wollte viel mit meinen Kindern reden, versuchen, ihnen auf altersgerechte Weise unser krankes Familienleben zu erklären, und sie so langsam aus der verkorksten Situation herausführen. Aber ich schaffe es nicht. Zum einen, weil die Folgen für die Kinder zu vielschichtig sind und mir das psychologische Werkzeug fehlt, zum anderen, weil ich selbst nicht genug Kraft habe.

Die Wochen in der Kur sind auch dieses Mal wieder wie Medizin für uns. Es ist diese Mischung aus gemeinsamer Freizeitgestaltung in herrlicher Natur mit Spaziergängen am Meer und Fahrradtouren und dazu den Therapien mit Gesprächsgruppen und Einzeltherapien. Wir sprechen über das, was wir uns erarbeiten wollen, und wachsen miteinander. Es tut unseren Seelen richtig gut.

Mit Paul habe ich in der Zeit viel Kontakt. Wir schreiben uns ständig, und abends telefonieren wir regelmäßig. Wir machen immer eine feste Zeit aus, und dann erzählen wir uns, was wir tagsüber erlebt haben. Wir lassen einander am Leben des anderen teilnehmen. Das brauchen wir beide, denn wir können schlecht ohneeinander sein. Deshalb kommt Paul auch nach den vier Wochen zu uns. Er holt mich und die Kinder von der Kur ab, und wir verbringen noch eine gemeinsame Woche am Meer.

Unser Miteinander als Patchworkfamilie ist herrlich. Wer uns zu viert am Deich entlangradeln sieht, ahnt nicht, dass wir erst ganz frisch zusammengewürfelt sind, so harmonisch gehen wir miteinander um.

Wir machen Ausflüge zusammen, bauen Sandburgen, spielen mit Muscheln, lassen Drachen steigen und sitzen abends vor dem angemieteten Holzhäuschen und spielen im Schein einer alten Funzel Brettspiele. Die Kinder blühen auf. Finn ist auf einem richtig guten Weg, ausgeglichener, und auch Mia beginnt sich zu öffnen und mit anderen zu sprechen. Ich bin fest davon überzeugt, dass Paul einen großen Anteil an dieser Entwicklung hat. Er ist ganz anders als ihr Vater. Es gibt bei ihm keine

Vorhaltungen, keine Ermahnungen, kein Herumgemeckere. Er zeigt den Kindern zwar auch Grenzen auf, bleibt dabei aber stets freundlich und zugewandt. Den Kindern tut das gut. Weil jemand da ist, der sich ehrlich für sie interessiert, der Anteil nimmt, ihnen zuhört und ihnen eine Leitplanke sein möchte, der handelt wie jemand, der Verantwortung für sie übernimmt. Das kennen meine beiden Kleinen nicht. Sie hatten einen Vater im Haus, dem es nie gelang, sich in seine Kinder einzufühlen. So blieben sie ihm immer fremd.

Bei Paul ist das anders. Er möchte sich gerne an uns binden. Wir sprechen viel über Finn und Mia und überlegen immer gemeinsam Lösungswege. Ich genieße es sehr, mich so intensiv austauschen zu können. Mit Jürgen ist es mir in all den Jahren nicht gelungen. Er hat so gut wie nie zugehört, wenn es um die Kinder ging. Es hat ihn einfach nicht interessiert.

Als die wunderbare Woche zu Ende geht, spüren wir beide, was jetzt einfach kommen muss.

»Du, ich habe vorhin eine Mail bekommen. In Frankfurt suchen sie einen Automobilkaufmann. Was meinst du?«

Paul sitzt mit mir im Sand, die Kinder spielen mit Muscheln, die Möwen drehen über unseren Köpfen ihre Runden.

Ich muss nicht überlegen.

»Oh Paul, das ist doch wunderbar. Es wird toll mit uns, ganz sicher.«

»Ich sehe mich nächste Woche nach einer Wohnung um, in Ordnung?«

Ich weiß genau, warum mich Paul das fragt.

Ich nehme seine Hand, streichle sie sanft.

»Was hältst du davon, wenn du bei uns lebst?«

»Und was sagen die Kinder dazu?«

»Frag sie doch mal …«

»Soll ich das wirklich?«

Ich nicke.

Paul winkt sie herüber.

»Ich möchte gern bei euch leben. Könnt ihr euch das vorstellen?«

Was ich dann sehe, hätte ich mir nie so vorstellen können.

»Ja, bitte, das ist großartig«, ruft Finn und hüpft fröhlich durch den Sand, während sich Mia ganz still an Paul schmiegt.

»Tja, Paul, dann ist das Thema Wohnungssuche ja erledigt!«, lache ich.

»Sieht so aus, und ich denke, wir sollten das feiern. Ich lade euch zu einer Pizza ein.«

Und während die beiden Kinder in Windeseile ihre Taschen packen, sitzen wir beide noch einen Moment im Sand, sehen ihnen zu, und ich lehne meinen Kopf an Pauls starke Schulter. Ich bin glücklich.

***

»Papa ist sinksauer«, verrät Mia. »Ich habe ihm von meinem tollen Kaufmannsladen erzählt, mit dem ich immer so gern spiele. Er wollte wissen, wer ihn mir geschenkt hat. Dann habe ich ihm gesagt: ›Der ist von Paul.‹«

»Richtig wütend hat er ausgesehen«, meint jetzt Finn. »Und dann wollte er alles haarklein wissen. Wie und wo ihr euch kennengelernt habt, was für einen Beruf Paul hat, wo er wohnt …«

»Warum interessiert er sich plötzlich so für mich und mein Leben? Wir sind getrennt. Euer Vater hat doch auch eine Freundin, diese Larissa. Aber wie immer gelten für uns ja nicht die gleichen Regeln. Was er darf, darf ich noch lange nicht. Aber das ist mir egal. Mir ist wichtig, dass ihr euch mit Paul vertragt und glücklich seid. Und es sieht in meinen Augen ganz danach aus.«

»Paul ist super«, sagt Finn.

»Ich finde den total lieb. Er hat mir genauso einen Kaufladen geschenkt, wie ich ihn mir schon immer gewünscht habe. Rot, mit ganz vielen Regalen.«

»Und wenn er dir den nicht geschenkt hätte? Hättest du ihn dann auch gemocht?«

»Klar«, meint Mia und strahlt jetzt über das ganze Gesicht. »Paul ist total nett. Der macht immer so viel Spaß mit uns. Bei Papa war das nie so. Er war ja auch nie da.«

»Vor allem bringt er auch dich wieder zum Lachen!«, ergänzt Finn.

Sie fühlen genau, was passiert ist: Für Jürgen sind die Kinder Mittel zum Zweck. Er holt sich von ihnen Zuwendung, wenn er sie braucht. Wenn nicht, interessiert er sich nicht für sie. Sie sind nur dazu da, ihn glücklich zu machen. Er missbraucht sie für sein Wohlbefinden, genau wie mich. Was sie brauchen, ist ihm nicht wichtig. Und wehe, sie verhalten sich nicht so, wie es ihm gefällt. Dann bekommen sie seine ganze Wut zu spüren. Mittlerweile benutzt er sie auch, um mir wehzutun, versucht ständig, sie gegen mich auszuspielen.

Paul ist da ganz anders. Er erarbeitet sich ihre Zuwendung, indem er auf sie eingeht. Er interessiert sich für sie, hört ihnen zu, hilft ihnen, ihre Ideen umzusetzen. Paul fördert. Jürgen fordert. Und jetzt sieht er, dass jemand anderes die Liebe bekommt, die in seinen Augen nur ihm zusteht. Aber er sucht wie immer die Schuld nicht bei sich, sondern schiebt sie anderen zu und reagiert mit Verärgerung. Typisch!

»Er wird sich schon wieder beruhigen.« Ich will die Kinder von diesem Thema ablenken.

»So, nun lasst uns noch etwas spielen. Ich bin für Mau-Mau!«

Damit bringe ich sie auf andere Gedanken, und sie vergessen, dass sich ein Konflikt anbahnt. Ich versuche ebenfalls, nicht mehr daran zu denken. Warum auch? Ich habe mir nichts vorzuwerfen. Ich lebe getrennt von meinem Mann und kann machen, was ich will.

Aber Jürgen sieht das natürlich ganz anders. Und er steht schon am nächsten Tag unangemeldet vor der Tür.

»Wir müssen sprechen, jetzt, sofort!« Keine Begrüßung. Kein Smalltalk. Er will nur schnell Dampf ablassen.

»Ich wüsste nicht, was wir miteinander zu bereden hätten«, entgegne ich barsch und versuche, mir dabei meine Angst vor ihm nicht anmerken zu lassen. Ich will nichts mehr mit ihm zu tun haben. Allein die Vorstellung, dass er mich ausspioniert haben könnte, ist Grund genug, ihn auf Abstand zu halten. Zum Glück habe ich vor Kurzem das Schloss austauschen lassen.

»Was bildest du dir bloß ein, du dumme Kuh«, poltert er los, und als er merkt, dass ich die Tür schließen will, stellt er seinen Fuß in den Rahmen.

»Was soll das?« zische ich. »Du kommst nicht rein. Nimm sofort den Fuß aus der Tür.«

»Es ist mein Haus, kapierst du das?! Und ich sage dir, wer sich hier aufhalten darf.«

Ich will das klären und gehe hinaus auf die Treppenstufen.

Jürgen baut sich jetzt in bekannter Weise drohend vor mir auf. Sein Blick ist kalt und angriffslustig. In meinem Kopf legt sich bei dem Anblick ein Schalter um. Bilder von früher tauchen auf. Ich sehe Jürgens von Aggressionen verzerrtes Gesicht und höre wieder seine Beschimpfungen. Sie dröhnen mir in den Ohren.

Obwohl ich versuche, mich zu beherrschen, zittere ich. Ich komme nicht dagegen an. Die Vergangenheit, sie holt mich wieder ein. Verdammt, ich will doch endlich frei sein.

»Halte dich aus meinem Leben raus, ich kann endlich leben, wie ich will und auch mit wem ich will«, presse ich heraus. »Und übrigens ist es auch mein Haus.«

Ich versuche, ihm fest in die Augen zu sehen und mir keine Angst anmerken zu lassen. Aber Jürgen gibt nicht nach. Im Gegenteil. Mit der rechten Hand greift er jetzt nach meiner Schulter und drückt mich mit dem Unterarm gegen die Hauswand.

Mit leiser, aber dennoch angsteinflößender Stimme zischt er: »Du wirst mich noch kennenlernen, und das wird nicht lustig. Warte mal ab!«

»Willst du mir drohen?«, japse ich und fühle, wie er mir mit seinem kräftigen Arm die Luft nimmt.

Und da ist sie wieder, die Todesangst. Ich sehe seinen starren Blick und weiß, dass er zu allem fähig ist. Ich traue ihm in solchen Momenten auch zu, dass er mich umbringt. Er hat sich nicht mehr unter Kontrolle. Ich habe das oft genug erlebt. Wenn ich ihn jetzt provoziere, riskiere ich viel, vielleicht mein Leben.

Wie weggeknipst bleibe ich an der Wand stehen, und plötzlich wird er ganz ruhig, lockert den Griff und sieht mich mit eiskalt blitzenden Augen an: »Du wirst alles verlieren, was du liebst!«

Worte, die mich zutiefst erschrecken. Ich zucke zusammen und habe riesengroße Furcht. In meiner Not fange ich an, bitterlich zu weinen. Jürgen hat sein Ziel erreicht. Er hat gewonnen. Mit genervtem Gesichtsausdruck lässt er mich jetzt los, schubst mich zum Abschied noch abfällig gegen die Wand. Der Kampf ist für ihn vorbei.

Für heute.

Es ist das Muster in all unseren Streitigkeiten gewesen. Irgendwann kann ich den Gemeinheiten nicht mehr standhalten, weine, und dann spürt er die Macht, das Gefühl des Triumphes, des Sieges und verliert das Interesse an mir. Dann hört er auf. Er hat gewonnen und ist zufrieden.

Aber ich wollte doch nicht mehr die Alte sein! Ich wollte die neue Luise sein, die starke, selbstbewusste, kämpfende.

Es hat nicht geklappt.

Enttäuscht wische ich mir die Tränen weg und gehe zurück ins Haus, schlage die Tür ins Schloss. Jürgen ist draußen, und ich bin drinnen, in Sicherheit. Hektisch schiebe ich den Riegel vor. Es ist vorbei. Hektisch laufe ich zur Terrassentür. Sie ist geschlossen. Jetzt renne ich zurück zur Küche und sehe, wie er in sein Auto steigt. Er ist weg.

Doch mein Plan ist missglückt. Jürgen hat wieder gewonnen. Ich bin ihm nicht gewachsen und verfalle erneut in mein altes Schema. Ich fühle mich klein, benutzt, ausgeliefert und schwach.

Als Finn wenig später aus der Schule kommt, liege ich dösend auf dem Sofa. Ich habe mir einen Tee gekocht, nippe an dem Glas und starre an die Wand. Ich kann nicht mehr.

»Was ist los, Mama?«, will Finn wissen. Aber ich mag ihm jetzt nicht die Wahrheit sagen. Er hat schon genug mitgemacht. Er muss nicht weiter unter den Attacken seines Vaters leiden, schon gar nicht, wenn sie gegen mich gerichtet sind.

»Ach, mein Sonnenschein. Es ist nichts. Ich habe mich erkältet und fühle mich schlapp. In der Küche steht noch Nudelauflauf. Bitte mach ihn dir warm. Ich brauche noch etwas Zeit, um wieder fit zu werden.«

»Du zitterst ja, Mama«, meint Finn da besorgt. »Ist es nur die Erkältung?«

»Ja, ich denke schon«, lüge ich. »Mir ist zwar auch etwas übel. Vermutlich habe ich gestern etwas Schlechtes gegessen. Aber mach dir keine Sorgen. Ich bleibe noch ein bisschen liegen, dann bin ich nachher wieder okay.«

In Wirklichkeit bin ich tieftraurig. Nach Jürgens Auszug fühlte ich mich so großartig, befreit und bärenstark. Ich dachte, jetzt hätte ich alles geschafft. Aber dem ist nicht so. Ich habe den Stress und die Anspannung der Trennung unterschätzt. »Einen Narzissten wird man so schnell nicht los«, hat Frau Dr. Wagner gesagt. Ja, ich hätte das ernst nehmen müssen. Aber geändert hätte es nichts.

***

»Ich möchte Anzeige erstatten!«, sage ich zu dem Polizisten vor mir.

Verkrampft sitze ich in einem Büro der Abteilung Internet-Kriminalität und bin fest entschlossen, die Bespitzelung durch Jürgen nicht mehr weiter hinzunehmen. Ich will Klarheit – und auch Gerechtigkeit. In den Kurwochen hatte ich ausreichend Zeit, mir Gedanken zu machen und die Zusammenhänge zu analysieren. Es ist eindeutig: Jürgen steckt dahinter.

Ich habe mich an einige Situationen erinnert, in denen er mir informationsmäßig voraus war. Zum Beispiel hatte ich kurz nach Jürgens Auszug ein Date, und als er am Abend davor anrief, verplapperte er sich. »Ich weiß genau, dass du dich mit jemandem triffst«, ist ihm damals herausgerutscht. Ich habe das zuerst für einen Bluff gehalten. Aber mit dem Wissen von heute ergibt es natürlich Sinn.

Er wird mich die ganzen Jahre kontrolliert haben, hat vermutlich sogar alle meine Mails gelesen. Mir sind auch andere Situationen eingefallen, in denen ich mich gewundert habe, dass Jürgen bestimmte Dinge wusste. Einmal zitierte er Tina, und ich habe damals überlegt, woher er das wissen konnte. Ganz einfach: Er hat ihre Mails gelesen. Ich habe zahllose solcher Beispiele im Kopf und bin mir mittlerweile sicher, dass dieser hinterhältige Typ jahrelang meinen E-Mail-Verkehr kontrolliert hat.

Aber das kann ich nicht beweisen. Ich kann nur eine Anzeige gegen »unbekannt« erstatten und hoffen, dass die Fachleute der Polizei die Wahrheit ans Licht bringen.

Vier Wochen später schreibt mir die Staatsanwaltschaft. Das Verfahren sei eingestellt worden. Man hält mich vermutlich für ein durchgeknalltes Scheidungsopfer, das mit den internen Streitigkeiten nicht zurechtkommt. Doch ich lasse mich so schnell nicht abwimmeln und schalte einen Anwalt ein. Ich will Gerechtigkeit und weiß, dass ich Ausdauer und Geduld brauche.

***

Jürgen will sein Umgangsrecht gerichtlich festlegen lassen! Ich habe gerade den Briefkasten geöffnet und kann kaum glauben, was ich lese. Warum macht er das? Es gab bislang nie ein Problem. Jürgen hat die Kinder jedes zweite Wochenende geholt. Das war ein eingespielter Ablauf. Gut, er hat selten etwas mit ihnen allein gemacht, sondern ist immer zu seinen Eltern gefahren. Aber solange die Kinder zufrieden zurückkamen, war es für mich in Ordnung.

Warum zieht er uns jetzt vor Gericht?

Er weiß doch genau, was für eine Lawine er damit lostritt. Aber ich vermute, es ist die Rache für meine Strafanzeige wegen Ausspähens von Daten.

Das Ergebnis ist bitter: Jetzt regeln wir unser Familienleben nicht mehr selbst, jetzt machen es Behörden und Anwälte, Sozialarbeiter und Richter. Ich sehe in Gedanken eine wahre Prozessflut auf mich zukommen. Und ich sehe auch die Kosten. Ich lebe bescheiden. Mein Gehalt und der Unterhalt von Jürgen reichen für ein normales Leben. Aber hohe Anwaltskosten kann ich davon nicht bestreiten.

»Er will Macht, Luise«, meint meine Psychologin, die ich mal wieder völlig verheult in der Praxis anrufe. Wir sprechen so oft miteinander, dass unser Ton schon ganz vertraut geworden ist.

»Er quält sich doch damit selbst auch. Warum kann er nicht das Leben mit seiner neuen Frau genießen?«

»Ein Narzisst denkt anders. Das Gefühl, Sie kleinzubekommen, das gibt ihm die Kraft, sein neues Leben zu meistern. Er kann Sie nicht ziehen lassen. Dann wird er innerlich nicht mehr satt. Aber ich habe Ihnen das gesagt.«

»Und wie soll ich mich verhalten?«, will ich wissen.

»Stärke zeigen, das ist das Einzige, was hilft. Sie müssen ihm immer wieder beweisen, dass Sie sich nicht mehr unterkriegen lassen, dass Sie sich befreit haben aus seiner Umklammerung und er keine Macht mehr über Sie besitzt. Nur dann wird er Sie irgendwann loslassen. Sie brauchen Geduld und viel Kraft.«

Als ich auflege, bin ich verzweifelt. Ich heule Stunden, weil mich Jürgen und die verdammte Angst, mich vielleicht noch Jahre mit ihm auseinandersetzen zu müssen, nicht loslassen. Und weil ich so enttäuscht bin. Er hat nun auch den letzten Rest Vertrauen noch zerstört. Ich habe Jürgen irgendwie immer noch ein klitzekleines bisschen vertraut, ihm die Rolle als Vater nie streitig machen wollen. Ich dachte: Wir leben zwar nicht mehr zusammen, kümmern uns aber gemeinsam weiter um die Kinder.

Und dann schert er aus und lässt mir solche Briefe schicken. Vielleicht hat er noch einen viel übleren Plan. Er weiß, dass ich die Kinder über alles liebe. Vielleicht will er sie mir wegnehmen, das alleinige Sorgerecht beantragen. Aber nicht weil er die Kinder liebt, nein, weil er mir wehtun, mich am Boden haben will.

Und jetzt fällt mir wieder der Satz ein, den er mir so böse vor der Tür entgegengeschleudert hat: »Ich werde dir alles nehmen, was du liebst.«

Mir wird plötzlich ganz schlecht, und wie so oft in letzter Zeit muss ich mich in dieser Stresssituation übergeben. Ich habe das neuerdings immer häufiger und kann es mir nur damit erklären, dass mein Körper sich befreien will von all den Sorgen und Nöten, die ich wegen Jürgen in mich hineinfresse.

Meine Güte, ich bin offenbar wirklich einem Psychopathen ausgeliefert.

***

»Ich habe das Gefühl, mir am Leben den Magen verdorben zu haben.«

Es ist Weihnachten, und ich bin heilfroh, endlich ein paar Tage Ruhe zu haben. Ich fühle mich in letzter Zeit wie eine alte

Frau. Trotz der neuen Liebe mit Paul. Aber der Dauerkonflikt mit Jürgen holt mich immer wieder ein. Es geht mir immer zunehmend schlechter, und ich muss mich mittlerweile fast täglich übergeben. Es fühlt sich an, als ob ich damit allen Dreck herauswürgen möchte.

Ich kuschle mit Paul auf dem Sofa und genieße seine Nähe. Sie tut mir gut. Der Druck von außen ist nach Pauls Einzug jedoch noch schlimmer geworden. Es vergeht keine Woche, in der mich Jürgen nicht mit Briefen seiner Anwälte bombardieren lässt. Das Thema bestimmt mein Leben, sowohl inhaltlich als auch finanziell. Ich zahle ein kleines Vermögen an Anwaltskosten, und meine Gedanken sind ständig besetzt davon, bloß nichts zu übersehen. Also muss ich ständig hellwach und auf der Hut sein, ihm möglichst immer einen Schritt voraus sein. Das powert mich aus. Ich lebe jetzt zwar mit einem anderen Mann zusammen, trage aber innerlich nach wie vor schwer an der Zeit mit Jürgen. Manchmal habe ich das Gefühl, dass mich dieses Gewicht erdrückt.

»Was wünschst du dir denn für das neue Jahr?«, fragt mich Paul und rückt dabei zwei Kissen zurecht, damit ich es bequem habe. Er ist so wunderbar bemüht um mich. Zuwendung, die ich förmlich aufsauge.

»Endlich Ruhe!«, murmle ich. »Ich möchte innerlich frei sein und wieder Kraft für die schönen Dinge im Leben haben. Kraft für dich! Du bist doch bisher viel zu kurz gekommen.«

Paul räuspert sich, so als hätte ich genau den Punkt getroffen, der ihn beschäftigt. Und während er mir liebevoll den Nacken massiert, schüttet er mir sein Herz aus.

»Das ist schon ein wenig so. Du weißt, wie sehr ich mich auf euch drei gefreut habe und wie gern ich hier wohne, aber eigentlich hat unser gemeinsames Leben noch gar nicht begonnen. Wir sind bislang nur dabei, den Schutt wegzuräumen.«

Er streichelt zärtlich meine Wange, bevor er weitererzählt.

»Sieh doch mal, Finn geht es zum Glück etwas besser. Aber im Moment macht uns Mia wieder etwas Sorgen. Und jetzt geht es mit dem Umgangsrecht los. Wir diskutieren nur, wie wir uns verteidigen können. Das kostet wirklich viel Kraft.«

Er nimmt liebevoll meine Hand, küsst mir zärtlich die Stirn.

»Und ...?«, frage ich mit ängstlichem Unterton.

»Was und?«, entgegnet Paul.

»Hältst du durch mit deiner Problemfamilie?«, will ich wissen.

»Ja, klar«, meint Paul. »Noch kriegt ihr mich nicht klein. Aber es wäre schon schön, wenn es im neuen Jahr etwas entspannter wäre und sich Jürgen mal eine Gerichtspause gönnen würde.«

Kapitel 10

»Das ist jetzt nicht wahr! Nein, nein, nein, was fällt dem Kerl ein? Jetzt reicht es. Jetzt habe ich genug!«

Es ist einer dieser herrlichen Frühlingstage, als ich Pauls aufgelöste Stimme auf der Terrasse höre. Ich habe gerade unseren großen Teakholztisch gedeckt, es gibt Erdbeerkuchen und Kaffee für uns Erwachsene, Kakao für die Kinder. Paul ist noch im Haus und scheint sich ganz fürchterlich aufzuregen.

Finn und Mia sehen mich ratlos an. »Was ist denn los?«, fragt Finn und will gerade aufstehen, um nach ihm zu sehen.

»Lass mal!«, sage ich schnell und lege ihm beruhigend die Hand auf den Unterarm. »Ich gehe schon.«

Paul lehnt an der Flurwand, japst nach Luft und ist kreidebleich. In der Hand hält er einen Brief, den er mir jetzt schwer atmend entgegenhält.

»Hier, sieh dir das an. Weißt du, was das heißt?« Er atmet immer noch schneller. »Wenn das an die Öffentlichkeit kommt, bin ich für meine Firma nicht mehr tragbar. Das klebt an mir wie altes Öl. Das kriegst du nie wieder weg.«

Mit der Faust donnert er jetzt mehrmals gegen die Wand. Meine Güte, so habe ich Paul noch nie erlebt.

Er hält mir jetzt den Brief direkt vor die Augen.

»Lies doch, was sich dein irrer Mann jetzt wieder ausgedacht hat. Nun macht er nicht nur dich fertig. Jetzt bin ich dran.«

Was ich lese, verschlägt mir die Sprache.

Es ist eine Anzeige wegen Kindesmisshandlung, und ich muss den Wortlaut mehrmals laut wiederholen, um zu verstehen, worum es hier geht.

»Du sollst Mia geschlagen haben?«, presse ich mühsam heraus. »Wann denn?«

In dem Schreiben sind Fotos von mehreren blauen Flecken eingescannt.

»Das ist doch der Fleck, den sie vom Fahrradsturz hatte, erinnere dich. Als sie vor die Laterne geknallt ist«, versuche ich mich zu erinnern.

»Ich weiß, das habe ich auch gedacht. Wir waren doch mit ihr beim Arzt.«

Paul nimmt mir jetzt den Brief aus der Hand. »Hier, sieh mal, erkennst du das? Schau mal genau hin. So hat der Fleck nie ausgesehen. Das Hämatom ist mit dem Computer bearbeitet worden. So groß war der Fleck am Wochenende nicht mehr. Da hat jemand nachgeholfen, mit Photoshop ist das ein Kinderspiel.«

Ich gehe mit dem Bild ins Sonnenlicht, um alles noch besser erkennen zu können, aber Paul hat recht. Hier hat jemand das Foto manipuliert.

»Das ist ja richtig kriminell. Ich hätte nie geglaubt, dass er so weit gehen würde. Aber es kann nichts passieren. Mia wird einfach sagen, wie es wirklich war«, versuche ich Paul zu beruhigen.

»Mia ist fünf Jahre alt, ein kleines Kind. Man kann sie leicht einschüchtern.«

Paul schüttelt den Kopf, sieht mich hilfesuchend an. »Ich soll ein Kinderschläger sein. Meine Güte, das ist doch furchtbar. Was soll denn noch kommen? Der macht vor nichts Halt.«

Paul und ich halten uns jetzt ganz fest im Arm, stumm, geschockt. Wir finden für dieses Unrecht keine Worte mehr.

»Ich dachte, es würde irgendwann aufhören, aber das Gegenteil ist der Fall. Es wird alles immer nur noch schlimmer«, sage ich leise und weiß nicht mehr, wie ich Paul noch trösten soll.

Ich glaube schon länger insgeheim, dass ich bald nicht mehr kann. Aber jetzt verlassen auch Paul die Kräfte.

Doch nicht nur wir beide leiden. Die ständigen juristischen Auseinandersetzungen, die Termine mit dem Jugendamt, mit Psychologen und Gutachtern setzen auch den Kindern zu. Dabei waren sie insgesamt auf einem guten Weg. Nach unserer letzten Kur ging es ihnen richtig gut. Dann kam Pauls Einzug, und sie hatten fast ein ganz normales Familienleben. Doch Jürgens Dauerfehde gegen mich hat alle Erfolge zunichtegemacht.

Mia leidet sehr unter den neuen Anschuldigungen. Sie muss dann auch bei der Polizei und beim Jugendamt eine Aussage machen und den Ablauf des Fahrradunfalls erzählen. Es untermauert alles Pauls Unschuld. Aber trotz allem belastet es sie. Während es ihr nach der Kur gutging, leidet sie jetzt wieder verstärkt unter Albträumen und nässt sogar nachts ein. Fast jede Nacht schreit sie nach mir. Ich lasse deshalb immer alle Türen auf, damit ich sie hören kann.

Es läuft immer nach demselben Muster ab.

»Hilfe, nein, Mama, komm!«, höre ich sie schreien und renne sofort ins Kinderzimmer. Mein kleines Mädchen ist dann pitschnass geschwitzt und weint bitterlich.

»Psst, Liebling, Mama ist da. Es ist alles gut. Komm, wir gehen ins Bad, und du duschst dich schnell. Ich ziehe währenddessen dein Bett ab.«

Wenn alles wieder frisch ist und Mia aus dem Bad kommt, kann sie natürlich nicht wieder einschlafen. Also schlüpfe ich noch ein bisschen zu ihr unter die Decke, und wir erzählen uns etwas. Oder besser: Ich erzähle etwas, denn Mia spricht ganz wenig.

Aber es ist nicht nur das Einnässen, das mir Sorge macht. Mia quälen auch Zwänge. Sie erträgt keinen Schmutz, weder auf der Haut noch auf ihrer Kleidung. Beim kleinsten Fleck muss sie sich sofort komplett umziehen. Wenn sie etwas angefasst hat, wäscht sie sich tagsüber ständig die Hände, manchmal duscht sie auch mehrmals hintereinander.

Sie hat Angst vor Männern und mag auch nicht mit ihrem Vater zusammen sein. Sie geht nur zu ihm, wenn sie sich sicher sein kann, dass ihr Bruder sie keine Sekunde alleinlässt.

Ich habe all das unlängst vor Gericht vorgetragen, und das Ergebnis sind weitere Endlostermine beim Jugendamt, die aber allesamt nichts bringen. Mia reagiert immer intensiver auf ihren Lebensalltag, muss laut Gerichtsentscheid trotzdem regelmäßig ihren Vater sehen, und wir alle tragen schwer an den so belastenden Folgen. So hat sich auch Finns Neurodermitis wieder verstärkt. Er braucht regelmäßig eine ausgefeilte Pflege seiner Haut und eine ganz spezielle Ernährung.

Es ist eine traurige Scheidungswelt, die die Kinder und auch uns Erwachsene an die Grenzen des Ertragbaren bringt.

Paul und ich sind berufstätig. Ich muss jeden Morgen ins Büro und habe einen pedantischen Vorgesetzten, der alles genau kontrolliert. Paul arbeitet im Autohaus mit oft schwierigen Kunden zusammen. Wir müssen beide konzentriert und hellwach sein. Es fällt uns sehr schwer, das Arbeitspensum zu schaffen, weil wir nachts seit vielen Wochen keine Ruhe mehr finden.

Obendrein belasten mich die viele Facharztbesuche. Es gibt Tage, da sitze ich mit den Kindern nur in Sprechzimmern der Ärzte herum.

Manchmal denke ich, mein Herz bleibt vor Erschöpfung einfach stehen. Besonders schlimm ist die Belastung, weil ich das Gefühl habe, es hört nie mehr auf.

Aber wenigstens kann ich zwei kleine Erfolge verbuchen, die ich mir mit großer Hartnäckigkeit auch gegen alle Widerstände erkämpft habe.

So sieht das Amtsgericht die Weiterleitung meiner E-Mails an Jürgen als bewiesen an und verurteilt ihn zu einer Geldstrafe. Für mich ist das eine riesengroße Genugtuung. Jürgen hat vor Gericht immer wieder versucht, mich als verrückt darzustellen. Angeblich litte ich unter Verfolgungswahn. Aber die Schlinge zog sich nach und nach zu. Die IT-Fachleute der Polizei haben es zweifelsfrei herausgefunden: Er hat mich ausspioniert. Das Urteil ist rechtskräftig. Er muss es akzeptieren.

Außerdem ist auch endlich meine Scheidung durch. Ich bin jetzt zumindest auf dem Papier frei.

Aber Jürgen stürzt sich gleich wieder auf das nächste Kampffeld. Jetzt geht es um das Letzte, was uns neben den Kindern noch verbindet: das Haus. Und diese Verbindung will er partout nicht aufgeben. Deshalb lässt er mich auf keinen Fall aus dem gemeinsamen Finanzierungsvertrag heraus. Ich habe ihm mehrmals vorgeschlagen, das Haus zu kaufen. Aber er lehnt es ab. Er will dieses Band zwischen uns nicht zerschneiden und bietet mir stattdessen an, den Kreditvertrag gemeinsam zu verlängern.

Warum um alles in der Welt sollte ich das tun? Wir sind geschieden. Es gibt kein Zurück, und ich will mit diesem Mann keine gemeinsamen Verträge mehr. Er soll sich entscheiden: Einer von uns nimmt das Haus, und der andere zahlt aus. Aber Jürgen lässt sich auf nichts ein. Er boykottiert alle Versuche, zu einer Lösung zu kommen, und schweren Herzens finde ich mich mit der Vorstellung ab, das Haus aufzugeben.

Die Kinder macht das sehr traurig, es ist ihr Zuhause, und auch Paul möchte gern hier wohnen bleiben. Wir könnten das Haus gut gemeinsam finanzieren. Aber wir drehen uns mit Jürgen im Kreis.

Schließlich reißt mir der Geduldsfaden. Ich setze Jürgen eine Frist. Entweder ich bekomme das Haus, oder ich ziehe aus.

Die Frist lässt er verstreichen. An meinem vierzigsten Geburtstag fasse ich dann einen Entschluss. Ich steige aus dem miesen Spiel aus. Solange ich in dem Haus wohne, bin ich nicht frei. Ich kann und will aber nicht mehr so leben. Ich möchte eine komplette Trennung und mache mich schweren Herzens wieder auf die Suche nach einer neuen Bleibe für uns vier. Ich muss es zu Ende bringen. Es gibt nur noch den einen Weg: Ich werde die Rate für das gemeinsame Haus nicht mehr bezahlen. Irgendwann wird es dann zwangsversteigert. Anders gibt er mich nie frei.

***

Jürgen will das alleinige Sorgerecht! Erst der Dauerstreit um den Umgang, jetzt will er die Kinder ganz für sich. Er ist verrückt. Die Kinder sollen zu ihm ziehen. Ich bin nicht mal sonderlich überrascht, als ich das Schreiben bekomme. Es kann ja nicht sein, dass er aufhört, mich zu quälen.

»Mama, reg dich nicht auf«, meint mein großer Finn. »Keiner von uns geht zu Papa.«

Das weiß ich, aber ich weiß auch, dass jetzt wieder ein monatelanger Papierkrieg auf mich zukommt, der viel Geld, Zeit und Nerven kostet. Ich habe das alles so satt.

Finn und Mia bekommen die neuerliche Verschärfung des Konflikts natürlich hautnah mit. Sie müssen ja ständig bei irgendwelchen Fachleuten antanzen.

Dabei haben wir gerade erst ein Problem gelöst. Das Verfahren gegen Paul ist nach mehreren Monaten eingestellt worden. Die Mühlen der Behörden mahlen langsam und genau. Jürgen hat sich viel Mühe gegeben, Paul eine Gewalttat nachzuweisen. Aber die Bestätigung von Mias Arzt, dass es eindeutig eine Sturzverletzung gewesen sei, die zu dem Bluterguss führte, hat schließlich als Entlastung gereicht.

Doch die monatelangen Auseinandersetzungen macht das nicht ungeschehen. Mittlerweile haben auch Paul und ich oft Streit. Unsere anfängliche Leichtigkeit ist verlorengegangen. Wir sind beide körperlich und seelisch angegriffen. Die finanziellen Belastungen, die ständigen Streitereien mit den Behörden, die Betreuung der leidenden Kinder und meine eigene schlechte psychische Verfassung, das alles zusammen ist einfach zu viel.

Wir sind erschöpft und gereizt und fahren beide schnell aus der Haut.

***

»Lass dich von dem Kerl doch nicht so herunterziehen. Luise, du musst das mit dem Kopf lösen, nicht mehr mit dem Herzen. So trudeln wir alle ins Aus!«

Paul ist auf einem Termin in Berlin, und wir telefonieren seit mehr als zwei Stunden. Die letzten dreißig Minuten habe aber eigentlich nur noch ich geredet. Paul hat sich ein Glas Wein eingeschenkt und meines Erachtens die Ohren auf Durchzug geschaltet.

Ich glaube, er ist mächtig genervt, und ich kann es sogar verstehen. Seit Jahren haben wir kein anderes Thema als mein Scheidungs- und Sorgerechtstheater. Aber ich brauche seine Meinung. Er hilft mir sehr damit, weil er konstruktiv ist. Tina und meine Mutter verlieren sich dagegen nur in Vorwürfen, und es endet immer mit der Frage: »Warum hast du das so lange mitgemacht?« Eine Frage, die ich nicht mehr hören mag und die auch niemandem hilft. Die Vergangenheit kann ich nicht mehr ändern. Mich interessiert das Hier und Jetzt, und dafür brauche ich Paul. Er analysiert, sucht nach Lösungen.

Normalerweise. Heute ist das allerdings anders: Er ist abweisend und desinteressiert, und das verletzt mich.

»›Mit dem Kopf lösen …‹, aus der Ferne lässt sich das so einfach sagen«, murmle ich vorwurfsvoll. »Aber ich bin hier allein mit dem Psycho. Mir wächst das alles über den Kopf.«

»Du, Luise, ich muss morgen zeitig um sechs Uhr aufstehen und habe drei schwierige Kunden auf der Liste. Tut mir leid, ich muss jetzt schlafen. Wir reden am Wochenende. Mir fallen gleich die Augen zu«, meint Paul und wartet nicht mal mehr ab, dass ich ihm »Gute Nacht« wünschen kann.

Aus. Die Verbindung ist tot. Er hat einfach sein Handy ausgeschaltet. Das hat er noch nie gemacht. Meine Güte, habe ich ihn so strapaziert?

Es ist halb eins in der Nacht, ich muss morgen auch früh raus. Aber ich kann seit Wochen sowieso nicht schlafen. Also stelle ich mich auf eine weitere Nacht mit endlosem Hin-und-her-Laufen ein. Ich finde innerlich keine Ruhe mehr. Alles dreht sich in meinem Kopf, und ich komme aus dem Teufelskreis nicht mehr heraus. Aber Paul scheint das völlig egal zu sein. Er schlummert jetzt bestimmt selig in seinem Bett. Auch wenn das ungerecht ist, bin ich sauer auf ihn.

***

Ende 2014 platzt schließlich die Bombe. Nach einem erneuten Riesenstreit zieht Paul die Reißleine und will die Trennung.

Für mich ist das eine furchtbare Niederlage. Ich habe an unsere Beziehung geglaubt, wollte für immer mit ihm zusammenbleiben.

Bis zum Schluss glaube ich dann auch nicht daran, dass er wirklich geht. Aber ausgerechnet am 2. Advent eröffnet er mir, dass er eine Wohnung gefunden habe und sofort einziehen könne.

Ich heule wie ein Kind und kann nicht verstehen, dass er mich verlässt. Doch Paul ist plötzlich knallhart. Während ich den festlich gedeckten Adventstisch abräume und den extra für Paul gebackenen Christstollen in den Schrank stelle, packt er seine Koffer.

Als er sich von mir verabschieden will, muss er schlucken und hat ebenfalls ganz feuchte Augen. Es fällt ihm offenbar sehr schwer, mich zu verlassen.

»Mach's gut, Luise«, sagt er mit zitternder Stimme und nimmt mich fest in den Arm. Es soll nach seinem Wunsch das letzte Mal sein.

Ich schmiege mich ganz fest an ihn und schluchze wie ein Kind. Vorsichtig löst er sich aus meiner Umklammerung und schiebt mich schnell von sich weg.

»Mach es uns beiden nicht so schwer«, sagt er leise. Dann fällt die Tür ins Schloss. Ich höre den Motor seines Kombis. Er fährt fort, in einen neuen Lebensabschnitt, lässt mich und meine Sorgen hinter sich.

Ich liebe diesen Mann und kann seinen Entschluss, zu gehen, sogar verstehen. Ich wünsche mir für ihn, dass er glücklich wird – und wenn das nur ohne mich geht, dann muss es eben so sein.

Von einem Weinkrampf geschüttelt, sehe ich ihm hinterher und höre wieder Jürgens Satz im Ohr: »Du wirst alles verlieren, was du liebst!«

Erst das Haus, jetzt Paul, und die Kinder hat er bereits seit langem im Visier. Er will mich vernichten!

***

»Hier, iss das, du musst langsam wieder zu Kräften kommen!«

Meine Mutter stellt mir einen lecker aussehenden selbstgebackenen Muffin auf den Wohnzimmertisch.

»Ich kann nichts essen, Mama«, sage ich und gebe ihr den Teller gleich wieder zurück. »Tut mir wirklich leid. Aber ich muss mich sofort übergeben. Mein Magen behält nichts bei sich, und sehen mag ich das auch nicht. Verzeih bitte!«

»Aber Luise, dann sag mir, was du stattdessen möchtest. Obst? Etwas Suppe? Ich mache dir alles. Aber du musst essen. Das ist wichtig. Du baust ja immer mehr ab.«

Mama hat recht. Ich bin seit sechs Wochen krankgeschrieben und komme gar nicht mehr auf die Beine. Ich schlafe höchstens zwei, drei Stunden in der Nacht, muss mich nach wie vor fast jeden Morgen übergeben und fühle mich einfach nur hundeelend.

Ich stehe zwar mit den Kindern auf, frühstücke mit ihnen und mache sie fertig für die Schule, aber danach muss ich mich sofort wieder hinlegen. Ich habe keine Kraft. Für nichts mehr. Die Ärzte sind ratlos. Körperlich fehlt mir nichts. Aber meine Seele hat offenbar so kräftige Dellen, dass mein Körper rebelliert. Die Letzte hat mir Pauls Auszug verpasst. Ich vermisse ihn und fühle mich grenzenlos alleingelassen.

Aber zum Glück bekommt das kaum jemand mit. Nach außen hin bemühe ich mich, keine Schwäche zu zeigen. Außer Mama, Tina und meinen engsten Freundinnen weiß niemand, dass ich hier nur den ganzen Tag auf dem Sofa liege und vor mich hin vegetiere.

Es soll auch niemand wissen, schon gar nicht Jürgen. Ich habe kapiert, dass ich ihn nur loswerde, wenn ich ihm als starke Frau entgegentrete. Also verkaufe ich mich so. Aber es ist nur Fassade. In meinem Inneren fühle ich mich klein und zerbrechlich. Vielleicht lasse ich mich ja aber auch nur gehen. Ich frage mich das oft. Aber ich kann die gewünschte Disziplin im Moment jedenfalls nicht abrufen.

»Luise, du hörst mir überhaupt nicht zu. Ich sehe doch, dass deine Gedanken ganz woanders sind. Also, ich stelle die Muffins in die Küche und bringe dir einen Obstsalat. In Ordnung?«

Mamas Worte rauschen an mir vorüber. Es fehlt mir sogar die Kraft, ihr zuzuhören. Also murmle ich schnell ein »Ja, ja«, damit sie beruhigt ist und ich nicht weiter antworten muss. Aber das klappt nicht.

»Was sagt eigentlich der Arzt?«, will sie jetzt wissen, und ich presse mit Mühe noch den Satz »Der findet nichts« heraus. Gibt sie jetzt Ruhe?

Ruhe, das ist eigentlich alles, wonach ich mich sehne.

»Bleib einfach so lange liegen, wie es dir guttut«, hat mir Tina erst heute früh wieder geraten. Sie sieht meine Krise als Selbsttherapie, glaubt, dass ich erst jetzt Zeit habe, alles aufzuarbeiten. Nach ihrer Ansicht finde ich anschließend wieder ins normale Leben zurück.

Mag sein, es klingt jedenfalls logisch. Aber sechs Wochen Sofa-Therapie sind mir eigentlich genug.

»Ach mein Kind, ich weiß bald nicht mehr weiter«, sagt meine Mutter jetzt, und ihre Stimme klingt besorgt. »Ich bügle jetzt noch ein bisschen die Wäsche, und du schläfst einfach noch ein bisschen. Papa macht dir den Garten und hat auch schon die Gardinen aufgehängt. Du weißt doch, die Schienen waren herausgerutscht.«

Ich atme tief durch. Schlafen ist gut. Aber als meine Mutter jetzt seufzend aufsteht, nehme ich rasch ihre Hand.

»Mama, mach dir bitte keine Sorgen. Ich nehme mir diese Auszeit, und danach bin ich wieder so wie früher, versprochen. Ich brauche nur Zeit, um alles aufzuarbeiten.«

Meine Mutter sieht mit traurigen Augen zu mir herunter und nickt.

»Ich weiß, dass du das schaffst«, sagt sie und streichelt mir mit der linken Hand liebevoll über die Wange. »Du warst immer eine selbstbewusste Frau, die wusste, was sie vom Leben wollte. Du wirst dich wieder auf deine alten Stärken besinnen. Da bin ich mir ganz sicher. Ich möchte nur die Zeit bis dahin bei dir sein und dir helfen.«

»Ich weiß, Mama. Ich bin auch sehr dankbar, dass du und Papa immer für mich da seid. Aber ich will nicht mehr zurücksehen. Ich will nach vorn gucken. Das verspreche ich dir.«

»Auf deine alten Stärken besinnen …« Der Satz meiner Mutter trifft ins Schwarze. Sie hat recht. Ich habe einen Lebensabschnitt beendet, und jetzt muss ich mich wiederfinden. Ich kann nicht in meinem Leid verharren. Und ich will nicht zulassen, dass Jürgen mich zerstört. Er hat mich als junge Frau kennengelernt, und jetzt, Jahre später, fühle ich mich innerlich zerschmettert.

Aber das muss sich ändern. Es kann nicht sein, dass ein Mensch diese Macht über mich hat. Ich will das nicht zulassen und muss wahrmachen, was ich mir jetzt vornehme. Ich muss mich innerlich wieder aufrichten. Und ich kann, ich will, ich werde … Die schwache Luise muss sich wieder auf ihre Stärken besinnen.

Kapitel 11

»Ich habe keine Lust mehr, nur noch für diese Pappnasen von Anwälten zu arbeiten!«, zische ich am Telefon. Tina hat mich angerufen, um sich zu erkundigen, wie es bei uns steht, und bekommt gleich in einem regelrechten Wutschwall die Neuigkeiten von mir aufgetischt.

»Jürgen möchte nach wie vor das alleinige Sorgerecht, ich sei psychisch zu labil, behauptet er, und ich tue natürlich alles, um das zu verhindern. Geklärt haben die Gerichte aber noch nichts. Wir beschäftigen zwar jede Menge Gutachter, aber es gibt nie für irgendetwas eine Lösung. Wir kommen einfach nicht weiter. Es ist unsinnig, darüber zu sprechen. Ein Außenstehender steigt durch das ganze Tohuwabohu sowieso nicht mehr durch«, schimpfe ich und schiebe Tinas Frage wenig geschickt zur Seite. Aber es stimmt, ich will nicht mehr länger allen meinen Freunden von meinen Auseinandersetzungen erzählen. Ich möchte auch mal wieder über andere Themen sprechen, die sich nicht auf meinen Intimfeind Jürgen beziehen: Job, Urlaub, Filme. Egal was, alles ist spannender als Jürgens Dauerattacken.

»Du, ich bin auch nicht traurig darüber, wenn wir mal etwas anderes besprechen als Jürgens Aktionen«, meint Tina. »Mehrere Jahre Trennungstheater reichen mir auch, glaub mir.«

»Und wie ich dir das glaube! Aber ich habe etwas für dich. Du kommst nie darauf, was es sein könnte«, versuche ich Tina neugierig zu machen. Sie spielt mein Spielchen mit und rattert lustig ein paar Fragen herunter.

»Du hast einen Hund?«

»Kalt!«

»Du hast einen neuen Mann?«

»Noch kälter!«

»Also, letzter Versuch. Du bist befördert worden!«

»Eiskalt, aber jetzt ganz ernst. Ich habe beschlossen, mir selbst zu helfen, und mich einer Selbsthilfegruppen von Frauen mit narzisstischen Expartnern angeschlossen. Wir treffen uns einmal im Monat, geben uns gegenseitig Tipps und reden uns alles vom Herzen. Richtig klasse ist es, dass die Vorsitzende dieser Gruppe Fachanwältin für Familienrecht ist. Sie gibt Wochenendseminare zu diversen Themen wie zum Beispiel Sorge- und Umgangsrecht.«

»Wow«, meint Tina. »Das ist aber eine engagierte Maßnahme. Toll, dass du so aktiv bist!«

»Tina, ich will fit sein. Du glaubst gar nicht, was ich schon alles gelernt habe und wie wichtig das für mich ist«, sage ich jetzt ganz ernst und schiebe die Erklärung gleich hinterher. »Du hast das Glück, noch nie mit dem Familiengericht zu tun gehabt zu haben. Glaube mir, es ist die Hölle. Kennst du den Juristenspruch? ›Vor Gericht und auf hoher See ist man in Gottes Hand.‹ Genauso fühle ich mich nun schon seit Jahren. Das will ich nicht mehr.«

»Und was willst du?«, versucht Tina auf den Punkt zu kommen.

»Ich will endlich wieder das Heft des Handelns in der Hand halten!« Und was das heißt, erkläre ich ihr sofort. »Ich will nicht mehr, dass irgendwelche Behördenmenschen über mich und das Leben meiner Kinder entscheiden. Jürgen hat mir das ganze Theater eingebrockt, und ich habe lange versucht, geregelte Verhältnisse zu bekommen. Aber es hat nicht geklappt. Niemand hat sich um eine Lösung bemüht. Stattdessen habe ich Anwälte bezahlt, die am laufenden Band auf doofe Briefe doofe Antworten schreiben. Ich habe den angeblichen Fachleuten vertraut. Herausgekommen ist aber nur, dass alle gut verdient haben, ich finanziell ausgebrannt und keinen Schritt weitergekommen bin.«

»Und wie ändert sich das?«, will Tina wissen.

»Ich will thematisch fit sein und Hintergrundwissen haben. Dann kann ich mich besser verteidigen und meine Interessen besser selbst wahren. Ich spare Geld. Außerdem tut es gut, zu wissen, dass man nicht allein in dieser Hölle steckt. Es sind viele andere Frauen auch betroffen, und gegenseitig geben wir uns gute Ratschläge und sprechen uns Mut zu. Das ist klasse, und ich fühle mich wirklich besser dadurch.«

»Mensch, Luise, was ist bloß alles in den letzten Jahren passiert?«, meint Tina und klingt dabei richtig traurig. »Ich hätte nie gedacht, dass dich die Beziehung zu Jürgen so schafft. Ich habe mir in den letzten Jahren wirklich Sorgen um dich gemacht. Du warst nicht wiederzuerkennen. Aber mittlerweile, Hut ab, mittlerweile glaube ich, dass es mit dir stetig bergauf geht. Du hast es bald geschafft.«

»Geschafft weiß ich nicht. Aber ich bin auf einem guten Weg. Ich stand mit dem Rücken zur Wand, und es gab nur zwei Möglichkeiten: aufgeben und untergehen – oder sich innerlich aufrichten und das Leben wieder in die Hand nehmen. Ich habe mich für den zweiten Weg entschieden. Du weißt doch, was sie uns als Kinder immer gesagt haben: hinfallen, aufstehen, Krönchen richten, weitermachen.«

»Und wie fühlst du dich so als Kämpferin?«

»Richtig gut. Hast du morgen eigentlich Zeit? Dann komm doch vorbei. Ich habe eine Überraschung für dich!«

»Na, jetzt drehst du aber auf. Wie viele Überraschungen gibt's denn noch? Ich komme gern.«

***

»120 Quadratmetern, kleiner Garten, Carport, zwei Bäder. Voilà! Wie findest du das?«

Tina hat sich gerade erst auf das Sofa gesetzt, als ich ihr schon freudestrahlend ein Exposé präsentiere. »Ich habe ein Haus gefunden, das ich mieten kann, mit der Aussicht, es später zu kaufen«, juble ich. »Und das Tolle: Es ist ganz in der Nähe. Die Kinder können von dort aus weiterhin in ihre Schulen gehen. Das war mir wichtig.«

»Sieht schön aus, wirklich! Wie maßgeschneidert für euch drei.« Tina ist sichtbar angetan, als sie das sechsseitige Exposé durchblättert.

»Ich hatte Glück«, erzähle ich weiter. »Der Vermieter hat ganz offenbar ein Herz für alleinerziehende Frauen. Ich hätte nie gedacht, dass ich mal so ein Haus finde.«

»Und die Miete? Erschwinglich?«, will Tina wissen.

»Absolut! Es liegt deutlich unter dem Marktspiegel. Was meinst du, Tina? Siehst du es dir mit mir an bitte? Ich möchte gern deine Meinung hören.«

»Klar«, Tina zögert nicht. »Am liebsten jetzt gleich!«

Wenig später stehen wir vor einem hübschen Reihenendhaus, weiß gestrichen mit hellen Türen und weißen Fenstern. Keine Villa Kunterbunt, sondern ein schickes, modernes Haus mit ausreichend Platz für unsere Minifamilie.

»Wann wird es frei?«

»Ich kann im Sommer einziehen.«

Tina sieht beeindruckt aus. »Gefällt mir, gute Wahl«, lobt sie mich. »Wenn du hier wohnst, bist du raus aus den Erinnerungen. Das wird dir guttun.«

»Ja, auf jeden Fall. Dann bin ich wenigstens komplett mit Jürgen auseinander. Ganz frei werde ich wegen der Kinder nie sein können. Aber diese Bindung reicht auch. Alles andere muss weg, so schnell wie möglich.«

Als wir nach einer Stunde aus dem Haus kommen und noch

einen Blick zurückwerfen, ist Tina restlos begeistert. »Wie für euch drei gemacht, meine Liebe. Weißt du was, es gefällt mir besser als euer bisheriges Haus. Es hat Seele, genau wie du. Ich glaube, das wird ein richtiges Nest für euch, hier werdet ihr die dringend nötige Ruhe finden. Ich bin nur gespannt, wie Jürgen reagiert.«

»Ich auch, und meine Psychologin hat mir ja geraten, den Kontakt auf Sparflamme zu halten, um seine Rachegefühle in Grenzen zu halten. Ich bin gespannt, ob er mitspielen wird.«

***

»Lass uns einfach einen neuen Kredit aufnehmen. Dann bleibt alles so wie bisher!«, flötet Jürgen am Telefon.

Ich kann es kaum glauben.

»Was soll das denn? Ich will das Haus nicht gemeinsam mit dir abbezahlen, verstehst du das nicht? Ich werde ausziehen, und du musst mich auszahlen. So einfach ist das!«

Mein Herz poltert, als ich ihm das sage, aber ich will nicht, dass er das bemerkt. Also spreche ich schnell weiter.

»Alles, was wir beide tun müssen, ist, uns auf einen Preis zu einigen. Entweder schaffen wir das allein, oder wir müssen einen Gutachter hinzuziehen.«

Ich habe den Satz kaum ausgesprochen und weiß bereits, dass ich damit einen Riesenfehler gemacht habe: Ich habe ihm die Entscheidung überlassen. Den Ball muss er jetzt nur aufnehmen und kann sich dann wieder in seiner geliebten Entscheiderrolle präsentieren.

Und genauso kommt es.

»Das muss ich mir überlegen. Ich lasse dich dann wissen, wie ich mich entschieden habe«, meint er mit seiner mittlerweile für mich so durchsichtigen Überheblichkeit.

Einerseits weiß ich, dass jetzt wieder ein endlos langer Prozess beginnt. Andererseits triumphiere ich innerlich: Ich konnte ihn einschätzen. Hurra! Ich habe endlich verstanden, wie er tickt. Er will mich immer unter Kontrolle halten. Das tut ihm gut. Er entscheidet, was passiert. Er sagt, wann es weitergeht. Er findet die Lösung. Aber erst genau dann, wann er es für richtig hält. Das mag er. Aber ich habe dazugelernt.

»Du hast bis zum 15. des Monats Zeit«, sage ich mit fester Stimme. »Und das schicke ich dir gleich noch per Mail, damit du das Datum fix hast. Schönen Tag noch.«

Ich »knipse« den Kontakt einfach weg. Ich kann ihn aus meinem Leben kicken, und zwar mit einem einfachen Knopfdruck. Das ist ein gutes Gefühl.

Und noch etwas passiert. Er okkupiert meinen Kopf nicht mehr. Meine Gedanken kreisen nun um das neue Haus, Möbel, Farben. Sie kreisen um die Zukunft. Nicht mehr um Jürgen. Es stimmte: Ich brauchte die Zeit. Ich glaube, ich bin endlich auf dem richtigen Weg!

***

Sie ist klein, zart, wirkt eher wie ein Kind und spricht kaum. Jürgens neue Freundin – oder besser: sein neues Opfer – ist fünf Jahre jünger als ich, auch geschieden und hat drei Kinder. Sie ist eine gelernte Kauffrau, aber sie benimmt sich wie eine eingeschüchterte Mittelstufen-Schülerin. Ich wundere mich nicht mal besonders darüber. Vermutlich war sie vor einem Jahr noch eine taffe Frau, und Jürgen hat sie mit seinen Psychotricks so niedergeknüppelt.

Jetzt steht sie verloren in meinem Schlafzimmer und sucht nervös nach Jürgens Hand, die er ihr natürlich verweigert, weil er sie jetzt lieber in den beiden Hosentaschen stecken lässt.

»Können wir bitte noch den Kellerraum sehen«, fragt der Gutachter, den die beiden heute mitgebracht haben. Das Haus wird geschätzt. Natürlich hat das nicht bis zum 15. geklappt, wie von mir gefordert. Aber ich habe danach keine Raten mehr gezahlt, wie angekündigt. Die Bank hat uns daraufhin mitgeteilt, wie es weitergehe. Nach einer bestimmten Frist komme das Haus in die Zwangsversteigerung. Ich lasse es darauf ankommen. Es ist mir egal. Aber Jürgen hat kalte Füße bekommen und ist »eingeknickt«. Er wird das natürlich anders darstellen, aber de facto ist es so.

Jürgen hat kapiert, dass ich nicht bluffte. Er weiß jetzt, dass ich kein Interesse mehr an seinen Spielchen habe. Er kann sein Haus haben, bitte schön! Der Gutachter soll die Berechnung auf den Tisch legen, dann rechnet die Bank, ich bekomme Geld, und das Kapitel ist abgeschlossen.

»Schön hast du es hier«, sagt das »Opfer« mit piepsiger Stimme. Sie tut mir leid, und ich biete ihr höflich eine Tasse Kaffee an. Sie sagt aber nicht »Ja« oder »Nein«, sondern sieht fragend ihren Jürgen an.

»Was meinst du, Liebling?«

»Liebling« meint nichts, wendet sich nur gelangweilt ab.

Und das »Opfer«? Ja, das fühlt sich schlecht, und ich kann die Gedanken lesen, die ihr durch den Kopf gehen: Hätte ich die Frage nicht stellen sollen? Ist Jürgen jetzt böse auf mich? Vielleicht war er schon vorher mit etwas unzufrieden und wollte deshalb nicht, dass ich nach seiner Hand greife? Wie kann ich ihm nun zeigen, wie wichtig er mir ist?

Und richtig, sie schmiegt sich an ihn, ganz ängstlich und bemüht. Und er, er schüttelt sie ab, geht einfach aus dem Zimmer und erwartet, dass das jetzt so hilflos auftretende Etwas hinterhertrottet.

»Herr Lindemann, kann ich Sie kurz sprechen?«, ruft der Gutachter aus dem Erdgeschoss, und ich höre beide die Treppe hinuntergehen. Ich setze mich kurz auf mein Bett.

Meine Güte, fühlt sich das schlecht an, wenn man ein Außenstehender ist. Man möchte diese arme Frau schütteln und ihr zurufen: »Hau ab, jetzt sofort, der macht dich krank und wird dich zerstören.«

Aber ich weiß, dass diese Worte gar nicht bei ihr ankommen werden. Gut, vielleicht wird sie kurz heulen und mir in einem unbeobachteten Moment ihr Herz ausschütten. Vielleicht wird sie auch wirklich planen, ihn zu verlassen. Aber spätestens heute Abend wird er ihr klargemacht haben, dass die Schuld bei ihr liege, dass sie nicht in der Lage sei, sich ihrem Partner gegenüber vernünftig zu benehmen, aber dass sie an sich arbeiten könne und er ihr die Hand reiche, um ihr zu helfen, endlich eine liebenswerte Person zu werden.

Und wieso sollte sie gehen, wenn sie so einen verständnisvollen Partner hat, der sie dabei unterstützen will, ein vernünftiger Mensch zu werden? Ausgerechnet sie, eine Frau, die nichts ist, nichts kann und richtig mies aussieht. Ohne ihn ist sie nichts, ein Niemand …

»Frau Lindemann, können Sie uns bitte kurz helfen?«, höre ich den Gutachter schon wieder rufen. Jetzt meint er mich.

»Ich komme!«, rufe ich zurück, und beim Hinuntergehen denke ich daran, was meine Freunde immer von mir gedacht haben: Der Armen ist nicht zu helfen!

Aber mir war auch nicht zu helfen. Damals noch nicht. Solange es noch halbwegs geht, macht man das Spiel mit. Man geht erst, wenn das ganze perfide Drama droht, einen kaputtzumachen, und man keinen anderen Ausweg mehr sieht. Man zieht die Reißleine, weil man weiß, dass man sonst untergeht.

»Bin gleich bei Ihnen!«, rufe ich wieder und laufe jetzt leichtfüßig die Treppe herunter.

»Wie kann ich Ihnen helfen?«, flöte ich und erspare mir sogar einen mitleidsvollen Blick Richtung meiner Nachfolgerin. Sie muss, so grausam es auch ist, ihre Erfahrungen allein machen. Ich kann ihr das nicht abnehmen. Mir geht es gut.

***

»Mama, das Sofa stellen wir hierhin, neben die Tür. Was meinst du?« Mia ist engagiert mit der Hauseinrichtung beschäftigt und versucht mit aller Kraft, das graue Ungetüm an seinen geplanten Platz zu bugsieren.

»Nee, da sieht es doof aus«, glaubt Finn. »Ich finde, da muss das Schränkchen hin, das weiße, Mamas Lieblingsteil.«

»Das passt doch gar nicht. Und wo sollen wir dann fernsehen?«, mault Mia jetzt und setzt sich aus Protest auf das Sofa. Sie hat die Arme trotzig vor dem Bauch verschränkt und zieht eine Schnute.

Finn stupst sie mit zwei Fingern an. »Na los, faulenzen gilt nicht. Mach, dass du hochkommst. So bekommen wir das Zimmer nie eingerichtet.«

Ich lehne im Türrahmen, habe in den Händen ein Tablett mit drei Gläsern frischem Fruchtsaft und amüsiere mich köstlich über meine beiden Inneneinrichter.

»Ihr braucht Hilfe vom Profi«, albere ich. »Also, das Sofa kommt an die rechte Wand und die Anrichte in den Keller. Das ist schon längst nicht mehr mein Lieblingsteil. Aber jetzt werden wir uns erst einmal stärken, und anschließend hole ich uns eine Pizza. Wer ist dafür?«

Sofort fliegen Arme nach oben, und für das Getränk machen wir es uns auf der Terrasse gemütlich.

Seit ein paar Tagen haben Mia, Finn und ich unser eigenes Reich. Ich bin glücklich. Niemand, der mich schubst, beleidigt, kritisiert oder kleinmacht. Niemand, der völlig überraschend in der Tür steht und mich einschüchtert. Das Haus ist wie eine Schutzhülle, die mich warm und wohlig umfängt. Die Kinder haben herrliche Zimmer, ich habe ein kuscheliges Büro, und der große Garten ist wie unser zweites Wohnzimmer.

Die Finanzen rund um das alte Haus sind immer noch nicht geregelt. Jürgen hat keinen Lösungsvorschlag angenommen. Er lässt es darauf ankommen. Ich denke, das Haus wird tatsächlich irgendwann zwangsversteigert. Das Absurde daran: Jürgen, der so um das Haus kämpfte und es mir auf gar keinen Fall überlassen wollte, hat gar nicht vor, dort einzuziehen. Es steht jetzt leer. Daran erkennt man, dass es ihm nie um das Haus gegangen ist, sondern um die Macht. Er wollte mir nur zeigen, dass ich ohne ihn nichts entscheiden kann, nicht einmal, wo ich lebe.

Schade, er hätte nicht auf mich, aber auf die Kinder Rücksicht nehmen können. Sie haben das Haus geliebt und wären zu gern dort geblieben. Aber das ist jetzt Vergangenheit. Sie fühlen sich mittlerweile auch hier wohl. Klar war der Abschied aus ihrem Zuhause schwer für sie. Aber als die erste Kiste im neuen Haus ausgepackt war, gab es keine Tränen mehr. Mit dem Auszug haben auch sie ein düsteres Kapitel hinter sich gelassen. Der Abschied allerdings fiel ihnen alles andere als leicht.

Um uns zu verabschieden, sind wir noch einmal ganz in Ruhe durch das Haus gegangen, haben uns jedes Zimmer angesehen und auch über unsere Erinnerungen gesprochen, die guten wie die schlechten. Es war wie ein Film im Zeitraffer. Dann habe ich mit Tina auf der Terrasse noch ein Glas Prosecco getrunken. Es war ein trauriger Abschied, aber ich wusste, dass er absolut wichtig und richtig war. Das hat mich trotz allem froh gemacht.

Jetzt feiere ich mit den Kindern in ein paar Tagen eine Einweihungsparty mit allen Schulfreunden, der Familie, meinen Freundinnen. Aber bis dahin ist noch einiges zu tun.

»Also los, Kids, es geht weiter«, rufe ich fröhlich und klatsche dabei aufmunternd in die Hände. »Die Kisten 25 bis 35 warten auf uns.«

***

Das Thema Haus zieht sich noch sehr lange hin. Jürgen reagiert erst, als die Bank die Immobilie tatsächlich in die Zwangsversteigerung geben will. Kurz vorher ist er bereit, den Kredit abzulösen. Plötzlich erkennt er auch das Gutachten an und bietet mir nach Abzug aller Kosten eine kleinere Summe an. Ich will nicht weiter diskutieren und sage »Ja«.

Das Haus steht da schon seit über einem Jahr leer. Ich komme manchmal auf dem Weg zur Arbeit daran vorbei, wenn ich einen kleinen Umweg mache, um danach zu schauen. Garten und Einfahrt sind verwildert, die Fenster verdreckt. Es ist unbewohnt. Jürgen will nicht dort einziehen, es aber auch nicht verkaufen. Er zahlt für das leerstehende Haus. Warum, weiß ich nicht. Meine Psychologin meint, er suche darin die Bindung zu mir. Aber mir erscheint das abwegig.

Er selbst lebt mittlerweile übrigens allein und ist auch schon wieder umgezogen. Im Moment bewohnt er eine Wohnung im selben Mietshaus wie seine Eltern, seine ist im dritten Stock, die seiner Eltern im achten. Ich hätte nie vermutet, dass er dorthin zurückzieht, wo er hergekommen ist. Ausgerechnet Jürgen, für den es immer »schneller, höher, weiter« gehen musste. Er ist immer für eine Überraschung gut.

Ich sehe ihn natürlich weiterhin regelmäßig: vor Gericht. Jürgen hat sich nach dem Sorgerechtsprozess, der nicht zu seinen Gunsten ausgegangen ist, überlegt, dass er jetzt mehr Umgang mit seinen Kindern haben möchte, und da die das nicht wollen, soll es jetzt gerichtlich durchgesetzt werden. Dafür braucht es neue Gutachten, und das wird dauern, bestimmt ein weiteres Jahr. Es ist zu deutlich: Es geht nicht darum, seine Kinder zu sehen, sondern um mich.

»Er kann nicht glauben, dass Sie ohne ihn so gut zurechtkommen. Deshalb ›genießt‹ er den Kontakt mit Ihnen, besonders die Mediationstermine. Er will wenigstens in dem Bereich noch Kontrolle über Sie haben«, hat mir die Psychologin erklärt. Möglich ist das schon. Aber nicht mehr wichtig. Ich sehe seine Persönlichkeit längst glasklar, erkenne seine Unsicherheit. Jürgen kann mir bis heute noch nicht in die Augen sehen, weicht jedem meiner Blicke sofort aus. Er ist ein kleines, innerlich hilfloses Kerlchen, auf jeden Fall unfähig zu lieben. Aber er tut mir nicht leid. Er ist mir egal.

Ich habe auch gelernt, dass ich ihm keine Angriffsfläche mehr bieten darf. Wenn wir uns auf den gerichtlich angeordneten Terminen begegnen, reagiere ich nicht mehr auf ihn. Damit verwehre ich ihm die Macht über mich, die er doch so nötig braucht, und hungere ihn aus.

Das Leben mit ihm war wie eine Karussellfahrt im Wind, mit drohendem Überschlag. Ich bin einfach abgesprungen, hart aufgeprallt und weggehumpelt. Mittlerweile ist mein Gang wieder federnd und aufrecht.

Ich wäre nie von ihm losgekommen, wenn mir von verschiedener Seite nicht das Muster erklärt worden wäre. Dafür bin ich dankbar. Erst als ich das erkannt und verstanden habe, konnte ich auch innerlich den Schlussstrich ziehen.

Überhaupt fühle ich mich mittlerweile rundherum wohl. Ich lache wieder viel, und mein Körper spielt wieder mit. Übelkeit und Albträume sind Vergangenheit. Die alte Luise ist wieder da.

Kapitel 12

Das Lichtermeer ist gigantisch. Die Wolkenkratzer glitzern in vielen Farben und schaffen eine unwirkliche Stimmung. Ich kann mich nicht sattsehen an diesem Bild und mache wie ein Fotoapparat Aufnahmen in meinem Kopf, damit sich diese Eindrücke für immer darin abspeichern. Das Ganze ist die atemberaubende Kulisse für ein noch größeres Spektakel. Seit einigen Minuten sind tausend Fontänen in Betrieb, und die bis zu hundertfünfzig Meter hohen Wasserstrahlen tanzen faszinierende Muster in die Dunkelheit. Das Wasser schießt mit so viel Kraft in die Höhe, dass die Strahlen wie brennende Fackeln wirken. Alles zusammen wirkt wie ein aufwendig produzierter Hollywoodfilm. Aber es ist real.

Ich stehe mit Finn und Mia an der berühmten »Dubai Fountain« im Herzen der Stadt, und wir sehen gebannt und stumm zu. Ich halte beide ganz fest im Arm und bin einfach nur glücklich.

Es sind Weihnachtsferien, und ich habe uns eine wunderbare Orientreise zum Fest geschenkt. Eine Kreuzfahrt mit zahlreichen Stopps in den Emiraten. Heute sind wir in Dubai.

Eigentlich hatte ich gar nicht vorgehabt zu verreisen, aber dann stolperte ich beim Einkaufen über das Last-Minute-Angebot im Schaufenster des Reisebüros und habe, was selten passiert, spontan gebucht. Hintergrund war natürlich die Angst vor den Festtagen. Denn Weihnachten steckt mir noch in den Knochen. Ich habe nicht die besten Erinnerungen daran. Vor zwei Jahren hatte mich Paul gerade verlassen, und ich war so niedergeschlagen wie nur selten in meinem Leben. Tagsüber habe ich mich den Kindern zuliebe zusammengerissen, aber die Nächte nur heulend im Bett gelegen.

Das Jahr darauf habe ich mit den Kindern über die Festtage ganz viel unternommen, um keine Leere aufkommen zu lassen. Es ist eben nicht schön, ein Familienfest zu feiern, wenn man nur noch eine Rumpf-Familie ist.

Dieses Jahr hatte ich keine Lust auf »Trübsal blasen« und Gefühls-Karussell. Außerdem fand ich, dass ich mir eine Belohnung verdient hatte.

Mit dem Satz »Weil mir keiner etwas schenkt, schenke ich mir jetzt selbst etwas Schönes« habe ich die Reisebüroangestellte auf eine Blitzbuchung eingestimmt. Alles in allem brauchte ich keine 20 Minuten zwischen den farbenfrohen Plakaten und aufgeklappten Katalogen, um die Buchung zu unterschreiben. Ich zauderte nicht mehr. Ich machte. Und zwar das, was uns dreien guttat.

»Und, was meint ihr?«, fragte ich zuhause meine Kids und wedelte geheimnisvoll mit einer Hochglanzbroschüre des Anbieters von den Emiraten.

»Cool!«, entfuhr es Finn, bevor er mir die Unterlagen aus der Hand riss. »Können wir da mal hin?«

»In zehn Tagen geht's los!« Ich öffnete meine Tasche und holte die Buchungsbestätigung heraus. »Hier, alles fix gemacht und schon bezahlt.«

»Sind wir jetzt reich?« Mia sah mich skeptisch an.

»Leider nein, aber wenn man brav spart, geht es trotzdem.«

»Gibt es da noch Schlangenbeschwörer und Prinzen aus Tausendundeiner Nacht?«

»Bestimmt, aber ich weiß nicht, ob wir die alle sehen. Aber auf jeden Fall gibt es Kamele. Die magst du doch so gern.«

»Und Flaschengeister?«

»Ich glaube, das ist dort viel moderner, als du denkst. Auf jeden Fall gibt es tolle Shoppingcenter. Das habe ich schon von einer Kollegin gehört.«

Mia rutschte jetzt zu ihrem Bruder auf das Sofa, und gemeinsam blätterten sie in den Unterlagen.

Den Rest des Abends haben wir munter weitergeplappert, uns Filmchen auf YouTube angesehen und aufgeschrieben, was wir uns auf jeden Fall anschauen wollen.

Jetzt sind wir da und genießen jede Minute. Auch weil wir den kalten deutschen Winter hinter uns gelassen haben. Es macht uns riesigen Spaß, auf meinem Handy die Temperaturen zu vergleichen. 3 Grad und Nieselregen in Frankfurt – und 28 Grad und Sonnenschein in Dubai. Selbst jetzt am Abend ist die Luft immer noch tropenmild. Weihnachten ist weit weg und damit auch all die trüben Gedanken, die ich in Deutschland neuerdings damit verbinde.

Allerdings muss ich zugeben, dass mir Paul immer noch fehlt. Es klingt so abgedroschen, aber wir waren wirklich wie Seelenverwandte. Eigentlich waren wir ein ideales Paar. Wir hatten in so vielen Dingen die gleichen Ansichten und auch den gleichen Geschmack. Wenn Paul etwas für die Wohnung kaufte, wusste ich genau, dass mir das auch gefallen würde. Ihm schmeckte alles, was ich auch mag. Wir hatten identische Wertvorstellungen, mochten dieselben Urlaubsländer und gingen fast zeitgleich schlafen. Das machte unser Zusammenleben so leicht. Wenn man in die Welt der Partnerbörsen sehen würde, bekämen wir die höchstmögliche Zahl an Matching-Punkten. Eigentlich ideal, wir hätten zusammen hundert Jahre alt werden können.

Hätten. Wenn uns nicht der Dauerstress, den Jürgen machte, so viel Energie geraubt hätte, dass wir schließlich keine Kraft mehr für den Alltag miteinander hatten.

»Paul war auch schon mal in Dubai«, meint Finn plötzlich und sieht mich eine Spur zu neugierig von der Seite an. »Schade, dass er nicht dabei ist.«

»Stimmt«, seufze ich.

»Was macht Paul jetzt eigentlich?«, fragt Finn weiter.

»Ich habe schon lange nichts mehr von ihm gehört«, sage ich wahrheitsgemäß. »Aber wenn du wissen möchtest, wie es ihm geht, kannst du ihm ja mal eine WhatsApp schicken. Vielleicht freut er sich.«

Ich zwinkere meinem Großen dabei zu, wuschle ihm durch die Locken.

»Und erzähl mal, was mit ihm los ist. Das interessiert mich auch!«

»Um 22 Uhr müssen wir zurück sein!« Mia hat den Tagesplan in der Hand. »Wir haben nicht mehr viel Zeit. Wollen wir noch einen Tee trinken? Einen Pfefferminztee. Der war gestern so lecker.«

»Okay, aber später auf dem Schiff. Ich lade euch an der Bar zu einem Drink ein. Aber jetzt nutzen wir noch die Zeit, um uns hier etwas anzusehen.«

Meine Kinder rechts und links an der Hand, bummle ich durch die Innenstadt. Alles ist hier gigantisch, und man staunt sich von Sehenswürdigkeit zu Sehenswürdigkeit. Und wir können das alles genießen. Wir spüren wieder: Wir leben. Diese Reise ist mehr als eine Flucht vor zuhause. Es ist ein Neustart. Ich fühle mich endlich wieder richtig gut. Ich habe vor nichts mehr Angst. Die Krise, endlich ist sie wirklich Vergangenheit.

Später, zurück an Bord, bestelle ich schon mal Tee für Finn und mich. Mia lässt uns warten. Sie hat eine Freundin gefunden. Eike ist aus Hamburg und genauso alt wie sie. Jetzt kichern die beiden an einem Zweiertisch und zeigen sich gegenseitig ihre Handyfotos von den Landausflügen.

Ich genieße es, die beiden Mädchen zu sehen. Die Therapie, die immer noch läuft, tut Mia sichtbar gut. Sie nimmt immer mehr am Leben teil, albert sogar mit einer ihr fast Fremden am Tisch herum.

»Sie ist viel selbstbewusster und mutiger geworden«, hat mir ihre Therapeutin erst kürzlich erzählt. »Es tut ihr gut, frei und unbeschwert leben zu können.«

Was ich sehe, bestätigt das. Die regelmäßigen Pflichttreffen mit ihrem Vater steckt sie mittlerweile auch gut weg. Sie schafft es sogar, sich mit ihm auseinanderzusetzen. Als er ihr zu ihrem Geburtstag nichts geschenkt hat, hat sie ihn offen darauf angesprochen. »Ich hätte mir schon gewünscht, dass du mir eine Freude machen möchtest.« Ich war in der Küche und habe das Gespräch spontan mithören können. Offenbar hat Jürgen mit ihr diskutieren wollen. Aber das ließ sie gar nicht zu. Sie hat hart mit ihm um ihren Standpunkt gerungen und ihn nicht aus der Situation gelassen.

»Zum Geburtstag schenken Väter ihren Töchtern etwas, basta« war ihr Schlusssatz. Danach meinte sie nur: »Du kannst ja mal darüber nachdenken, aber jetzt muss ich ins Bett.«

Tapferes Mädchen. Sie ist stark geworden.

Auch Finn geht es erstaunlich gut. Seine Neurodermitis ist so gut wie verschwunden. Nur in ganz bestimmten Stresssituationen beginnt sich der Junge noch zu kratzen. Aber er hat eine hochwirksame Creme, die schnell wirkt. Insgesamt macht ihm Stress nicht mehr so viel aus. Er ruht in sich. Früher ist er schnell aufbrausend und ungeduldig gewesen, Gleichaltrigen gegenüber, aber auch Erwachsenen. Das ist vorbei. Er hat in der Therapie Impulskontrolle gelernt und auch mitbekommen, dass man Konflikte anders lösen kann, mit ruhigen Diskussionen und Abwägen. So geht er auch alle zwei Wochen sorglos zu seinem Vater. Er weiß, dass es gerichtlich angeordnet ist, und zieht die zwei Stunden durch. Er sitzt mit seiner Schwester und seinem Vater zwei Stunden in einem Café oder bei seinen Großeltern und beantwortet brav die Fragen nach Schule, Arbeiten, Plänen. Er ist sachlich geworden, spielt das Spiel mit, ohne Jürgens Vorwürfe und Belehrungen an sich herankommen zu lassen.

»Ich weiß ja, dass es in Papas Augen nie genug ist, was ich

mache«, hat er mir kürzlich gesagt. »Der macht sich wichtig mit seiner ständigen Kritik an mir. Aber ich kann es einordnen. Er tickt nun einmal so. Mit mir hat das nichts zu tun.«

Er hat Abstand gewonnen und weiß Zusammenhänge einzuordnen. Deshalb leidet er nicht mehr unter seinem Vater und genießt die Zeit mit uns oder seinen Freunden.

Die Schule läuft bei beiden. Mia will auf das Gymnasium. Finn macht in zwei Jahren sein Abitur und hat sogar schon ein Berufsziel. Er will Familienrichter werden. Jürgen möchte ihn zwar für ein BWL-Studium fitmachen, doch allein die Vorstellung, dass sein Vater mit ihm lernen will, ist für ihn schon ein Grund, es nicht zu machen. »Ich will nicht mehr Opfer sein, Mama«, hat er erst kürzlich gesagt. Er hat alles verstanden.

***

»Wie geht es denn den Kindern?« Paul sieht mir offen ins Gesicht, die Augenbrauen keck hochgezogen, die Hand lässig in der Hosentasche, so als frage er nach dem Wetter.

»Wunderbar. Beide haben das Schlimmste durchgestanden und können wieder ehrlich lachen.«

Ich mustere sein Gesicht. Kann ich etwas darin lesen?

Paul und ich haben uns gerade beim Einkaufen getroffen. Es ist eine merkwürdige Begegnung, so unvorbereitet. Doch noch merkwürdiger ist, dass es in meinem Lebensmittelmarkt im Dorf passiert. Paul wohnt im Westend, gut zwanzig Kilometer Luftlinie entfernt. Warum muss er ausgerechnet hier, in meiner unmittelbaren Nachbarschaft, nach ein paar Äpfeln Ausschau halten?

Gut sieht er aus. Weißes, perfekt gebügeltes Hemd, eine blaue Chino, mokkafarbene Sneaker, und wenn er mich wie jetzt anstrahlt, finde ich ihn attraktiver denn je.

Es fällt mir auf, weil ich wieder Augen für Männer habe. Nach

Pauls Auszug war das Thema mit dem anderen Geschlecht erst einmal für längere Zeit erledigt. Ich hatte damit abgeschlossen. Liebe? Nein, danke! Zu meinen Kindern, meinen Eltern, gern auch noch zu irgendeinem Vierbeiner. Aber das war es dann auch.

Nach unserer Kreuzfahrt habe ich meine Meinung dann jedoch noch einmal überdacht. Anfangs mit einem »Vielleicht« in Hinterkopf, später mit einem »Nun ja, wenn es der Richtige ist« – und ab Sommer mit einem »Ich will«.

Lösungsorientiert habe ich mich durch diverse Vermittlungsbörsen gekämpft, bestimmt ein Dutzend Kontaktgespräche geführt, die Hälfte der Kandidaten in diversen Bars begutachtet und alle für ungeeignet empfunden. Drei haben sich als Lügner entpuppt, zwei als zu langweilig, und der dritte war noch gar nicht von seiner Exfrau geschieden. Aber zumindest hat mir die Aktion über den Sommer geholfen und mir gezeigt, dass ich noch kann, wenn ich doch bloß will, ich meine, energisch will.

Aber nach ein paar Monaten war die Luft raus, und ich fand den ganzen Kennlern- und Flirt-Hickhack nur noch lästig und fühlte mich, als hätte ich die Karte »Gehen Sie zurück zur Schlossstraße« gezogen. Ich war wieder am Anfang.

Und jetzt steht ausgerechnet Paul vor mir und ist ungewöhnlich gesprächsbereit. Er scheint auch keinerlei Zeitdruck zu haben. Im Gegenteil

»Hast du Lust auf einen Kaffee?«, fragt er.

»Und ob«, antworte ich sofort.

»Was macht denn deine Freundin?«, frage ich später, als wir an einem kleinen Bistrotischchen sitzen. Ich nippe an meinem Latte macchiato. »Bist du eigentlich schon mit ihr zusammengezogen?«

Ich bluffe, denn ich weiß längst, dass es aus ist mit den beiden. Tina hatte mich angerufen und mir die Neuigkeit brühwarm erzählt. Aber ich stelle mich dumm und sehe ihn über meine Kaffeetasse hinweg fragend an.

»Wir haben uns getrennt!«, kommt ihm knapp über die Lippen.

»Und du? Hast du jemanden?« Paul dreht jetzt nervös seinen Teelöffel zwischen den Fingern.

»Nö, ich bin Single. Willkommen im Club!«

»Hat durchaus was Gutes«, betone ich und rechne mit Protesten in der Art wie: »Ach ja, und was soll das sein?«

Aber Paul bejammert seine Lebenssituation nicht, sondern erzählt stattdessen, wie gut er allein zurechtkomme. Er arbeitet noch im Außendienst und ist viel unterwegs, seine Freizeit verbringt er im Fitnesscenter und mit seinen drei guten Freunden, von denen zwei auch allein leben.

»Und, was machst du so?«

Er wirft den Ball zurück, mustert mich jetzt genau.

»Ich? Ach, ich kümmere mich um die Kinder. Dazu mein Fulltime-Job. Das reicht. Langeweile kenne ich nicht. Aber Einsamkeit schon. Ich bin nicht gern allein, aber das weißt du ja.«

»Stimmt, ja, aber wer ist das schon?«, schiebt Paul jetzt nach.

Ich hasse diese verkrampfte Stimmung. Wir sind beide total angespannt und reden nur noch verhalten irgendwelchen Unsinn. Warum ist er hier? Ist es wirklich nur Zufall? Oder hat sich mein Traummann von den Strapazen des Zusammenlebens mit mir erholt und sich deshalb wieder an die guten alten Zeiten erinnert?

»Danke für den Kaffee. Ich muss los, Finn vom Sport abholen.«

»Gern, war schön mit dir!«

Als ich am Auto stehe, nimmt mich Paul plötzlich in den Arm. »Pass auf dich auf!«, meint er noch und küsst mich auf die Wange.

Der Geruch seines Aftershaves ist mir nur zu gut vertraut und weckt spontan Erinnerungen. Ich spüre die warme Haut der Wange, und für einen Moment wird mir richtig heiß.

»Was für ein toller Mann«, sagt meint Herz. Aber auch: »Bitte nicht wieder leiden.«

»Ja, du auch auf dich«, sage ich schnell und schlüpfe rasch ins Auto. Ich will nur weg aus der Situation. Das ist mir alles zu brenzlig.

In der Nacht bekomme ich kein Auge zu. Ich liege im Bett und sehe mir unsere alten Fotos auf dem Handy an.

Ein Selfie von einer unserer Radtouren. Wir liegen auf einer Wiese inmitten der leuchtend gelb blühenden Schlüsselblumen. Paul hält mich in seinem Arm. Im Hintergrund ist eine quietschrote Picknickdecke zu sehen mit den Resten einer herrlichen Erdbeertorte. Der Geschmack des Kuchens und das Gefühl der Nähe kann ich mir heute noch abrufen, so tief hat sich die Erinnerung an diesen Tag in mein Herz und meinen Kopf gebrannt. Denn das Selfie ist entstanden, als mir Paul gerade seine Liebe gestanden hat.

Und hier, ein Bild aus Paris. Händchenhaltend posieren wir vor dem Eiffelturm. Wir sind damals ganz spontan dorthin gefahren. Eigentlich wollten wir nur nach Aachen, um den Geburtstag einer Freundin zu feiern. Aber am nächsten Tag hatten wir beide keine Lust, schon wieder nach Hause zu düsen. »Wohin könnte es denn sonst gehen?«, hat Paul mich gefragt, und ich habe spontan »Paris« gerufen. Paul hat nicht lange herumdiskutiert, sondern Paris ins Navi eingegeben, und dann ging's los, mit den gefühlvollen Songs von Carla Bruni als Begleitmusik. Wir sind nur eine Nacht geblieben, haben in einem unfassbar romantischen Hotel nahe Sacré-Cœur übernachtet und unsere Liebe mit einem langen Kuss auf der Treppe vor dem berühmten Wahrzeichen gefeiert.

Aber auch die zwei Wochen an der Ostsee waren unvergesslich. Wir sind mit den beiden Kindern dort gewesen, hatten zwei Strandkörbe gemietet und die wohl größte Sandburg zwischen Rügen und Timmendorf gebaut. Paul hat wie ein kleiner

Junge gebuddelt und Wassereimer geschleppt und zum Schluss mit den zusammengesuchten Muscheln die Sanddächer verziert. Leider ist auf dem Bild davon nichts mehr zu sehen. Es schüttete nämlich auf einmal wie aus Eimern, und wir haben uns in den Strandkörben hinter den aufgespannten Handtüchern verschanzt und zugesehen, wie der Wind die schwarzen Wolken vor sich hertrieb und der Regen unsere Traumburg in einen unscheinbaren Sandhaufen verwandelte. Auf dem Foto stehen wir gerade feixend vor dem Matschhaufen und machen das Victoryzeichen. Meine Güte, waren wir glücklich!

Und jetzt? Jetzt lebt Paul, mein Paul, ganz allein in einer Zwei-Zimmer-Wohnung in der Stadt und ich in meinem Dorf. Wir haben uns im Leben verloren. Schade, unfassbar schade.

Ich möchte gern wieder eine Partnerschaft, aber ich kann mir nicht vorstellen, dass ich noch einmal so eine Innigkeit erleben werde wie mit Paul. Bei ihm passt wirklich der Spruch »meine bessere Hälfte«. Unsere Zweisamkeit war etwas ganz Besonderes. Und ich weiß längst, dass sie mir deshalb auch bei der Suche nach einer neuen Liebe die ganze Zeit im Weg stand und steht.

Ich bin immerhin seit fast einem Jahr in einer Partnerbörse angemeldet, aber egal, wen ich bislang kennengelernt habe, etwas war in meinen Augen immer falsch. Ich suche bei den Männern das Haar in der Suppe beziehungsweise nehme jede Ausrede, die möglich ist, um abzublocken. Zu dünn, zu schön, zu reich, zu arm. Zu viele Kinder, keine Kinder, zu viel Arbeit, zu wenig Arbeit.

»Du bist innerlich nicht frei!«, hat Tina meinen Zustand genau charakterisiert.

»Aber ich kann doch nicht ewig in der Vergangenheit leben!«, habe ich ihr entgegnet.

Ich weiß ja, dass es nichts bringt, dem Mann hinterherzutrauern. Es wäre sinnvoller, sich zu schütteln und auch das Liebesdesaster mit Paul abzuhaken. Ich habe eine Ehe hinter mir gelassen, da werde ich doch wohl auch die Jahre mit Paul verarbeiten und zu den Akten legen können.

Ich lege seufzend mein Handy zur Seite. Warum macht es mir das Leben bloß so schwer? Und warum habe ich die Fotos eigentlich nicht gelöscht? Vorbei ist vorbei. Aus die Maus. Ich muss konsequenter werden. Demnächst werde ich meinen Handyspeicher durchgehen, sämtliche Fotos aus der Zeit mit Paul markieren und löschen. Ich brauche Speicherplatz für mein neues Leben mit einem Ulf, Patrick oder Uwe. Egal, er wird kommen, irgendwann. Ich darf nur nicht die Nerven verlieren.

***

»Kümmere dich jetzt nur darum, dass du den Workshop schaffst. Hier ist für alles gesorgt, das weißt du!«

Paul steht in der Haustür, gerahmt von Mia und Finn, und alle drei strahlen mich an. Ich muss zu einer Fortbildung nach London und habe mich wochenlang nicht getraut, zuzusagen. Ich hatte Angst, die beiden zwei Wochen allein zu lassen. Finn ist voll in der Pubertät, und Rebellion steht in unsichtbaren Buchstaben auf seiner Stirn. Man weiß nie, was er im nächsten Moment vorhat. Party? Ausbruch? Festival? Mia kann sowieso nicht allein bleiben. Ich bin froh, dass es ihr so gut geht im Moment. Ein falsches Erlebnis aber, und sie könnte einen Rückfall erleiden, und vielleicht beginnt dann wieder alles von vorn. Das ist mir zu riskant.

Meinen Eltern mag ich die Verantwortung nicht aufbürden. Sie haben in den letzten Jahren genug mit mir durchgestanden.

Jetzt aber ist Paul da, und er wird sich bestens kümmern. Die Kinder lieben ihn nach wie vor und können nicht erwarten, dass ich endlich verschwinde. Gefühlt ist Paul ihr Vater.

Nach unserer zufälligen Begegnung im Supermarkt haben wir regelmäßig miteinander telefoniert. In einem Gespräch habe ich ihm von meinem Problem mit der Fortbildung erzählt, und er hat keine Sekunde gezögert, seine Hilfe anzubieten.

»Ich hüte gern Haus und Hof«, hat er gesagt und, als ich nicht sofort darauf angesprungen bin, gemeint: »Du, Luise, ich meine das ernst. Ich komme gern. Du weißt ja, ich kenne mich aus mit deinen Kindern, und an dein neues Haus werde ich mich auch gewöhnen.«

Anfangs war ich nicht begeistert. Ich hatte Angst, dass er mir zu nahe kommt und ich wieder leide. Aber dann habe ich doch zugestimmt.

Paul lebt jetzt schon seit einer Woche bei uns, damit sich die Kinder auf ihn einstellen können. Es war sein Wunsch, diese Eingewöhnungszeit zu haben. Er schläft im Gästezimmer, und irgendwie ist alles wie damals. Es ist, als hätte es die letzten drei Jahre nicht gegeben. Paul bewegt sich wie selbstverständlich im Haus, packt an, wenn es nötig ist, und hat schon einen Abend lang die lockeren Fußleisten im Wohnzimmer angeschraubt. Er zeigt deutlich: Ich bin kein Gast!

»Er war nur auf einer langen Geschäftsreise, Mama!«, lacht Mia und zwinkert mir zu. Sie hat sich die Lösung selbst gebastelt und ist, seitdem Paul bei uns wohnt, ausgeglichen wie nie und ungewöhnlich gesprächig.

Auch Finn hat sich sofort wieder auf ihn eingelassen, ihn als Erstes auf eine Abenteuertour mit dem Kanu gelockt. Beide lieben das Wasser, die Natur, die Ruhe dabei. Aber es geht auch ein bisschen um das Kräftemessen unter Männern, das mag Finn jetzt besonders in seinem Alter. Paul hat sofort mitgemacht. Dumm nur, dass er verloren hat. Finn hat den »Oldie«, wie er ihn liebevoll neckt, schon innerhalb kürzester Zeit ausgeknockt. Mia und ich sind später hinterhergefahren und haben die beiden mit einem leckeren Picknick überrascht. Während Finn zwischen Kartoffelsalat und Frikadellen fröhlich von der Kanutour erzählt hat, war Paul ziemlich einsilbig. Finn hatte ihn geschafft.

»Verdammt, ich will eine Revanche. Das zahle ich dir heim!«, hat er gejapst und war ziemlich erledigt. Hoffentlich stürzt ihn mein Großer jetzt nicht in eine Midlife-Crisis.

Aber egal, ob Paul das Tempo durchhält oder nicht, ich weiß, dass ich mich nicht sorgen muss. Die drei sind ein Dream-Team, und ich kann völlig entspannt nach London reisen.

***

»Der Kindsvater weist deutliche Anzeichen einer narzisstischen Persönlichkeitsstörung auf … Er kann mit Kränkungen und Zurückweisungen nicht umgehen … und hat ein ausgeprägtes Machtbedürfnis.«

Ich bin baff. Was im Gutachten über Jürgen steht, bestätigt mich. Passt genau! Jürgen ist ein Narzisst. Endlich habe ich es schwarz auf weiß.

Der Experte sieht zwar keine Kindeswohlgefährdung, wohl aber warnt er davor, den Umgang zeitlich auszuweiten. Den Kindern fehle zum erweiterten Umgang mit der Persönlichkeit des Vaters die Stabilität.

Ich habe gerade erst die Post aus dem Kasten geholt und den großen braunen Umschlag mit dem Aufdruck »Gericht« sofort aufgerissen. Ich wollte endlich wissen, wie ein Fachmann das alles einschätzt. Ein Treffen, ein Interview, etliche Gesprächsrunden sind dem vorausgegangen.

Jetzt bin ich erleichtert. Es ist eine riesengroße Bestätigung für mich. Jetzt muss der Richter entscheiden, wie es mit den Kindern weitergeht. Finn ist 17 Jahre alt, bald volljährig. Und Mia ist nach vielen Sitzungen bei einer Kinder- und Jugendpsychologin endlich auf einem sehr guten Weg. Was kann man ihnen zumuten? Im Moment sehen sie ihren Vater zwei Vormittage im Monat und kommen damit gut zurecht. Er will sie häufiger sehen, das hat er zumindest gefordert. Aber ich vermute, dass es dabei immer noch um mich geht. Wir sehen uns einmal im Monat zu einem Mediationstreffen. Vielleicht reicht ihm das nicht.

Mit dem Schreiben gehe ich in die Küche und hole eine Flasche Champagner aus dem Kühlschrank. Ich trinke selten Alkohol, aber dieses Gutachten muss ich feiern. Es ist ein Abschluss. Der Vorhang ist gefallen. Die Maske ist ab. Nun ist geklärt, wer und wie mein Exmann ist.

Jahrelang ist man immer wieder auf Jürgens Forderungen eingegangen. Die Experten haben sich alle täuschen lassen. Auf der einen Seite sahen sie mich als das zusammengesunkene Hascherl, das oft nicht fähig war, einen klaren Gedanken auszusprechen. Auf der anderen den großen eloquenten Zampano, der überzeugend vermittelte, alles im Griff zu haben.

Was hat man mir nicht alles unterstellt. Ich sei »bindungsintolerant« und wolle dem ach so liebenden Vater seine Kinder entziehen.

Heute weiß auch der Letzte der Beteiligten: Jürgens ganzes Gerichtsfeuer war alles nur Fassade. Der Held hat Federn gelassen. Denn er ist nichts weiter als ein armer gestörter Mensch, der sein geringes Selbstbewusstsein aufpolieren muss, indem er seine Familie schikaniert. Mit diesem Gutachten wird man Jürgen anders sehen. Ich werde bald Ruhe vor ihm und seinen Anschuldigungen und Anträgen haben.

Der goldgelbe Tropfen sprudelt im feinen Kristallglas, und ich beobachte entspannt, wie die kleinen Luftperlchen an die Oberfläche sausen. Es geht mir gut, und als ich den ersten Schluck nehme, schließe ich die Augen und denke: Das Leben ist wundervoll!

***

Vor uns breitet sich das Meer wie eine dunkelblaue Decke aus. Die Sonne scheint sommergelb, der Sand kommt mir heute karibikweiß vor, und ich kann vom Balkon unserer Ferienwohnung direkt auf den großen Holzsteg sehen, der gefühlte Kilometer in die Ostsee ragt.

Ich habe mit Mia spontan eine Sommerwoche am Meer gebucht. Wir sind nur zu zweit, weil Finn ein Praktikum bei einem großen Möbelhersteller in Westfalen macht und dort auch schläft. Vermittelt hat das Ganze natürlich Paul. Finn hat mir am Telefon vorgeschwärmt, dass er seinen Traumjob gefunden habe und sich pudelwohl fühle. Aber ich habe Urlaub, Mia Schulferien, und deshalb durchstöberte ich einen Abend das Netz und entdeckte tatsächlich noch diese Traumwohnung, die nur frei ist, weil jemand krankheitshalber stornieren musste.

Jetzt trinke ich meinen Kaffee mit Meerblick und hole uns gleich frische Brötchen.

Als ich im Schlafzimmer die Vorhänge aufziehe, blinzelt Mia widerwillig in die Morgensonne.

»Mama, das ist zu hell«, mault sie verschlafen.

»Nix da, heute haben wir große Pläne. Ich habe Karten für die Fähre reserviert.«

»Fähre wohin?«

»Schweden!«

Zack! Die Augen meiner Süßen sind plötzlich weit aufgerissen. Zeitgleich fliegt die Bettdecke hoch.

»Komme, springe nur schnell unter die Dusche.«

Ich muss schmunzeln. Zu schön, wie schnell sie fit ist, wenn ich ihr etwas biete. »Ich« ist allerdings nicht ganz richtig. Denn wir machen den Ausflug nicht zu zweit, sondern zu dritt. Denn Paul ist spontan ebenfalls mitgekommen. Ich habe ihm von meinen Plänen erzählt, und mittendrin meinte er: »Du, ich wollte im Sommer auch noch etwas unternehmen. Was hältst du davon, wenn ich mitkomme? Meinst du, die Wohnung ist groß genug für drei Personen?«

»Ich habe eine Wohnung mit zwei Schlafzimmern. Das passt!«

Paul hat sofort alles mit seiner Firma geklärt, und ein paar Minuten später kam schon die knappe WhatsApp: »Ich bin dabei!«

Und die Woche war bis jetzt so schön wie dieser Morgen. Wir machen das, was wir früher oft gemacht haben, sammeln Muscheln im Sand, hüpfen über die Wellenkämme, stürzen uns mutig ins Wasser. Abends gehen wir leckeren Fisch essen. Und heute geht es zum Tagestrip nach Schweden, inklusive drei Stunden Landgang.

»Denk an die Marmelade, Luise!« Paul steht in der Badezimmertür, nur mit einem Handtuch um die Hüften. »Ich liebe Erdbeere!«

»Ich weiß!« Mit dem Schlüssel in der Hand strahle ich ihn an. Er ist schon verdammt gut gebaut. Zum Glück kann er meine Gedanken nicht lesen. Aber bis dahin haben wir es noch nicht geschafft. Paul macht keine Anstalten, mich ins Bett zu kriegen, und ich werde den Teufel tun und ihn verführen. Im Moment wäre es sowieso unpassend, abends gemeinsam im Bett zu verschwinden. Wir verbringen einen wunderbaren Familienurlaub an der Ostsee, nicht mehr und nicht weniger.

***

»Das Westend ist nicht mehr so schön, wie es einmal war!« Paul beißt gerade mit Wonne in ein Stück Apfelkuchen. Wir sind zu zweit auf der Terrasse und genießen den Kaffee und die noch milde Oktoberluft. Die Kinder sind heute bei Freunden, und Paul hat sich spontan angemeldet und stand eine halbe Stunde später mit dem leckeren Kuchen vor der Tür.

Seit meinem London-Aufenthalt und dem Ostsee-Urlaub höre ich täglich von ihm. Er lässt mich an seinem Leben teilhaben, hat mich sogar zum Essen mitgenommen, als sein bester Freund zu Besuch in Frankfurt war. Ich erfahre, was ihn bei der Arbeit stört, höre von Streitigkeiten mit seinen Kunden und kenne den Preis, für den er kürzlich sein Haus in Stuttgart verkauft hat. Er hatte es jahrelang vermietet, jetzt das Kapitel für sich aber geschlossen. Er will nicht wieder zurück, hat mit dem Verkauf die Zelte dort komplett abgebrochen.

»Ich bleibe in Frankfurt«, hat er mit bestimmter Stimme gemeint und mir am Telefon von den Vorteilen des Rhein-Main-Gebietes vorgeschwärmt. Meine Gegenwart spielte in seinen Ausführungen keine Rolle, aber das habe ich nicht so ernst genommen.

Und jetzt will er sogar aus dem Stadtteil weg, den er immer so »hipp« und »lebendig« fand!

»Wo möchtest du denn hinziehen?«

Ich schenke Paul noch Kaffee nach, sehe ihn fragend an.

»Hierher!«, meint er knapp.

Jetzt bin ich so überrascht, dass ich mich an einem Stück Apfel verschlucke und wild husten muss. »Du willst wohin ziehen? In dieses Dorf?«, frage ich ungläubig nach.

»Ja, hier ist es ruhig und idyllisch, und die Entfernung zu meinen Kunden ist nicht besonders groß. Und ich denke, ich bezahle hier weniger Miete. Kannst du dich mal umhören, Lieschen, da würdest du mir eine riesengroße Freude machen.«

Lieschen, so nennt Paul mich immer, wenn er mich necken möchte. Ich mag diesen Kosenamen. Er hat etwas ganz Vertrautes für mich.

Umhören? Ich versuche immer noch durch wiederholtes Räuspern das verdammte Stück Apfelkuchen aus dem Hals zu bekommen und nehme einen großen Schluck aus dem Wasserglas.

»Hier findest du bestimmt etwas. Mach dir keine Sorgen. Wann willst du denn kündigen?«

»Habe ich schon«, antwortet er, während er sich entspannt das nächste Stückchen Kuchen in den Mund schiebt. »Ehrlich gesagt, habe ich schon vor zwei Monaten gekündigt.«

Ich kann zählen. Bei der üblichen dreimonatigen Kündigungsfrist muss er in wenigen Wochen ausziehen.

»Huch, da bleibt ja nicht viel Zeit. Was machst du denn, wenn wir so schnell nichts finden?«, frage ich mit gespielter Besorgnis nach.

Paul verteilt jetzt genüsslich die letzten Sahnehäufchen auf den Kuchenstücken.

»Ich dachte, ich kann doch bestimmt ein paar Möbelstücke bei dir unterstellen und eventuell ein paar Tage im Gästezimmer schlafen, ich meine, so lange, bis ich etwas Passendes gefunden habe.«

Verflixt, ich kann mein Lächeln nicht ganz unterdrücken. Aber ich habe meine Mundwinkel schnell wieder unter Kontrolle, blicke entspannt auf meinen Kuchen.

»Hier, komm, nimm noch, wir teilen das letzte Stück.«

Ich schiebe Paul die Hälfte auf den Teller und teile auch die Sahne möglichst korrekt mit ihm.

»Klar kannst du das!«, sage ich dann beiläufig und lecke mir ein Fitzelchen Sahne vom Finger.

»Du, der Kuchen ist wirklich köstlich!«

Paul und ich strahlen um die Wette.